잊고 싶은
기억과의
동행

잊고 싶은 기억과의 동행

✽ 이학준

사람과책

"그럼 비밀을 가르쳐 줄게. 아주 간단한 거야. 오직 마음으로 보아야만
잘 보인다는 거야. 가장 중요한 건 눈에 보이지 않아."
—《어린 왕자》 중에서

낯선 길 위에서

2011년 한 해가 저물어 갈 무렵, 저는 낯선 길 위에 서 있었습니다. 변변한 안내판 하나 찾아보기 어려웠고, 풍경마저 무척 낯설었기에 두려움 반 설렘 반으로 다소 혼란스러웠습니다. 하지만 막다른 길도 아니고 끊어진 길도 아니었기에 비록 좁은 길이었지만 잘못된 길이라고 생각하지는 않았습니다.

그 다음 해, 저는 홀가분한 마음으로 인문계 고등학교를 자퇴하고 방송통신고등학교에 편입을 했습니다. 누군가의 눈에는 섣부른 선택으로, 또 누군가의 눈에는 위험한 선택으로 보였을지 모르지만 제 가족은 끝까지 저를 지지하고 존중해 주었습니다. 저는 그 믿음에 보답하기 위해, 또 제 선택을 기념하기 위해, 제 가슴 깊은 곳에 엉켜 있는 생각들을 풀어 소설을 쓰기 시작했습니다.

저는 평범한 고등학생입니다. 또래 아이들과 달리 좀 더 자유롭게, 좀 더 능동적으로, 하고 싶은 공부를 하다 보니 소설도 쓰게 되었을 뿐, 결코 특별할 것은 없습니다. 따라서 이 소설을 통해 무엇을 얻으려고 한다거나 무언가를 바꾸려고 하는 것은 아닙니다. 단지 제 생각을 누군가와 공유하고 싶었을 뿐입니다.

솔직히 말해 저는 아이들에게 잠시 따돌림을 당한 적이 있습니다. 뉴스에 소개될 만큼 심각한 수준은 아니지만 다소 내성적이고 예민했던 저로서는 마음에 상처를 입지 않을 수 없었습니다. 다행히 지금은 그때의 일을 담담하게 말할 수 있게 되었고, 그때의 일에 대해 어떠한 형태로든 저에게도 책임이 있다고 믿으며 살고 있습니다. 하지만 언론을 통해 피해자의 고통을 이해하려고 노력조차 하지 않는 가해자들의 모습을 볼 때마다 가슴 한 편이 아련해집니다.

이 소설은 학교의 이야기이자 아이들의 이야기입니다. 그곳에서 어떤 일이 일어나고 있는지, 그들이 어떻게 생활하고 있는지, 왕따를 당한 적이 있는 주인공의 눈과 입을 빌려 우리 사회의 한 단면을 엿본 것입니다. 그 과정에서 왕따와 자살이라는 문제를 다루고 있지만, 그것이 아이들의 이야기에서 중심축이 되는 것은 아닙니다.

아울러 이 소설이 실제 경험담이라거나 목격담이 아니라는 점을 분명히 밝힙니다. 저 자신의 경험과 생각에 근거하여 이야기를 구상

하였지만 가상의 인물과 가상의 장소, 가상의 사건을 다루고 있습니다. 불과 10쪽에 불과했던 습작 노트가 한 권의 책으로 탄생하기까지 여러모로 도움을 준 모든 분들과 늘 저를 응원하고 사랑하는 가족에게 감사의 말을 전합니다. 끝으로 이 한 권의 책이 마음에 상처 입는 아이들이 생기지 않게 하는 일에 작게나마 도움이 되기를 바랍니다.

| 차례 |

| 서문 | 낯선 길 위에서 ······ 007

I   판도라의 상자 ······ 013

2   재회 ······ 021

3   혼자만의 만남 ······ 026

4   동행 ······ 032

5   기억의 전주곡 ······ 040

6   빅뱅 ······ 062

7   선택, 그리고 허물 수 없는 벽 ······ 072

8   균열 ······ 086

9   레퀴엠 ······ 093

IO   새로운 우주에서의 다짐 ······ 104

II   올곧은 나무와 휘어진 나무 ······ 115

I2   군상 ······ 122

13 삶 속의 미아 ⋯⋯ 132

14 외면했던 진실과 외면하는 현실 ⋯⋯ 142

15 나만의 짐 ⋯⋯ 160

16 강아지와 개 ⋯⋯ 166

17 그림자 ⋯⋯ 177

18 우리 ⋯⋯ 190

19 한 순간의 이방인 ⋯⋯ 200

20 붉은 벽돌 ⋯⋯ 205

21 가시에 찔린 소중한 것들 ⋯⋯ 221

22 슬픔 속의 화해 ⋯⋯ 230

23 선택, 행복··· 그리고 이별 ⋯⋯ 247

24 이별의 책임 ⋯⋯ 255

25 스틱스 강 너머에서 온 선물 ⋯⋯ 264

1
판도라의 상자

사무실 창문 너머에는 먹구름이 잔뜩 껴 있었다.

"휴가 간다고…."

나는 소파에 앉아 있는 아빠를 향해 말했다.

"어… 지금 내려가서 한 2~3일 있다 올 거야."

"그럼 15일쯤 오는 건가… 어디로 가는데? 기왕이면 좀 기다렸다 같이 가지. 다다음 주쯤 나도 쉴까 하는데…."

나는 12월 달력을 보며 말했다.

"안 돼. 꼭 그날이어야 돼… 너한테는 아직…."

아빠는 중얼거리듯 말했다. 아빠의 얼굴에는 지금까지 한 번도 보지 못했던 미묘한 표정이 걸려 있었다.

"뭐?"

"아냐 아무것도. 그냥… 14일에 약속이 있어서 그래."

나를 바라보는 아빠의 얼굴에서 방금 전 표정은 찾아볼 수 없었다.

"그런데 웬 검은 넥타이? 어디 조문이라도 가?"

나는 장난스럽게 물었다. 하지만 아빠의 표정은 굳어 갔다.

"조, 조문은 무슨… 매다 보니까 그렇게 된 거지. 네 넥타이도 검잖아."

아빠는 생기 없는 목소리로 대답했다.

"난 낮에 조문을 갔다 와서 그런 거고."

"아… 그러냐…."

아빠의 모습은 어딘지 모르게 어색했다.

"따르릉."

내선 전화벨이 울렸다.

"받아."

아빠가 일어나며 말했다.

"그럼."

내가 수화기를 드는 사이에 아빠는 문을 빠져나가고 있었다.

"나 먼저 들어간다. 너도 적당히 하고 들어가라. 회사 일은 네가 나보다 잘하니까 신경 안 쓴다."

"네."

나는 큰 소리로 대답했다. 수화기 너머의 직원을 위해, 문을 열고 나가는 아빠를 위해.

"부사장님, 최정태라는 분이 연락하셨습니다."

"최정태… 누군지 모르겠는데."

"저… 부사장님 고등학교 동창이라고… 지금 내선에 대기 중이세요."

"동창? 무턱대고 회사에 전화해서 동창이라고 하면 다 나한테 연결해 주나요?"

"저 그게… 윤현식 팀장님이 부사장님 동창이 맞을 거라고 하셔서…."

"윤 팀장이…."

그동안 온 힘을 다해 억눌러 온 기억 속에서 이름 하나가 떠올랐다. 그 이름이 검은 장막 뒤에서 무대 앞으로 걸어 나왔다. 머리가 깨질 것처럼 아팠다. 굳게 닫힌 기억의 판도라 상자가 열린 듯 수많은 기억의 파편들이 쏟아져 나왔다.

"부사장님? 어떻게 할까요?"

수화기 너머에서 당황한 듯한 비서의 목소리가 들렸다.

"연결…해 주세요…."

나도 모르게 목소리가 흔들리고 있었다. 몇 초가 지났을까? 수화기에서 맑고 가는 비서의 목소리 대신 굵직한 남성의 목소리가 흘러나왔다.

"여보세요. 거기 이준석 씨 맞나요?"

"네… 그렇습니다만."

"하하하! 야 이 자식아 오랜만이다. 나 정태야 인마!"

그 순간 판도라의 상자에서 튀어나온 기억들이 제자리를 찾기 시작했다.

"응… 응."

"이 새끼야, 넌 옛날이나 지금이나 변한 게 없구나. 요즘도 벙어리라는 소리를 듣냐?"

나는 머릿속이 혼란스러웠다. 제자리를 찾은 기억과 그렇지 못한 기억들이 뒤섞여 한바탕 전쟁이라도 치르듯, 고삐 풀린 기억들이 마구 달려들었다. 판도라의 상자에서 튀어나온 기억들이 한바탕 전쟁을 치르고 있을 때, 돌연 누군가가 내 손에 있는 수화기를 가로챘다.

"딸칵."

수화기를 내려놓는 소리에 정신을 차려 보니 내 앞에 현식이가 서 있었다.

"딱 이럴 거 같더라."

"어…."

"여기 물. 정신 차려!"

"그… 그래."

기억 세포들이 뒤엉켜 벌어진 전쟁은 현식이의 등장으로 휴전을 체결한 듯했다.

"정태였지?"

현식이는 담담한 표정이었다.

"응. 근데 넌 왜? 무슨 일 있어?"

"야 인마! 난 니 친구야. 아까 그 전화 정태한테 온 것 같던데, 괜히 연결해 준 것 같아서…."

"아냐. 괜찮아. 회사에까지 전화했다는 건 결국 어떻게든 나를 만나겠다는 거니까. 언젠가는… 어떻게든 난 이 꼴이 됐겠지 뭐…."

"너… 아직도 그때를 잊지 못하고 있구나."

"저기 미안한데. 나 먼저 퇴근한다."

"운전 괜찮겠어? 데려다 줄까?"

"괜찮아."

나는 무뚝뚝한 대답을 남기고 사무실을 빠져나왔다. 마치 어두운 밤거리에서 괴한에게 쫓기듯 걸음이 빨라졌다. 차에 올라타고 나서 겨우 숨을 돌리는 순간 핸드폰 벨 소리가 울렸다. 그 소리가 마치 폭격 신호라도 되는 듯 또 다시 머릿속에서 전쟁이 시작되었다. 이번에는 몸을 움직일 수조차 없었다.

그렇게 얼마나 지났을까? 운전석 문을 열고 나타난 현식이에 의해 다시 휴전 협정이 체결됐다.

"그러길래 데려다 준다고 했잖아."

"…."

나는 아무 말도 할 수 없었다.

"내려."

현식이는 나를 운전석에서 끌어내려 뒷자리에 태웠다.

"걱정이 돼서 와 봤더니…."

"미안하다."

"알면 됐어. 집 앞에 가서 깨울 테니까 눈 좀 붙여. 이럴 때는 자는 게 약이야."

"그래."

어차피 그렇게 하지 않고는 견딜 수 없을 것 같았다.

"야! 다 왔어."

현식이가 나를 흔들어 깨웠다.

"응… 고마워."

"인사는 됐고. 집에 들어가서 잡생각 하지 말고 잠이나 자. 내일 아침 상태 봐서 나보고 데리러 오라고 전화하든가 아님 하루 푹 쉬어라."

"응."

"빨리 들어가."

"어…."

내가 탄 엘리베이터 문이 닫힐 때쯤 현식이가 탄 차가 주차장을 빠져나가는 소리가 들렸다. 여전히 가슴이 답답하고 머리가 지끈거렸다. 나는 억지로 진통제 한 알을 입에 문 채 소파에 쓰러져 누웠다.

"야 벙어리 새끼야! 말 좀 해 봐. 너 말할 줄 알잖아."

"야 인마. 이 새끼는 우리랑 달라. 말도 못 하는 벙어리 새끼는 그냥 놔둬."

"하긴 벙어리 새끼한테 말을 건 내가 병신이지."

"아, 이 병신."

알 수 없는 그림자들이 나를 둘러싼 채 한마디씩 했다.

"아이씨! 너 때문에 내가 병신이 됐잖아. 퉤!"

침이 얼굴에 날아드는 순간 눈을 떴다.

'꿈이었구나….'

눈을 떴을 때 나는 소파에 누워 있었다. 몸은 무거웠지만 가슴을 조여 오던 답답함과 머리가 깨질 듯한 통증은 조금 가신 듯했다.

부엌에서 물 한 잔을 마시고 서재로 향했다. 책꽂이를 5분쯤 뒤졌을까? 책꽂이 한쪽 구석에서 조용히 잠자고 있던 낡은 수첩 한 권을 집어 들었다. 수첩에서 한쪽 귀퉁이가 접힌 페이지를 찾아서 폈다. 일기였다. 그것이 수첩에 적힌 마지막 글이었다. 12년 전, 고등학교 1학년 마지막 날에 기록한 것이다. 일기는 '이제 다시 한 번 살아 보자.'로 끝이 났다.

나는 일기를 썼던 당시를 떠올렸다. 내 삶에서 가장 비참한 날이자 내가 무대 뒤로 밀어 놓은 마지막 그날이었다. 나는 그 일기의 아래쪽을 접어 두었다. 거기까지가 내가 잊어버리고 싶은 기억의 마지막 날이라는 것을 표시라도 하듯…. 나는 펜을 집어 들고 12년 전에 멈춘 그 일기의 다음 장을 조심스럽게 채워 나갔다.

'어제 나는 정태의 전화를 받았다. 수화기 너머로 들려오는 그 목소리는 기억의 저편에 숨겨 놓은 판도라의 상자를 열었다. 나는 두렵고 고통스러웠다. 수화기 너머에서 들려오는 목소리 때문만이 아니었다. 그동안 잊고 지낸, 아니 잊고 싶었던 기억들 때문이었다. 내가 두려움에 고통스러워하고 있을 때 현식이가 나타나 손을 내밀었다. 12년 전의 그때처럼. 그리고 나는 도망치듯….'

더 이상 쓸 수 없었다. 뒤를 이을 말이 생각나지 않았다. 아니 더 이상 쓸 말이 없었는지도 모른다. 나는 수첩을 소파에 던져 놓은 채 옷을 갈아입기 시작했다. 더 이상 도망치고 싶지 않았다. 12년 동안 가두어 둔 내 기억으로 인해 고통스러워하지 않을 것이다. 서둘러 집 앞에서 택시를 잡아 타고 사무실에 도착하자마자 비서를 찾았다.

"어제 나한테 걸려 온 전화, 번호 좀 알 수 있을까요?"

우선 정태부터 만나야 했다.

"어제 부사장님한테 걸려 온 전화 말씀이죠? 부사장님 동창이라는 분?"

"네. 그 사람…."

"그럼요. 전화에 기록이 남아 있을 거예요. 잠시만요."

그녀는 수신 전화 목록을 뒤졌다.

"여기 있네요. 적어 드릴까요?"

"네."

"근데 무슨 일 있으세요? 어제 그분 전화받고 바로 퇴근하셨잖아요? 윤 팀장님도 부사장님 따라 들어가셨고요."

그녀는 자신의 손바닥보다 작은 메모지에 마치 수업 내용을 받아 적는 수험생같이 한 글자 한 글자 꼼꼼히 써 내려갔다.

"여기요."

그녀는 열심히 필기한 공책을 친구에게 빌려 주듯 정태의 번호를 적은 종이를 내밀었다. 나는 그 종이를 받아 들고 방으로 돌아왔다.

2
재회

"혹시 최정태 씨 맞나요?"

"네. 맞는데. 누구쇼?"

"나 이준석…."

"어, 이 새끼. 난 어제 니가 그냥 전화 끊길래 쳐들어가서 죽여 버릴까 생각했는데. 이렇게 딱 맞춰서 전화를 하네."

정태의 입은 옛날부터 험했다.

"어제는 미안했다. 일이 좀 생겨서."

"난 또 네가 옛날같이 벙어리가 됐나 싶었지. 하하하."

소름 끼치는 웃음소리가 나를 흔들어 놓았다. 하지만 나는 물러서고 싶지 않았다.

"무슨 일로 전화했는데? 용건이나 말해."

"새끼, 싸가지없기는… 너 요즘 먹고 살 만하다며. 어제 전화하니까 비서도 있던데. 그럼 우리한테 연락이라도 한 번 해야 되는 거 아니냐?"

마치 나한테 받을 빚이라도 있다는 말투였다.

"내가 왜 너한테 연락해야 되는데? 쓸데없는 소리 그만하고 본론이나 말해."

"하하하! 너 많이 컸다."

어느새 두려움이 분노로 변해 가슴속에서 끓어오르기 시작했다.

"밥이나 한 번 먹자."

"밥, 뭔 밥? 난 너랑 겸상하고 싶은 생각이 없는데."

나는 머릿속의 말을 그대로 뱉었다.

"이 새끼가 미쳤나? 너 이제 눈에 보이는 게 없냐?"

"지랄하고 있네. 네가 뭔데?"

"이야… 우리 벙어리 많이 컸네. 나한테 맨날 쳐 맞고 다니던 게 엊그제 같은데."

그 말을 듣는 순간 더욱 정태를 만나고 싶었다. 그리고 12년 전 내게 준 상처에 대한 답례를 꼭 하고 싶었다. 어쩌면 내가 하고 싶었던 것은 복수가 아니라 날 고통스럽게 만든 기억으로부터의 해방이자 치유인지도 모른다.

"그렇게 밥 한 끼 얻어먹고 싶으면 내가 사지. 내일 모레 12시쯤 MS 호텔 일식집으로 와라."

"진짜 싸가지 없이 말하네. 넌 옛날에도 그랬어 이 새끼야! 왕따 주제에…."

나는 수화기를 내려놓았다. 사실 나에게 '왕따'라는 말은 그렇게 새삼스러운 말이 아니다. 다만 수화기를 들 때와 달리 그 말을 웃으면서 받아넘길 만큼 강해져 있지는 못했던 모양이다. 나는 그대로 의자에 주저앉았다. 그랬다. 나는 왕따였다. 학창 시절, 내가 판도라의 상자에 감추어 둔 것은 바로 왕따의 기억이었다. 나는 더 이상 그 기억들 속에서 고통스러워하고 싶지 않았다. 내 상처를 치유받고 싶었다. 그렇게 '왕따'라는 말을 곱씹고 있을 때 현식이가 들어왔다.

"야! 괜찮아?"

내가 반쯤 넋이 나간 사람처럼 앉아 있으니까 걱정됐던 모양이다.

"너는 노크도 없이 들어오냐?"

나는 퉁명스럽게 말했다.

"노크할 정신이 어디 있냐? 김 비서가 나한테 전화해서 네가 넋이 나간 듯이 정태 전화번호를 받아 갔다는데 너 같으면 노크하고 들어오겠냐?"

"그건 그렇고… 넌 기억은 하는데, 기억하기 두려운 그런 거 있냐?"

현식이라면 내 말뜻을 알아차리지 않을까 싶었다.

"두려워서 꺼내 보지 못하는 기억은 더 이상 기억이 아니야. 상처지, 치료받아야 하는."

"그렇지 치료해야 되겠지…. 역시… 12년 전이나 지금이나 내 질문에 대답해 주는 사람은 너밖에 없구나. 고맙다."

"나 간다."

현식이는 급하게 방을 빠져나갔다. 정말 12년 전이랑 달라진 게 하나도 없었다. 쑥스러움이 많은 모습마저도…. 현식이는 12년 전에도 내 옆에 있었다. 그리고 든든한 버팀목이 되어 주었다. 왕따인 나를 가까이 하면 어떻게 된다는 것을 잘 알면서도….

그날 오후도, 그 다음 날도 내게는 별 의미가 없는 시간들이었다. 그 시간들은 단지 모레, 12월 14일을 위해 존재할 뿐이었다. 12년간 억눌려 온 기억들로부터 자유로워지는 바로 그 순간을 위해서. 그리고 드디어 그날이 왔다. 내 앞에 정태가 앉아 있었다.

"밥 사 달라며? 왜 이렇게 조용하나?"

나는 고압적인 목소리로 말했다.

"벙어리 새끼가 이제는 너무 시끄러워진 것 같다."

정태는 무섭게 눈을 치켜떴다.

"이제는 벙어리라는 말이 너한테 더 잘 어울리는 것 같은데."

"이 새끼가 한동안 안 맞아서 그런가 말을 막하네."

"왜? 뭔가 용건이 있으니까 전화했을 텐데 아무 말도 못 하니까 벙어리라고 하지."

나는 사전에 준비한 시나리오대로 정태를 상대했다.

"이 새끼. 진짜 한 대 맞고 싶나. 너 생각 잘하고 말해라."

"아무렴 너보다 내가 더 신중하지 않겠냐?"

내가 이렇게까지 상대방의 신경을 건드리는 데 타고난 재주가 있는 줄은 몰랐다. 그것도 내 기억의 일부를 잃게 만들고, 12년 만에 다시 나타나 내 기억의 판도라 상자를 열어 놓은 이 녀석 앞에서.

"진짜 나한테 할 말 없어? 그럼 먼저 일어난다."

"앉아. 밥 산다고 했으면 밥이나 먹고 가, 새끼야."

말은 그렇게 했지만 정태는 분명 나한테 할 말이 있는 눈치였다.

"진짜 너 같은 새끼랑은 밥 먹고 싶지 않다."

내 말이 떨어지기 무섭게 정태가 나한테 달려들었다. 그리고 얼굴에 강한 통증과 함께 눈앞이 어두워졌다. 드디어 12년 만에 내 상처를 치료받을 기회가 찾아왔다. 나는 통증마저도 마비된 듯한 환희와 함께 온 힘을 다해 주먹을 뻗었다. 내 주먹이 정태의 얼굴에 닿았다는 것을 느끼는 순간, 내 가슴속 깊은 곳에 있던 상처와 멍 들이 한꺼번에 치유되는 것 같았다. 그러나 기쁨도 잠시였다. 나는 머리에 강한 충격을 받았다. 정태의 주먹이 날아든 것이다. 점점 머리가 몽롱해지면서 무언가에 빨려 들어가는 듯한 느낌이 들었다. 누군가의 목소리가 귓가를 맴돌았다.

"구급차! 구급차 불러요. 빨리!"

'윤, 윤현식….'

사람들이 웅성거리는 소리와 앰뷸런스의 사이렌 소리를 들으며 내 의식은 점점 흐릿해졌다. 마치 영화의 필름을 거꾸로 돌리듯 시간을 거슬러 올라가 소멸되는 기분이었다.

3
혼자만의 만남

나는 낯선 강당 한가운데서 눈을 떴다. 수많은 의자들이 가지런히 늘어서 있었다.

'여기가 어디지….'

그때 한쪽 벽에 걸려 있는 현수막이 눈에 들어왔다. '신입생 여러분을 환영합니다.'

'학교? 난 병원에 있어야 되는 거 아닌가? 내가 왜 학교에…. 그러고 보니 이 강당 어딘가 모르게 낯이 익은데….'

그때 기억 속에서 한 장소가 떠올랐다. 내가 누워 있는 여기는 바로… 내가 다닌 고등학교 강당이었다.

'내가 왜 여기에? 난 분명 정태 자식이랑 싸우고 병원으로 실려 갔을 텐데…. 현식이는 또 어디 있지?'

그때 강당 문이 열렸다. 그리고 그 좁은 문으로 고등학생들이 군인같이 줄을 맞추어 들어왔다.

'이건 도대체 무슨 상황이지? 내가 왜 학교 강당에 누워 있는 거

야? 그리고 12월에 신입생 환영식이라니 대체 뭐가 어떻게 된 거야?'

나는 나 자신한테 질문을 했다. 머리가 어지러웠지만 나의 뇌는 본능적으로 답을 찾기 시작했다.

'이 장면 어디선가 본 적 있는 거 같지 않아?'

나는 떼 지어 들어오는 아이들을 바라봤다. 무척이나 낯이 익었다. 그리고 그 아이들 앞에 서 있는 여선생을 보는 순간 두 눈을 믿을 수 없었다. 그녀는 바로 내 고등학교 때 처음이자 마지막 담임이었다. 12년 전 모습 그대로였다.

나는 그녀를 향해 걸어갔다. 그런데 그녀는 마치 나를 기억하지 못한다는 듯이, 아니 내가 보이지 않는다는 듯이 아이들을 줄 세우는 데 여념이 없었다. 내 발걸음은 점점 느려졌다. 손만 뻗으면 닿을 듯한 거리에 서서 "선생님" 하고 불렀다. 하지만 대답이 없었다. 두려움이 밀려와 몸을 움직일 수도, 소리를 낼 수도 없었다. 하나둘 빈자리가 채워졌다.

그런데 그때 더욱 믿을 수 없는 얼굴이 나타났다. 바로 12년 전의 '나'였다. 나도 모르게 비명이 터져 나왔다. 하지만 그 소리마저 내 귓가에서만 공허하게 울려 퍼졌다. 나는 얼결에 손을 뻗어 '나'의 어깨를 잡았다. 그러자 '나'는 주위를 둘러보았다. 믿을 수 없는 일이었다.

그렇다. 나는 지금 12년 전의 고등학교에서 12년 전의 '나'와 담임, 그리고 친구들을 보고 있는 것이다. 하지만 누구도 나를 보지 못하고, 목소리조차 듣지 못했다.

'꿈인가?'

나는 볼을 꼬집어 보았다. 아프다. 인정하고 싶지 않지만, 아니 인정하는 것이 두렵고 무섭지만 아팠다.

'이게 꿈이 아니라면 도대체 어떻게 된 일일까? 내가 어떻게 12년 전으로 온 거야?'

수많은 질문이 머릿속을 수놓기 시작했다.

'침착하자 준석아. 침착해….'

난 스스로 주문을 걸었다. 하지만 아무 효과가 없었다. 나는 경직된 몸을 움직여 보았다. 술에 취한 듯 시야가 흔들렸다. 내 기억 속 어딘가에서 이 장면이 그대로 떠올랐다. 고등학교 입학식, 나는 내 기억의 장소에 들어와 있었다. 학교도 담임도 친구들도 12년 전과 똑같았다.

'왜 이런 일이….'

두려움 대신에 호기심이 생겼다. 그러자 무대와 스피커에서 흘러나오는 소리들이 또렷하게 들리기 시작했다.

"인재고등학교에 입학한 신입생 여러분 모두 반갑습니다. 저는 인재고등학교 교장 김정석입니다. 이렇게 훌륭한 학생들이 우리 학교에 입학해서 저는 정말로 행복합니다. 올해 우리 고등학교에는 개교이래 가장 우수한 학생들이 입학했습니다. 그래서 그런지 저는 여러분들에게 정말 기대가 큽니다. 길게 말하지 않겠습니다. 여러분들은 이제 수험생입니다. 앞으로 3년간 선생님들의 지시를 잘 따라서 열심히 공부하고, 좋은 대학에 가서 우리 학교의 명예를 드높여 주십시오."

12년 전 내가 들은 것과 똑같은 환영사였다. 아니 12년 전의 환영사와 똑같은 것이 아니라 12년 전 그 자체였다.

"자 그럼 이제 각자 자기 교실을 찾아가 주시기 바랍니다."

교감의 지시에 따라 아이들이 하나둘 강당을 빠져나갔다. 나는 조용히 '나'를 쫓아 그때 그 사람들과 같이 걷기 시작했다. 더 이상 두려움이나 당황스러움은 없었다. 지금 이 상황을 냉정하게 파악해야만 원래의 내 자리로 돌아갈 수 있을 것 같다.

'대체 내가 왜 여기 있는 거지… 녀석한테 너무 많이 맞아서 정신이 이상해졌나? 구급차를 부르던 현식이 목소리는 또 뭐고? 녀석은 거기 없었을 텐데….'

머릿속에 수많은 생각이 맴돌았지만 그중 어떤 것도 지금 이 상황을 제대로 설명해 주지는 못했다. 나는 무의미한 생각을 멈춘 채 주변을 둘러보았다. 강당 문을 나서자 바로 앞에 급식실 뒷문이 나타났고, 계단을 따라 왼쪽으로 내려가자 주차장이 모습을 드러냈다. 강당 건물은 교실이 있는 본관과 'ㄴ'자 모양으로 연결되어 있었고, 그 사이에 운동장이 있는데, 본관과 강당을 이어 주는 다리 밑을 지나면 교문이 나타난다. 나의 확신은 더욱 강해졌다. 나는 12년 전으로 거슬러 올라온 것이다.

우리는 1층 구석에 '1-11'이라는 숫자가 붙어 있는 교실 앞에 도착했다. 아이들은 조용히 교실 문을 열고 들어섰다.

"그래도 이때만 해도…."

나는 혼잣말을 내뱉었다. '나'는 아이들과 함께 조용히 교실로 들어갔다. 여러 중학교에서 온 아이들은 아직 서로 어색해했다. '나'는 아이들 사이에 홀로 앉아 있었다. 그 모습을 보고 있는 것만으로도 가슴 한 편이 무너졌다. 나는 교실 뒤에 있는 사물함에 걸터앉았다. 담임이 자기소개를 했다. 내게는 그녀에 대한 별다른 기억이 없다. 다만 좋지 않은 이미지가 있을 뿐이다. 그녀는 내 문제에 특별한 관심을 갖지 않았을 뿐만 아니라 문제를 제대로 인식조차 못 하고 있었다. 아이들 문제는 아이들끼리 해결해야 한다는 생각을 하며 얼굴조차 몇 번 비추지 않던 담임을 내심 원망했던 것 같다.

"안녕. 어… 내 이름은 박민정이고 앞으로 1년간 너희들과 함께하게 될 거야. 아… 그리고 나는 영어 선생님이야. 앞으로 너희들이랑 잘 지냈으면 좋겠고. 한 가지만 당부하면 1학년이라고 놀 생각만 하지 말고 이제부터 수험생이라고 생각하고 열심히 공부했으면 해. 어차피 인문계 고등학교를 온 이상 대학을 가야 하잖아? 혹시 질문 있니?"

조용했다. 나는 이 아이들의 마음을 알 것 같았다. 아직도 그때 느꼈던 감정을 잊지 못하고 있다. 말로만 듣던 고등학교 신입생이자 수험생이라는 부담감, 그리고 낯선 환경에 대한 설렘과 두려움이 입을 막았다. 담임은 몇 마디 형식적인 인사말과 생활지도를 한 후 교실 문을 나섰다. 문을 열고 나가며 그녀는 나지막한 목소리로 투덜거렸다. 담임이 나가자 아이들이 하나둘 입을 열기 시작했다.

"넌 어디 중학교 다녔냐?"

"재원중학교."

"그럼 혹시 경석이 아냐?"

아이들은 앞다투어 포문을 열기 시작했다. 하지만 아직까지도 몇몇 아이들은 입을 굳게 다물고 있었다. '나' 역시 그런 아이들 중 한 명이었다. 내가 12년 전의 기억을 떠올리며 잠시 회상에 젖어 있을 때, 갑자기 '나'가 일어나 사물함으로 걸어왔다. 손을 뻗으면 닿을 만큼 가까워졌고, 우리의 눈이 마주쳤다. '나'는 나를 볼 수 없었지만 우리의 눈은 또렷하게 서로를 향해 있었다. 나는 불현듯 이 여행이 길어질지 모른다는 생각이 들었다.

4
동행

　고등학교에서의 첫 점심시간을 알리는 종이 쳤다. 아마 중학교 때였으면 시보와 동시에 100m 달리기를 했겠지만 오늘만큼은 달랐다. 아이들은 같이 밥을 먹을 친구를 찾아 나섰다. 몇몇은 중학교 때 친구를 찾아서 다른 교실로 갔고, 몇몇은 나름 도전 정신을 발휘하여 새로운 친구를 만들러 나섰다. 나는 '나'에게서 눈을 떼지 못했다. 어깨를 축 늘어뜨리고 앉아 있더니 이내 책상에 엎드렸다. 그런 '나'의 모습은 다시 한 번 내 가슴을 날카롭게 긁어 놓았다. 나는 그런 '나'의 모습을 보는 것이 싫었다.

　얼마 전 텔레비전에서 우연히 접한 교실의 모습이 생각났다. 모두가 똑같이 자기소개를 하고, 수업 안내를 하고, 아이들에게 자습서를 읽어 주는 선생의 모습, 12년 동안 조금도 변하지 않은, 아니 변하지 못한 교실의 모습이었다. 내가 이렇게 넋을 놓고 있는 동안 '나'는 자신의 인생에 대한 고찰에 빠져 있는 듯했다. 점심시간이 30분이 지나도록 꼼짝도 하지 않은 채 책상에 엎드려 있었다. 나는 '나'

의 옆자리에 조용히 앉았다. 교실에는 아무도 없고 '나' 혼자뿐이었다. 나는 책상 위에 있는 공책에 글을 썼다.

'안녕. 준석아. 만나서 반갑다.'

나는 '나'의 눈 앞으로 공책을 밀었다. '나'는 공책을 보더니 주위를 두리번거렸다. 나는 다시 펜을 들어 몇 글자 더 써 내려갔다.

'왜 혼자 있어. 너도 밥 먹으러 가야지.'

갑자기 '나'의 얼굴이 창백해졌다. 그리고 미친 듯이 교실을 뛰쳐나갔다. 나는 쫓아가지 않았다.

"내가 지금 있는 곳이 어딘지 모르지만, 혹시 꿈을 꾸고 있는 건지도 모르지만 우리의 삶을 바꿔놓고 싶어. 네가 보다 행복했으면 좋겠어. 행복…."

나는 중얼거렸다. 확신할 수 없지만 내가 이곳에 온 목적을 조금은 알 것 같았다.

교실을 뛰쳐나간 '나'는 점심시간이 지나고 나서야 넋이 나간 듯한 표정으로 돌아왔다. 그리고 무성의한 수업들을 무성의한 표정으로 들었다. 7교시가 끝나고 담임이 돌아왔다.

"오늘 고등학교에서 보낸 첫날은 괜찮았니? 앞으로 3년 동안 더 힘들어질지도 모르니까 열심히 하고 오늘은 빨리 집에 가서 쉬어라. 청소는 내일 선생님이 구역 정해서 알려 줄 테니까 오늘은 그냥 가고. 뭐 다른 안내 사항은 없어. 아마 내일부터 가정통신문이 많이 나갈 거야. 집에 가도 돼."

내가 기억하기에는 첫날부터 뭔가 많은 안내문을 배포했던 것 같은데 이제 보니 둘째 날부터 나누어 줬나 보다. 담임의 말이 끝나기 무섭게 아이들이 하나둘 교실을 빠져나갔다.

교실 앞에 펼쳐진 하굣길의 풍경은 다양했다. 새로 사귄 친구와 함께 가는 녀석들, 옛 친구를 찾아 다른 교실을 배회하는 녀석들, 그리고 고개를 푹 숙인 채 혼자 걸어가는 녀석들까지. '나'는 고개를 숙인 채 집까지 걸어가는 동안 점심시간 때 자신을 놀라게 만든 볼펜을 만지작거렸다.

'나'를 따라 걷다 보니 낯익은 현관문 앞에 다다랐다. 오랜만이다. 초등학교 저학년 때 아빠가 사업을 하던 수원에서 이사를 와서 고등학교 1학년 때까지 살았던 집이다. 그 후 다시 수원으로 이사를 가면서 한 번도 오지 않았던 곳이다. 아니 오고 싶지 않았다. 내 가슴은 현관에 들어서면서 요동치기 시작했다. 그것은 경쾌하고 반가운 요동이 아니라 기억 저편의 것과 마주하는 불쾌한 요동이었다.

꽤 넓지만 정리되지 않은 채 잡동사니들이 나뒹구는 현관, 딱 봐도 오랫동안 청소를 하지 않은 듯한 신발장, 꽤 넓다 싶은 거실과 방들, 그리고 빨래와 쓰레기들, 뿌옇게 먼지가 내려앉은 가구들까지 모든 장면들이 기억 속에 그것과 똑같았다. '나'는 곧장 현관 앞의 방으로 들어갔다. '나'의 방 옆에는 손님방 침실이 있었고 그 벽 너머에 거실이 있었다.

나는 '나'를 따라 방으로 들어갔다. 멍하니 의자에 앉아 있는 '나'의 눈가는 촉촉하게 젖어 있었다. 나는 그 이유를 누구보다 잘 알았다. 이 세상에 혼자 남아 있는 듯한 외로움, 그런 감정이 좀처럼 사라지지 않을 것만 같은 절망감 때문에 고등학생이 된 첫날에 눈물을 흘리고 있었다. 나의 볼에서도 눈물이 흐르는 것을 느꼈다. 우리는 그렇게 같은 공간에서 한참을 울었다. 누군가는 바닥을 바라보며, 누군가는 그의 아픔을 바라보며.

10분쯤 흘렀을까. '나'는 갑자기 눈물을 닦으며 일어났다. 그러고 나서 부엌으로 향했다. 나는 방에 앉아 앞으로 내가 해야 할 일을 생각하며 '나'의 책상 위에 있는 연필을 집어 들었다. 종이와 연필은 '나'와 대화할 수 있는 유일한 방법이었다. 나는 '나'에게 할 인사말을 고민하기 시작했다. 한창 인사말을 고민하고 있을 때, 쓸데없는 의구심 하나가 끼어들었다.

'근데 나는 왜 배가 안 고프지? 아까 아침부터 지금까지 아무것도 안 먹었는데. 그러고 보니까 화장실을 가고 싶지도 않고 춥지도 않네.'

나는 내 상태가 궁금해졌다. 그래서 손바닥으로 내 뺨을 쳤다. 아팠다. 정말 많이 아팠다. 통증은 느껴졌다. 나는 책상 위에 있는 커터 칼을 집어 들어 손가락에 작은 상처를 냈다. 아프기는 하지만 피는 나지 않았다. 내 상태에 대한 결론을 내리는 것은 쉽지 않았다.

'이렇게 아픈 걸 보니까 꿈은 아니고, 투명 인간에 피도 안 흘리는 걸 보면 현실은 아닐 테고, 도대체 여긴 어디야? 아니지. 어디냐가 아니라 어떻게 된 일이야가 맞겠군. 그런데 이게 뭔 상관이람? 아이 씨!'

나는 다시 혼란에 빠져들었다.

'나'는 라면과 김치를 들고 나타났다. 그리고 능숙한 솜씨로 책꽂이에서 백과사전 하나를 꺼내 그 위에 라면을 올려놓았다. '나'는 묵묵히 라면을 먹기 시작했다. 5분도 안 돼서 라면 2개가 사라졌다. 하긴 한창 먹을 나이의 고등학생이 5시까지 아무것도 안 먹었으니 배가 고프다 못해 아플 지경이었을 것이다. 나는 학교 다닐 때 점심을 곧잘 걸렀다. 그때는 전쟁터 같은 급식실에서 수십 분씩 기다리며 밥을 먹는 게 싫다는 이유를 들어 합리화했지만, 지금 와서 생각해보니 아마 혼자 밥을 먹는 게 싫었던 것 같다. 모두가 삼삼오오 앉아 시끄럽게 떠들며 즐겁게 밥을 먹는 그곳에서 혼자 앉아 밥을 먹는 것, 그것은 분명 즐거운 경험이 아니었다.

  '나'는 다 먹은 라면 냄비와 접시를 들고 부엌으로 갔다. 나는 책상 위에서 펜과 수첩을 집어 들었다. 수첩의 첫 페이지를 펼치자 그것이 얼마 전 서재에서 찾아낸 그 수첩이라는 것을 알 수 있었다. 내가 12년의 시간을 뛰어넘는 퍼즐을 맞추고 있을 때 '나'가 들어왔다. 내가 일어날 새도 없이 빠르게 다가왔다. 머릿속에는 망했다는 생각과 함께 둔해 빠진 운동신경을 원망하는 육두문자들이 쏟아져 나왔다. 결국 '나'는 내 무릎 위에 주저앉았다. 그 순간 우리는 서로의 존재를 확연히 느낄 수 있었다. 날카로운 비명이 '나'의 입에서 터져 나왔다. '나'는 의자에서 그대로 튀어 올랐다. 그리고 나를, 아니 의자를 뚫어지게 쳐다봤다. 그러고 나서 손을 휘저었다. 시세포와 감각세포의 정보가 일치하지 않자 '나'의 얼굴은 창백해졌다. 갑작스러운 상황에 당황한 나의 눈에 화이트 보드가 들어왔다. 나는 보드 마커를 집어 들었다. 공중에 떠다니는 펜을 본 '나'는 놀람과 함께 호기심이 가득한 표정이 되었다. 나는 보드에 글씨를 써 내려갔다.

'안녕. 아마 지금 많이 놀랐을 거라고 생각해. 네 눈에는 내가 보이지 않을 테니까. 하지만 놀라지 말고 내 말을 들었으면 좋겠어.'

'나'의 호기심은 더욱 커졌다. 나는 책상 위의 휴지를 한 장 뽑아서 보드에 있는 글씨를 지웠다. 자기 혼자 움직이는 휴지를 보면서 '나'의 표정은 수시로 변했다. 나는 다시 보드에 글씨를 쓰기 시작했다.

'나는….'

손이 멈칫했다. 미래에 대한 수많은 고민을 품고 살아가는 저 나이의 아이들에게 미래에서 온 존재는 왠지 혼란만 줄 것 같았다. 나도 분명 그 나이 때 수많은 고민을 했었다. 그리고 그 고민은 분명 고통스러운 것이었다. 하지만 지금 와서 생각해 보면 그것은 지금의 나를 있게 한 거름과 같은 것이다. 만약 지금 나를 있는 그대로 설명한다면 '나'는 분명 자신의 미래를 궁금해할 것이다. 그리고 내가 해줄 그 대답들이 '나'에게 고민의 기회를, 그리고 자신의 꿈을 향해 나아갈 기회를 빼앗을 것 같았다.

'나는 또 다른 너야. 네 안의 깊숙한 곳에 숨어 있는 또 다른 너 말이야.'

나는 한참을 망설이다 임기응변으로 그렇게 썼다. 참나, 내 안에 숨어 있는 또 다른 나? 아무리 급하게 생각한 거라지만 이런 판타지 소설에나 나올 법한 말을 쓴 내가 한심했다. 역시나 '나'의 얼굴에는 의심의 표정이 나타났다. 나는 당황한 나머지 마커를 떨어뜨렸다. 일이 꼬이는 듯했다. 나는 떨어진 마커를 주워 들고 다시 글씨를 썼다.

'많이 외롭지? 내가 친구가 되어 줄게. 내가 필요할 때 도움을 주는 그런 친구 말이야.'

나는 이 말로 '나'를 설득시킬 수 있을 거라고 기대하지 않았다. 하지만 12년 전의 '나'는 지금의 나보다 훨씬 순진했는지 아니면 머리가 나빴는지 점점 의심의 표정이 걷혔다. 나는 확신했다. '나'의 표정에서 의심이 걷힌 것은 그의 순진함도 나쁜 머리도 아닌 바로 이 절실함 때문이라는 것을. 그러고 보면 그때의 '나'도 내 마음을 이해해 주고, 내 마음을 터 놓고 기댈 수 있는 그런 존재를 절실하게 기다렸었다. 내가 생각에 잠긴 지 오래지 않아서 '나'의 목소리가 들렸다.

"어디 있어?"

'나'는 순진한 목소리로 외쳤다. 그 목소리는 내 가슴을 헤집어 놓았다. 그 목소리, 그 순진한 목소리는 어디선가 들어 본 적이 있었다. 내가 어렸을 때 정말 행복했던 순간을 떠올렸다. 우리 가족이 술래잡기를 하던 그때, 두 번 다시 보고 싶지 않은 그 여자를 찾으며 내가 애타게 부르던 소리였다. 나는 더 이상 감상에 빠져 있을 수 없었다. 나를 찾는 '나'의 절실함을 잘 알기에 그 목소리를 더 이상 무시할 수 없었다.

'내가 어디 있는지는 중요하지 않잖아? 내가 지금 네 옆에 있다는 것과 앞으로도 그럴 거라는 것이 중요하지 않겠니?'

나는 두려움에 휩싸였다. 지금 이 순간이 내 꿈속의, 기억 속의 일부라면 상관없지만 만약에 이것이 실제 현실이라면, 그래서 내가 원래 자리로 돌아가게 된다면, 나는 이 아이를 잔인하게 배신하는 거였다. 마치 그 여자가 떠났을 때처럼…. 나는 그 만약의 상황이 두려웠다. 하지만 잠시 후 내 귓가를 울리는 순진한 목소리는 더 이상 내가 두려워할 겨를조차 주지 않았다.

"정말 내 곁에 있을 거야? 정말 내 친구가 되어 줄 거야?"

'나'의 목소리는 크리스마스 선물을 풀어 본 아이처럼 들떠 있었다. 나는 보드에 정성스럽게 한 글자를 썼다.

'응.'

나는 알 수 없는 확신이 들었다. 내가 이 세계를 떠날 때쯤이면 이 세상이 어찌 되든 '나'는 더 이상 외롭지 않을 것이라는… 더 이상 외톨이가 아닐 것이라는… 믿음이 있었기 때문에 더 이상 그 한 글자가 두렵지 않았다

5
기억의 전주곡

"아빠가 퇴근했나 보네."

현관 벨이 울리자 '나'는 중얼거리며 일어섰다. 나는 급하게 '나'를 붙잡았다.

'아직 나에 대해 말하지 마.'

나는 서둘러 보드에 몇 자 쓴 뒤 '나'에게 보여 주었다. 그러자 '나'는 장난스러운 미소를 띤 채 고개를 끄덕이며 방을 나갔다. 아마 '나'는 주의를 받지 않았어도 함부로 입을 놀리지 않았을 것이다. 어차피 아빠는 그런 소설 같은 이야기를 믿지 않을 테니까. '나'가 방을 나간 뒤 조용히 문틈으로 고개를 내밀었다. 아빠의 얼굴이 눈에 들어왔다. 아빠는 무척 젊어 보였다. 그런 아빠의 얼굴이 조금은 낯설었다.

"왔어?"

'나'는 짧게 물었다.

"응, 너는 오늘 어땠니? 오늘이 고등학교 간 첫날이잖아?"

아빠는 언제나처럼 상냥하게 물었다. 하지만 '나'의 마음을 달래기에는 부족한 듯했다. '나'는 아빠를 강 건너 불구경하는 사람처럼 대했다. 머리로는 이해할 수 있지만 '나'의 몸이, '나'의 감정이 아빠의 진심을 받아들이지 못하는 것 같았다.

"뭐 그럭저럭…."

잘 갔다 왔을 리 없지만 '나'는 그냥 그렇게 대답했다.

"저녁은 먹었니? 아빠는 배가 무지 고픈데. 우리 나가서 먹을래?"

"집에서 먹어도 괜찮은데…."

'나'는 방을 돌아보며 말끝을 흐렸다.

"에이 치우기 귀찮은데 그냥 나가서 먹자."

아빠는 '나'의 손을 잡아끌며 말했다.

"그럼 뭐… 잠깐 기다려. 옷 갈아입고 나올게."

'나'는 아빠를 현관에 세워 둔 채 방으로 돌아왔다.

"미안, 나 아빠랑 나갔다 와야 돼. 이따 갔다 와서 더 얘기하자."

'나'는 방에 들어와 보이지도 않는 나에게 속삭이고 떠났다. '나'는 정말 순진한 꼬마 같았다.

현관문 닫히는 소리가 들렸다. 우리 부자는 예나 지금이나 사이가 그다지 나쁘지 않다. 아빠가 그 여자랑 헤어지고 나서 서로 기댈 수 있는 가족이란 우리밖에 없었으니까. 하지만 나는 마음속 깊은 곳에 있는 말을 좀처럼 꺼내지 않았다. 어렸을 때는 그냥 이런저런 일상의 얘기들을, 나이 들어서는 업무 이야기를 나눌 뿐이다. 왠지 아빠에게는 마음속에 있는 말을 꺼내기 쉽지 않았고, 하고 싶지도 않았다.

나는 빈집을 둘러보았다. 은은한 달빛에 비친 집은 나름 괜찮았다. 수북이 쌓인 먼지며 여기저기 널린 잡동사니는 나름의 운치마저 가지고 있는 듯했다. 나는 집 안 구석구석을 살펴보기 시작했다. 모든 것이 12년 전 그대로였다. 지금은 골동품이 되어 버린 컴퓨터에서부터 낡은 책들, 앨범 속 사진들까지 12년 전의 모습으로 내 눈앞에 있었다. 내가 잊고 싶은 기억들 속에 숨어 있던, 잊지 말아야 할 추억들 속에 빠져 있을 때, 조그마한 금고가 눈에 들어왔다. 얼마 전 아버지의 방에서 본 그 금고였다.

생각해 보니 저 금고는 옛날부터 서재 한쪽을 지키고 있던 터줏대감이었다. 근 30년 동안 단 한 번도 열어 보고 싶다고 생각해 본 적이 없는, 아니 저런 금고가 있는지조차 가물가물했지만 왠지 지금 이 순간만큼은 열어 보고 싶었다. 나는 금고 앞을 서성거렸다. 무의식적인 충동과 이성이 치열하게 다투기 시작했다. 이런 싸움은 늘 충동이 이기기 마련이다. 나는 금고 다이얼에 손을 올렸다. 몇 년 전 우연히 알게 된 아빠의 금고 번호, 뭐 정확히 이 금고의 비밀번호인지는 모르지만 아빠 성격상 비밀번호가 금고마다 다를 것 같지는 않았다.

'95, 60' 두 번째 숫자를 막 돌렸을 때 날카로운 전자음 소리가 들렸다. 잠시 뒤 현관문 열리는 소리가 들렸다. 갑작스러운 불청객의 등장에 나는 내가 투명 인간이라는 사실도 잊은 채 문 뒤에 숨었다.

"그럼 나는 씻고 나올게. 네가 좀 시켜 놔라."

아빠의 목소리였다. 내 눈은 자연스레 벽에 걸려 있는 시계로 향했다. 두 사람이 나간 지 15분도 채 지나지 않았다.

"응."

'나'의 대답이 들렸다. 곧이어 눈앞으로 아빠가 지나갔다. 나는 일단 '나'의 방으로 물러났다. '나'는 방의 이곳저곳을 뒤지며 조그마한 목소리로 애타게 나를 찾고 있었다.

"야 어딨어? 야!"

짜증이 났는지 목소리 톤이 높아졌다. 나는 화이트 보드가 걸려 있는 곳으로 갔다. 보드에는 더 이상 쓸 자리가 없었다. 책상 위에 놓인 휴지 한 장을 뽑아 들자 등 뒤에서 인기척이 느껴졌다. '나'는 내 앞에 수첩 하나와 볼펜 한 자루를 내밀었다.

"여기다 써."

수첩을 내미는 '나'의 표정이 동화책을 읽어 달라고 보채는 아이 같았다. 나는 그 표정의 의미를 알아차렸다. '나'의 절실함과 반가움은 결국 내 것이기도 했으니까. 하지만 동시에 걱정스러웠다. 가뭄 끝에 내린 비가 너무 일찍 그치면 더욱 화가 날 뿐이니까….

나는 수첩과 펜을 받아 들고 첫 페이지에 물음표 하나를 그렸다. '나'는 잠시 망설이더니 꽤나 눈치 빠르게 내 질문에 답했다.

"아~ 왜 이렇게 빨리 왔냐고? 아빠랑 밥 먹으러 나갔는데 아빠가 맥주를 마시고 싶다고 해서 그냥 집에서 치킨이나 시켜 먹으려고."

'나'의 목소리는 어려운 문제를 푼 아이처럼 들떠 있었다.

'그럼 그냥 처음부터 그러자고 하지 왜 나가서 먹자고 했지?'

내가 물었다.

"아빠는 내가 외식하고 싶어 하는 줄 알았나 봐. 뭐 아빠는 내가 하고 싶은 거 잘 모를 때가 많으니까."

　이런 일은 종종 있었다. 아빠는 내가 하고 싶은 거, 먹고 싶은 거, 갖고 싶은 거 이런 것들을 멋대로 추측하고 강요했다. '나를 위해서' 라는 것을 알기에 큰 불만을 드러낸 적은 없지만 이런 일이 있을 때마다 우리는 차츰 멀어졌다. 서로를 제대로 알지 못하는 것 같은 기분은 마치 우리가 서로에게 관심이 없는 것처럼 느끼게 만든 것이다.

　"준석아! 치킨 괜찮지. 내가 시킨다."

　아빠가 부엌에서 소리쳤다.

　"응."

　'나'는 귀찮은 기색이 역력했다.

　'아빠한테 가 봐. 오늘 고등학교에 입학한 첫날이니까 아빠도 궁금한 게 많을 거야.'

　나는 빠른 손놀림으로 수첩에 글을 써서 '나'에게 내밀었다. 사실 나는 '나'의 대답을 알고 있었다. '나'는 누구에게도 학교에서 있었던 일을 이야기하고 싶어 하지 않는다는 것을. 그런데도 나는 '나'의 행복이라는 특명을 받고 온 사자라도 되는 듯이 잔소리를 했다.

　"됐어."

　짧지만 단호한 대답이었다.

　'왜? 아빠잖아. 가서 이런저런 얘기하면 좋잖아?'

　나는 대답을 알고 있는 질문들을 막무가내로 던졌다.

　"왠지… 아! 됐어."

　'나'는 짜증스럽게 말했다.

'아빠랑 얘기하는 게 왜?'

나는 끈질기게 물었다.

"그냥 그래."

'나'는 더 이상 대꾸할 말이 떠오르지 않는 듯했다. 사실 아빠는 말재주가 별로 없었다. 상냥하지만 동시에 과묵하고 강압적이었다. 나는 화제를 바꾸기로 했다. 다행히 '나'의 관심사는 잘 알고 있었기 때문에 어렵지 않았다. 나는 방에 가득 꽂혀 있는 클래식 CD 중 하나를 꺼내 들었다. 빈 필하모닉 오케스트라의 '모차르트 레퀴엠'이었다. 조금은 음울했지만 별 다른 이유 없이 내 손에 그 음반이 잡혔다. '솔직히 이런 거나 듣고 있으니 애들이랑 할 말이 없지….' 나는 '나'를 보며 실없는 미소를 지었다. '나'는 공중에 떠다니는 음반을 보고 가까이 다가왔다.

"알아. 웃기지."

'나'는 퉁명스럽게 말했다.

그렇다. 내가 즐겨 듣던 음악을 보고 비웃지 않았던 녀석은 거의 없었다. 대부분 MP3 화면의 고상한 앨범 아트를 보고 이해할 수 없다는 표정을 짓거나 농담과 욕설이 섞인 말을 한마디씩 던지고 갔다.

'이게 왜 웃겨?'

나는 손에 들고 있던 음반을 무심코 양복 안쪽 주머니에 넣었다. 내 목에 걸려 있는 검은 넥타이와 음반이 꽤나 잘 어울린다고 생각하면서.

"웃기는 거 알아. 다른 애들도 다 비웃고 지나가니까."

내 얼굴을 볼 수 없는 '나'는 아마 내가 웃음을 참고 있는 줄 안 모양이다.

'나도 클래식 좋아해. 이거 나도 좋아하는 음반이야. 나는 네 안의 너라고 했잖아.'

"진짜야?"

'나'는 내 말이 믿기지 않는다는 눈빛으로 물었다. 하긴 나 같았어도 안 믿었을 거다. 아니 안 믿었을 거다. 어느 날 갑자기 나타난 투명 인간이 '나는 네 안의 너야.'라고 하는 말이나, 아이들이 놀리는 음악을 좋아한다고 말하면 누가 그 말을 믿겠는가?

'진짜야. 난 네 안의 너라니까.'

사실 틀린 말도 아니다. '네 안의 너'나 '미래의 너'나 별 차이가 없으니까. 그 둘이 결국 같은 존재라는 점도, 둘 다 말도 안 되는 공상과학영화의 내용 같다는 점도 말이다.

"아니, 네가 내 안의 나든 말든 그건 상관없는데. 너 진짜 클래식 좋아해?"

'나'에게 내가 누구인지는 그렇게 중요하지 않은 듯했다. '나'에게 가장 중요한 것은 자신과 취향이 같은 말동무가 생겼다는 점 같았다.

'그렇다니까. 속고만 살았니?'

우리는 치킨이 배달될 때까지 이야기를 계속했다. 비록 나는 말이 아닌 글을 썼지만. 그 짧은 시간에 그가 보여 준 표정은 나를 놀라게 했다. 사실 사람들은 그 나이에만 보여 줄 수 있는 표정이 있는데,

12년 전의 나에게는 그런 표정을 지을 일이 별로 없었다. 사실 그런 표정을 지어 본 적이 있었는지조차 가물가물했다. 하지만 조금 전 '나'에게서 그런 표정을 봤다. 10대만이 보여 줄 수 있는 순진하면서도 쾌활한, 그리고 행복한 표정을. '나'는 짧은 시간이었지만 나에게 그런 표정을 보여 줬다. 그의 취미를 이해한다는 말만으로 그를 미소 짓게 만든 것이다.

바삭하게 튀겨진 치킨이 초인종을 울리자 '나'는 자리에서 일어났다.

"꼭 꿈을 꾸는 거 같아."

'나'는 방을 나가면서 중얼거렸다. 나는 아까 봤던 '나'의 표정을 떠올렸다. 그건 오랫동안 잊고 지낸 표정이었다.

거실에서 '나'와 아빠는 소파에 앉아 뉴스를 보며 닭을 뜯고 있었다. 그들의 눈은 서울 어딘가에 있을 스튜디오 속 앵커를 향해 있었고 묵묵히 닭의 뼈에서 살을 분리하여 입안으로 밀어 넣고 있었다. 그들의 식사에서는 뭔가 중요한 몇 가지가 빠져 있었다.

"학교는 어땠어?"

아빠가 그들의 식사에 빠져 있던 무언가 중 하나인 대화를 채워 넣기 시작했다.

"그냥 그랬지 뭐."

'나'는 대화를 계속할 의지가 없다는 뜻을 피력하듯 건조하게 대답했다. 하지만 대답을 하는 표정 너머로 씁쓸함이 엿보였다.

"애들은 어때 보였니?"

아빠는 다시 대화를 시도했다.

"첫날인데 어떻게 알아?"

'나'는 다시 한 번 대화에 의지가 없음을 피력했다.

"그럼 애들이랑 잘 지내."

아빠가 마무리를 했다. 두 사람의 대화는 이렇게 끝이 났다. 내가 막 '나'의 방으로 돌아가려고 하는 순간, 그때까지 한 번도 본 적이 없던 아빠의 표정을 봤다. 아빠는 '나'를 바라보며 뭔가 복잡한 표정을 지었다. 우려와 미안함, 원망과 애절함, 그리고 그리움이 뒤섞인 그런 표정이었다. 내 머릿속에서 한동안 아빠의 표정이 맴돌았다.

나는 방 한쪽 구석에 앉아 12년 전의 기억, '나'에게 곧 일어날 일을 기억하기 위해 안간힘을 썼다. 수년간 잊기 위해 노력한 기억들이고, 또 동시에 수년간 잊은 채 살아온 기억들이라 그런지 쉽사리 떠오르지 않았다. 12년 전 내가 느꼈던 불쾌한 감정들만 오감을 자극할 뿐, 그 순간의 장면들은 떠오르지 않았다. 좀 전까지만 해도 '나'를 구해 줄 수 있을 것 같은 자신감으로 가득 차 있었지만 막상 아무 것도 생각나는 것이 없어 그 유쾌하지 않은 일들을 고스란히 겪게 하는 것은 아닌지 두려움이 앞섰다. 하지만 그 두려움은 이내 긴장으로 바뀌었다. 나는 그 긴장을 즐기기 위해 무척이나 애를 썼다.

내가 방에 앉아 긴장을 즐기기 위해 노력하는 사이에 '나'는 치킨을 다 먹고 방에 돌아왔다. 8시였다. '나'는 책상에서 수학 문제집과 연습장을 챙겨 들고 침대에 엎드렸다.

"여기 있는지 없는지는 모르지만 나는 공부해야 되니까. 잠깐만

기다려."

나에게 하는 말이었다. 나는 지금까지 내 말투가 연약하다는 생각을 해 본 적이 없다. 하지만 막상 '나'와 얘기를 하다 보니까 내 말투가 연약하다는 것을 알 수 있었다. 나는 방의 한쪽 구석에 자리를 잡고 누웠다. 머릿속에는 수많은 생각들이 가득 차 있었지만 눈꺼풀이 스르르 감겼다.

눈을 떴을 때, 벽에 걸린 시계가 12시 15분을 가리키고 있었다. 잠깐 잠이 들었나 보다. 잠을 잔 걸 보면 내가 꿈을 꾸고 있는 것이 아니라는 것은 확실했다. 방에는 이미 불이 꺼져 있었다. 나는 책상 위의 스탠드를 켰다. '나'는 깊은 잠에 빠져 있었다. 책상 위에는 수학 문제집과 수첩이 놓여 있었다. 나는 수첩을 열어 일기를 읽었다.

'정말 꿈 같은 일이 일어났다. 알 수 없는 투명 인간이 나타나 나랑 얘기를 하다 사라졌다. 비록 잠깐이었지만 이렇게 즐거운 일은 정말 오랜만이다. 하지만 내가 밥을 먹고 온 사이에 사라져 버렸다.'

나는 나를 이렇게 순순히 받아들이는 '나'가 안쓰러웠다. '나'는 어수룩한 아이가 아니다. 어느 날 갑자기 나타난 투명 인간의 존재를 아무 의심도 하지 않고 순순히 받아들일 만큼 어리석지 않다. 하지만 '나'는 내면의 외로움이 너무 커서 스스로 한쪽 눈을 감아 버린 것 같았다. 가슴이 아팠다. 그가 곧 나의 과거이자 동시에 또 다른 삶이기도 했기에. 나는 쓰린 가슴을 안고 일기를 마저 읽어 내려갔다.

'오늘은 고등학교 첫날이다. 아직 애들이 어떤지는 알 수 없지만 그냥 올해도 혼자 지내야 할 것 같다. 1학년 때 같은 실수를 다시 할 생각은 없으니까.'

1학년 때의 기억… 그 기억들 역시 내 의지에 의해 기억의 뒤편에 숨겨져 있다. 나는 가만히 방의 불을 끄고 거실로 나왔다. 내일 일어날 일도, 중1 때 일어난 일도 무엇 하나 또렷하게 생각나는 것이 없었다. 마치 학창 시절에 관한 기억의 대부분이 내 잠재의식에 의해 봉인되어 있는 것 같았다.

나는 거실을 서성거렸다. 답을 알 수 없는 문제로 머릿속이 복잡할 때 거실을 서성거리는 것은 나의 오래된 습관이었다. 내가 기억의 무대 뒤편에 숨겨 둔 배우들을 다시 부르기 위해 거실을 서성거리고 있을 때 문 닫는 소리가 들렸다. 나는 그 소리를 쫓아 서재 쪽으로 향했다. 아빠가 금고 문을 잠그고 있었다. 아빠의 얼굴에는 다시 그 복잡한 표정이 걸려 있었다. 잠시 후 아빠는 침실로 건너갔다. 아빠는 여전히 복잡한 표정을 한 채 침대에 누웠다. 나는 물끄러미 아빠를 바라보았다. 얼마 지나지 않아 코를 고는 소리가 들렸다. 나는 금고 앞으로 갔다. 잠시 망설였다…. 내 안에서는 이성과 본능적인 충동이 대립하고 있었고 그 사이에 아빠가 짓고 있던 그 알 수 없는 표정이 조용히 끼어들었다. 나는 이 싸움에서 충동이 승리하는 것이 두려웠다. 하지만 더 이상 두려움이 내 충동을 막지는 못했다. 그러기에는 오늘 하루, 이성으로는 도저히 이해할 수 없는 일들이 일어났다.

나는 금고의 다이얼을 돌리기 시작했다. '95, 60, 64, 11, 11' 금고가 열렸다. 알 수 없는 충동은 사라진 채 긴장과 기대, 그리고 불안이 급습했다. 나는 금고 앞에 주저앉았다. 금고 안에는 찢어진 종이들이 쌓여 있었다. 같은 수첩에서 찢겨 나온 종이들 사이에 A4용지와 사진 몇 장이 끼어 있었다. 나는 종이들을 꺼내면서 슬쩍 침실을 쳐다보았다. 여전히 코 고는 소리만 들렸다. 어두운 달빛 아래에서 글씨를 확인하기 어려웠다. 나는 종이를 모두 꺼내 금고 문을 닫고 손님방으로 향했다. 방문을 잠그고 불을 켠 채 종이들을 바닥에 내려놓았다. 어림잡아 조그마한 다이어리 1~2권 정도 되는 양이었다. 맨 위에 놓인 종이 한 장을 집어 들었다. '2012년 3월 2일' 오늘 날짜가 작은 글씨로 적혀 있었다. 아빠의 일기였다.

'준석이가 오늘 고등학교에서 첫날을 보내고 왔다. 잘 갔다 왔냐고 물었지만 대답이 시원찮다. 나는 준석이가 고등학교에 들어가서 친구들과 잘 지내기를 바랐다. 여전히 그렇게 믿고 있지만 왠지 그 믿음이 조금씩 흔들린다. 심란하다. 요즘은 애 엄마가 있었으면 싶은 생각이 자주 든다. 방학이 끝나기 전에 준석이랑 몇 마디 해 보려고 했는데, 정작 오늘까지 한마디도 못 했다. 준석이가 내 말을 피하는 것 같기도 하고, 나도 뭐라고 말을 꺼내야 할지 모르겠다. 나름대로 열심히 노력하지만 내가 문제인 건지 준석이가 문제인 건지 도무지 대화가 되지 않는다. 나는 준석이의 고등학교 생활이 정말 행복

하기를 바란다. 하지만 내가 그 아이의 행복을 위해 해 줄 수 있는 것은 없는 것 같다.'

처음 본 아빠의 일기 그 자체만으로 놀라기에 충분했지만 그 내용은 더 충격이었다. 아빠가 내 학교생활에 문제가 있다는 사실을 알고 있다는 것부터 그 여자를 그리워하고 있다는 것, 그리고 나한테 말을 거는 일을 힘들어한다는 것까지, 그곳에는 내가 생각지도 못했던 사실들이 적혀 있었다. 학교생활은 말한 적이 없으니까 당연히 모를 거라고 생각했고, 또 그래 보였다. 게다가 아빠는 자상한 편이지만 말수가 별로 없어서 그냥 말하는 걸 귀찮아하는 줄 알았다. 그리고… 그리고 아빠가 그 여자랑 그렇게 되고 난 후로 잊고 사는 줄, 아니 원망하며 사는 줄로만 알았다. 그래서 아빠 앞에서 그 여자 얘기를 안 하려고 노력했다. 아빠가 그런 생각을 하고 있는 줄은 정말이지 꿈에서도 생각해 본 적이 없었다. 놀라움과 당황스러움, 그리고 배신감마저 느꼈다. 어쩌면 이 금고는 열어서는 안 되는 그런 존재였는지도 모른다는 생각이 들었다. 나는 이 수많은 종이들이 품고 있는 꿀 혹은 독을 모두 소화할 자신이 없었다. 나는 종이들을 챙겨서 서재로 향했다.

'95, 60, 64' 순간 금고 다이얼을 돌리던 손을 멈췄다. 무의미한 숫자의 조합인 줄 알았는데 아니었다. 내 출생 연도 95, 아빠의 출생 연도 60, 그리고 그 여자의 출생 연도 64… 나는 품에 안고 있던 종이 뭉치들을 떨어뜨렸다. 당황스러웠다. 내 기억 속에도, 아빠의 기억 속에도 그녀의 흔적은 남아 있지 않을 거라고 생각했다. 아니 최소한 아빠의 기억 속에는 그럴 거라고 확신했다. 그래서 나도 무척 노력했다. 나는 서둘러 떨어진 종이들을 정리했다. 내가 떨어뜨린 종이들 사이에서 한 장의 사진이 눈에 들어왔다. 어두운 달빛 아래에서도 그 사진은 또렷하게 보였다. 지금과 꽤나 다르게 생긴 초등학교 때의 나, 여전히 어색한 표정을 짓고 있는 아빠, 그리고 그 여자가 있었다. 눈이 뻑뻑해졌다. 눈물이 눈가에 맺혔다. 그리고 이내 그 뜨거운 액체들이 볼을 타고 흘러내렸다. 머릿속이 혼란스러웠다. 단지 본능만이 기억에 반응하고 있을 뿐이었다.

"엄마…."

나는 울음을 삼키며 중얼거렸다. 엄마가 떠나면서 나에게는 수많은 일들이 일어났다. 그래서 많이 원망했고, 또 그러려고 노력했다. 하지만 지금 이 순간에는 원망이 아닌 그리움이 밀려들었다. 눈물 한 방울이 사진에 떨어졌다. 종이들을 주섬주섬 챙겨서 다시 손님방으로 갔다. 방바닥에 종이들을 내려놓았다. 아빠의 일기도 사진도 모두 보고 싶었다. 더 이상 이 종이들을 피하고 싶지 않았다. 사실 내가 몰랐던 아빠의 기억을 들여다보는 일이, 내가 모르고 있던 아빠와 만나는 일이 두려웠다. 하지만 지금 이 글들은 아빠의 것이 아닌 우리의 것처럼 느껴졌다. 내가 만날 존재들은 내가 모르던 아빠가 아니라 내가 보지 못한, 느끼지 못한 나처럼 느껴졌다. 나는 땅바닥에 널브러진 종이들을 차곡차곡 쌓아 올렸다. 그리고 맨 위에 올라온 종이를 집어 들었다.

'오늘 준석이 1학기 기말고사가 끝났다. 며칠 동안 열심히 노력하는 모습이 보였다. 엄마가 없어서 공부를 제대로 못한다는 소리를 듣기도 싫고, 주변에서도 다들 하니까 과외도 시켜 봤지만 공부에 흥미가 없는 것 같아서 걱정을 많이 했는데, 그나마 마음이 조금 놓였다. 오늘은 같이 저녁이라도 먹으러 가자고 하고 싶었는데 일이 너무 늦게 끝나 버렸다. 준석이한테 미안한 마음뿐이다.'

아마도 중3 기말고사 마지막 날에 쓴 일기 같았다. 그때는 시험 범위에 흥미로운 내용들이 많이 있어서 나름 열심히 공부했던 것이 생각났다. 아빠는 내가 중학교에 들어갔을 때부터 여기저기서 과외 선생을 데려왔다. 대학생부터 아줌마까지 3년 동안 예닐곱 명은 바뀐 것 같다. 하지만 나는 예나 지금이나 공부를 별로 좋아하지 않고, 열심히 하지도 않았다. 그런데도 아빠는 내 의사를 한 번도 묻지 않은 채 선생을 바꿨다.

어렸을 때는 그런 아빠가 원망스럽고 답답하기만 했다. 그렇지만 이제는 그가 짊어지고 있던 짐들 역시 조금은 이해할 수 있을 것 같다. 엄마 없는 아이의 미래에 대한 책임감을. 어쩌면 그건 단지 모든 부모들이 느끼는 자식의 미래를 위해 무언가를 해야 한다는 책임감과 의무감이었을지도 모른다. 다만 아빠는 그 짐을 누군가와 나누지 못한 채 홀로 힘겹게 짊어지고 있던 거였다. 나는 그런 아빠가 안타까웠고 답답했다. 감당하기 힘들 만큼 무거운 짐을 지고 있는 것이 안타까웠고, 그 무거운 짐 속에 파묻혀 스스로 답을 찾아보지도 않은 채 남들 하는 대로 하고 있는 것이 답답했다. 아빠는 잠시 멈춰서 나와 함께 그 짐을 나누어야 했다. 그리고 혼자서는 볼 수 없었던 것들을 보아야만 했다. 그렇지 않으면 나는 단지 그의 장난감일 뿐이었다.

나는 아빠에 대한 복잡한 감정을 뒤로하고 다시 쌓여 있는 종이들을 읽어 내려갔다. 종이들이 쌓여 있는 순서는 뒤죽박죽이었다. 하지만 그 흐트러진 순서 속에서도 나는 그날의 일기가 가까워지고 있다는 느낌이 들었다.

'며칠 전에 그 얘기를 하고 난 후로 준석이가 나랑 말하는 것을 피한다. 원래 말이 많지 않던 아이인데… 말수가 줄어드니 걱정이 되기도 하고 미안한 마음이 크다.'

점점 더 그날의 일기가 다가오고 있다는 것이 느껴졌다. 나도 모르게 아빠의 일기가 그날부터 시작됐을 것이라는 확신이 들었다. 본능적으로 그런 확신이 생겼다. 그리고 결국 그날의 일기가 눈에 들어왔다.

'준석이 엄마가 이혼 소장을 보냈다. 한 달 넘게 집에 들어오지 않아서 걱정하면서도 한편으로는 이런 일도 각오하고 있었다. 하지만 나는 아직 준비가 안 된 것 같다. 나도 정말 심란하긴 심란한 모양이다 이런 낙서를 하고 있는 걸 보면.'

바로 그날 모든 일이 시작되었다. 아빠 일기의 시작이자, 내 학창 시절을 다시 기억하고 싶지 않은 것으로 만든 그 복잡한 사건의 시작. 나는 종이 뭉치에서 다음 장을 꺼내 들었다. 운이 좋은 건지 나쁜 건지 그 일기는 앞 내용과 이어졌다.

'이제는 정말 돌이킬 수 없는 강을 건너고 말았다. 숙려 기간이 3개월이라지만 애 엄마는 그럴 마음이 없어 보였다. 낮에 본 준석이 엄마는 냉정했다. 지금 생각해 봐도 조금은 이상할 정도였다. 내게 그러는 건 이해할 수 있지만… 준석이에게는… 집에 들어오는데 준석이의 얼굴을 보는 게 미안했다. 부모로서 해서는 안 될 짓을 한 것 같은 죄책감이 나를 고통스럽게 했다. 금방 돌아올 거라고 믿고 있는 녀석한테 엄마가 다시는 돌아오지 않을 거라고 말하는 것은 너무 힘들었다. 중1… 아직 어린 녀석한테 너무 큰 시련이었다. 방에 들어가서 저녁도 거른 채 나오지 않고 있다. 미안하다….'

아빠는 나에게 그 말을 하는 게 그렇게 힘들었나 보다. 하지만 나는 엄마가 짐을 쌀 때부터 다시 돌아오지 않을 거라는 것을 이미 직감하고 있었다. 단지 돌아올 거라고 믿고 싶었을 뿐이다. 사실 그때 내가 원했던 건 둘 중 한 명이라도 내게 솔직하게 "우리 이혼하게 될 거 같다. 이해해 줄 수 있겠니?"라는 말을 하는 거였다. 하지만 내가 들은 말은 "엄마랑 이혼했다. 미안하다."라는 통보였다. 나도 내게 그런 말을 하는 부모의 심정이 얼마나 힘들고 고통스러운지 이해할 수 있었다. 그럼에도 그런 통보를 받는 순간 내 안에서는 그들의 선택에 내가 없었다는 배신감과 원망이라는 감정이 그들을 이해하려는 이성을 무너트렸다. 그리고 그 감정들이 나를 이 세상에서 한 발짝 더 멀어지게 만들었다. 나는 아빠의 일기를 계속 읽었다. 내게 별 의미가 없는 일기들이 지나갔다. 한 10장쯤 읽었을 때, 다시 한 번 그 일기가 나를 당황하게 만들었다.

'오늘 준석이 학교에 찾아갔다. 얼마 전부터 준석이가 방에만 틀어박혀 나오지를 않고, 밥도 잘 먹지 않는다. 처음에는 우리의 이혼 때문에 충격을 받아서 그러는 줄로만 알았다. 그런데 며칠 전부터 애가 몸에 멍을 달고 오기 시작했다. 아직 사춘기인 애가 학교 다니면서 멍 한두 개쯤 달고 오는 거야 이상할 것 없다고 생각했지만 멍이 매일같이 늘어나서 이상하다는 생각이 들었다. 그래서 오늘 학교에 가 봤는데, 내가 걱정이 좀 심했던 모양이다. 준석이가 학교생활을 나름 잘하고 있다면서 큰 걱정 안 해도 된다고 했다. 원래 소심하고 말이 없는 애라 그 후로 상태가 더 안 좋아진 것 같아서 걱정이 많았는데 다행이다.'

이혼한 지 얼마 안 돼서 쓴 일기니까 아마 중1 때의 일인 것 같다. 하지만 나는 중학교 3년 내내 아빠가 학교에 왔던 적이 있는 줄 몰랐다. 한 번도 그런 내색을 한 적이 없었기 때문이다. 그는 늘 내게 잘 지내고 있는지만 물어보았을 뿐 내 멍에 대해서도, 그가 담임을 만났던 일에 대해서도 묻거나 말하지 않았다. 나는 그 이유가 궁금했다. 그런 내색을 하지 않는 아빠를 이해할 수 없었다. 나는 종이 뭉치를 뒤지기 시작했다. 그리고 얼마 지나지 않아 내가 원하던 답을 찾을 수 있었다.

'어제 준석이 방에 책을 가지러 들어갔다가 준석이 수첩을 봤다. 거기에는 충격적인 말들이 적혀 있었다. 준석이가 학교에서 따돌림을 당하고 있다는… 1달 전에 학교에 갔을 때만 해도 학교생활 잘하고 있다고 하고, 그 후로는 멍도 없어 보이길래 안심하고 있었는데… 뭔가 뒤통수를 맞은 기분이기도 하고 동시에 그런 일을 이제껏 눈치채지 못하고 있던 내가 원망스러웠다. 오늘 준석이 방 앞을 오래도록 서성거렸다. 뭐라고 말해야 좋을지 모르겠고, 준석이한테 묻는 것이 옳은 일인지에 대한 확신도 서지 않았다. 이 일은 준석이에게 분명 아픈 상처일 것이다. 나는 그 상처를 잘 치료해 줄 자신이 없다. 준석이 엄마처럼 나 때문에 그 상처가 덧날지도 모른다는 걱정이 앞섰다. 나는 자식의 상처를 잘 치료해 주는 엄마 같은 존재가 될 수 없다. 아니 그런 엄마가 되는 것이 너무 힘들다. 준석이의 멍을 보고 나서 그런 엄마가 되어 주고 싶었고 그러기 위해 노력했다. 하지만 그건 나도 준석이도 모두를 힘들게 만들 뿐이었다. 나는 또 다른 내가 되어야 했고 준석이는 그런 나를 받아들이는 것을 불편해했다. 차츰 준석이는 또 다른 나로부터, 그리고 진짜 나로부터 멀어져 가는 것 같다. 나는 준석이에게 엄마가 되어 줄 수 없다. 그렇기에 더더

욱 준석이의 상처를 건드리는 것이 두렵다. 내일 다시 한 번 학교를 가 봐야겠다.'

두서 없는 일기가 아빠의 복잡했던 심정을 그대로 전해 주었다. 나는 그대로 방바닥에 누워 버렸다. 머릿속이 복잡했다. 부모와 자식은 자석과 같다. 다른 극끼리 만나면 강하게 서로를 끌어당기지만 같은 극끼리 만나면 다가갈수록 멀어진다. 부모와 자식 모두 서로의 극을 예측하고 자신의 극을 상대의 극에 맞추려고 하지만 상대의 극을 잘못 파악하면 결국 가까이 다가갈수록 멀어지는 그런 관계가 되어 버린다. 아빠와 내가 그랬던 것 같다. 아빠는 자신 때문에 내 상처가 커지게 될 것을 걱정했고, 나는 아빠에게 내 상처를 보여 주는 것이 미안했다. 그러면서도 마음 한편으로는 아빠가 먼저 내 상처를 어루만져 주기를 기다리고 있었다. 그렇게 아빠와 나 사이에는 인력이 아닌 척력이 생기기 시작했다.

나는 종이들을 빈 서랍에 넣어 두고 방을 나왔다. 다시 거실을 서성거리기 시작했다. 내 기억의 무대 뒤편에서 공연의 시작을 알리는 전주곡이 시작됐다. 웅장하게 울려 퍼지는 선율 속에서 무대 뒤에 숨겨 두었던 배우들이 무대 위로 올라왔다. 잊고 있던, 혹은 잊고 싶어 했던 기억들이 흐릿하게 다가오고 있었다.

나는 천천히 수많은 기억들 속에서 중1 때의 기억에 다가갔다. 우리 가족은 초등학교 때까지 수원에서 살다가 내가 중학교에 들어가면서 분당으로 이사를 했다. 그런데 중학교 입학식 직전에 엄마가 집을 나갔다. 전부터 꽤나 자주 싸웠는데, 대부분 그 싸움의 원인은 내게 있었다. 내 성격에서 성적까지 마음에 들지 않는 모든 부분에 대해 그들은 서로의 탓을 하면서 싸웠다. 내가 알기로 그들의 갈등은 엄마가 서울로 이사를 가자는 것을 아빠가 수원으로 출근하기 힘들다며 분당에 집을 구하면서 정점에 이르렀다. 그런 갈등 속에서 엄마는 결국 막 중학교에 들어가야 하는 나를 버리고 집을 나갔다. 사실 여기까지는 그럭저럭 버틸 수 있는 그런 문제였다. 엄마에 대한 그리움은 원망으로, 엄마의 부재는 아빠의 존재로 달래며 살 수 있었을 거다. 하지만 내 한 번의 잘못된 판단으로 모든 일들이 꼬여 버렸다.

처음 중학교에 입학했을 때, 친구들이 모두 성숙해 보였다. 그래서 그들이 내 고민을 이해하고 배려해 줄 거라고 믿었다. 하지만 아이들은 내가 생각했던 만큼 성숙하지 못했다. 나는 친구들이랑 몇 마디 대화를 하던 중에 나도 모르게 부모님의 이혼 얘기를 해 버렸다. 내 나름으로는 고민을 털어놓은 것이다. 하지만 그때 그 녀석들은 내 고민을 이해하기에 너무 미숙했나. 내 고민은 아주 빠르게 전교생의 입을 타고 달렸으며, 그들에게 있는 엄마가 내게 없다는 차이가 진지한 고민거리가 아닌 사소한 재밋거리이자 놀림거리가 되었다. 일이 이렇게 되자 나는 점점 소심해졌다. 사람에게 쉽게 다가가지 못했고, 말수도 줄어들었다. 그리고 결국 어느 순간부터 따돌림을 당하고 있었다. 내게 엄마가 있고 없고는 더 이상 중요한 문제가 아니었다. 아이들은 내가 그들과 다르다는 이유로 나를 따돌렸고,

소심하게 변해 버린 내 성격은 상황을 더욱 악화시켰다. 언젠가부터 아이들에게 나를 따돌리는 이유 따위는 없었다. 아이들은 내가 처음부터 왕따였기 때문에 앞으로도 왕따가 되어야 한다고 생각하는 것처럼 굴었고 그런 말도 안 되는 수레바퀴는 끊임없이 돌아갔다. 나는 1학년 때 실수가 무엇인지 알 수 있었다. 나의 잘못된 판단과 어리석은 결정들이 실수였다. 그리고 그 실수는 내 학창 시절을 불행하게 만들었다.

예전에는 그런 실수를 한 나를, 그리고 아이들을 원망했었다. 하지만 지금, 그 아이들에 대한 원망은 없다. 단지 누군가의 아픔을 이해하지 못하고, 차이를 받아들일 줄 몰랐던 성숙하지 못한 아이들에게 연민을 느낄 뿐이다. 누군가를 원망하지 않는다는 것, 그것이 내 상처를 치유하는 첫걸음이 될지도 모른다. 나는 조금씩 내 가슴속 상처가 아물어 가는 것을 느낄 수 있었다.

6
빅뱅

그렇게 내 기억 속을 헤매고 다니는데 벽에 걸려 있는 시계가 눈에 들어왔다. 7시 5분 전이었다. 아침 7시면 아직 자고 있는 '나'가 일어날 시간이다.

나는 '나'의 방문을 슬며시 열고 들어갔다. 아직 자고 있었다. 사람은 누구나 잠을 자는 순간만큼은 아이가 되는 듯했다. '나'의 표정은 꼬마 아이 같았다. 하지만 불현듯 이렇게 천진난만한 표정으로 자고 있는 '나'가 현실에서 갖고 있을 고민들이 떠올랐다. 자기를 버리고 집을 나간 엄마에 대한 원망과 그리움, 학교에서의 따돌림과 폭력, 학업에 대한 스트레스, 그리고 그런 자신의 내면을 털어놓을 사람조차 없는 외로움. 나는 '나'의 고민과 고통을 잘 알고 있다. '나'는 곧 12년 전의 나이니까. 하지만 나는 지금 '나'의 마음을 알지 못한다. 1초 전의 내 심정도 알 수 없을 만큼 사람은 복잡한 존재이니까.

'나'의 핸드폰에서 알람이 울렸다. '나'의 얼굴에 걸려 있던 표정이 조금씩 흔들렸다. 이내 고등학생의 현실적인 표정으로 돌아왔다.

'나'는 침대에 힘겹게 일어나 앉았다. 침대에서 일어나 학교 갈 준비를 해야 하는 의무와 그냥 그대로 다시 침대에 쓰러지고 싶은 본능 사이에서 갈등하는 표정이 역력했다. 잠시 후 '나'는 슬금슬금 침대에서 기어 나왔다. 나는 내 존재를 다시 한 번 '나'에게 알리기 위해 그가 건넸던 수첩으로 '나'의 뒤통수를 쳤다. '나'가 놀란 듯한 표정으로 주변을 두리번거렸다. 나는 수첩에 몇 글자를 적어서 '나'에게 보여 줬다.

'잠은 깼지?'

나의 인상적인 아침 인사가 마음에 들지 않았는지 '나'는 얼굴을 찌푸렸다.

"갑자기 사라지더니 이제는 갑자기 때리고 난리냐!"

'나'는 소심하게 짜증을 내며 화장실로 향했다. 나는 어젯밤 읽은 '나'의 수첩을 다시 펼쳐 보았다. '나'의 상처… 그것이 어느새 칼이 되어 내 가슴을 날카롭게 베었다. 나에게 더 이상 나의 상처는 안중에도 없었고 느낄 수조차 없었다. 내 감각은 온통 '나'의 상처에 의해 둔해져 있었다. 나는 모든 것을 뒤로하고 오로지 '나'가 행복해지기만을 바랄 뿐이었다. 그리고 거기에는 별다른 이유도 계산도 없었다.

바로 그때, 등 뒤에서 싸늘한 시선이 느껴졌다. '나'가 그곳에 서 있었다. 그리고 활짝 펼쳐져 있는 수첩을 쳐다보고 있었다.

"아!"

'나'의 짧은 외침이 들려왔다.

"너 내 수첩 뒤졌어?"

'나'는 예리한 눈으로 책상을 노려보며 외쳤다.

"어제 분명히 문제집 위에다 놔두고 잠들었는데 왜 그게 지금 문제집 옆에 있어?"

나는 어제 '나'가 건네준 수첩을 꺼내서 나름의 변명을 써 내렸다.

'미안. 네 일기를 마음대로 읽어서. 하지만 너에 대해 알아야 너의 친구가 될 수 있을 것 같아서.'

나는 보육원 유모 같은 말투로 자연스럽게 둘러댔다. 나중에 자식이 생긴다면 잘 돌볼 자신마저 생기는 것 같았다.

"그런 놈이 밤중에 사라져 버리냐?"

'나'는 어젯밤에 내가 잠들어 버린 것이 마음에 들지 않았던 모양이다.

'잠들었어.'

나는 '나'에게 하늘에서 내려온 구세주 같은 존재가 되기를 바랐는데, 참 폼나지 않는 대답이었다.

"좋은 친구가 돼 주겠다는 놈이 친구가 공부하는데 잠이나 자냐?"

'나'는 비아냥거리며 말했다. 그러고 보니 '나'의 말투가 조금 변해 있었다. 처음 만났을 때는 친한 친구를 만난 순진한 꼬마 같더니 지금은 그냥 평범한 고등학생의 말투다. 긍정적인 신호였다. 나는 지금도 처음 만난 사람에게는 온순한 말투지만 마음이 조금씩 열리면서 말투가 살짝 거칠게 변한다. '나'의 말투가 거칠어졌다는 것은 그만큼 나에게 마음을 열었다는 증거였다. 그래서인지 '나'의 퉁명스러운 말투가 그렇게 싫지만은 않았다. 아니 오히려 반갑게 느껴졌다.

'나'는 나에게 볼멘소리를 던져 놓고 서둘러 옷을 입기 시작했다.

7시 35분, 그렇게 늦은 시간이 아니었지만 학교에 가기에 그렇게 여유 있는 시간도 아니었다. 나는 슬쩍 아빠한테 가 봤다. 아빠도 옷을 입고 있었다. 사람이란 참 재미있는 존재이다. 우리는 눈이 전달하는 정보가 정확하다고 믿고, 우리의 뇌 역시 그 정보를 정확하게 인식한다고 믿는다. 하지만 정작 우리 뇌에 존재하던 기본적인 생각, 즉 관념이 바뀌면 우리의 뇌는 눈이 전달하는 정보를 다르게 인식해 버린다. 어제 내가 바라본 아빠의 모습은 지금까지 내가 생각해 오던 아빠와 다르지 않았다. 엄격하지만 착하고 상냥한, 쾌활하지만 어려운 그런 존재였다. 하지만 내 눈앞에 있는 아빠는 그렇게 보이지 않았다. 엄격한 것이 아닌 미련한 아빠, 다가가기 어려운 것이 아니라 다가서는 방법을 모르는 아빠, 쾌활하지만 슬픔과 외로움을 간직한 안쓰러운 존재처럼 보였다. 거실에서 '나'의 목소리가 들려왔다.

"갔다 올게."

아빠는 주섬주섬 와이셔츠를 정리하며 거실로 나갔다.

"그래 잘 갔다 와."

아빠의 인사에는 배웅 그 이상의 의미가 없었다. 아들의 고민을 알면서도 잘 갔다 오라는 인사밖에 하지 못하는 아빠를 이해하기 쉽지 않았다. 나는 그렇게 이해하기 힘든 문제를 이해하기 위해 노력하며 '나'의 뒤를 따라 나섰다.

'나'의 걸음걸이는 교문이 가까워질수록 조금씩 느려졌다. 매일 아침 교문 앞에는 수십 명의 학생들이 몰려온다. 그리고 '나'는 그 수많은 물결 속에서 홀로 떠 있는 무인도가 돼 버린다. 3년간 반복되어 온 장면들, '나'는 본능적으로 그 외로움과 가까워져 가는 것을 피하고 있었다.

나는 '나'의 머리를 쳤다. '나'는 발걸음을 멈췄다. 그리고 고개를 들어 조용히 미소를 지었다. 그의 얼굴에서는 돌아올 수 없는 곳을 향해 떠나는 쓸쓸함이 묻어 있었다. 하지만 표정이 예전과 많이 달랐다. '나'의 표정은 마치 수년을 함께 지낸 친구를 보는 것 같기도 했고, 부모의 품을 떠나는 자식 같기도 했다. 왠지 어젯밤의 내 바람이 조금씩 더 진한 색깔을 띠는 것 같았다. 그 바람이 환상이 아닌 현실이 될지도 모른다는 생각을 했다. '나'는 조금씩 변해 가고 있었다. 누구도 아닌 나로 인해. 그 변화는 내가 이곳에 머무는 것에 대해 조금의 보람을 느끼게 만들었다. '나'의 발걸음은 여전히 느렸지만 내 발걸음은 가벼웠다. 우리는 교문을 지나 교실 앞에 섰다.

그 순간 눈이 흐릿해지더니 내 시야에는 시세포가 전해 오는 진실된 장면 위에 기억이 만들어 낸 거짓된 장면이 덮어 씌어져 보였다. 내 시세포는 과거에 일어난 일을 마치 현재 일어나고 있는 일처럼 처리했고, 나는 그 순간에 서 있는 것 같았다. 나는 눈앞에 펼쳐진 장면을 부정하듯 고개를 세차게 흔들었다. 그리고 눈을 감은 채 호흡을 가다듬었다. 잠시 후 눈을 떴다. 막 교실로 들어가고 있는 '나'의 모습과 창문에 비친 서른 살의 내 모습이 눈에 들어왔다. 그렇게 진실 위에 덮어져 있던 거짓된 화면이 서서히 걷혔다.

나는 마음을 가다듬고 교실 문 앞에 섰다. 12년이 지나도 이 문은 여전히 반갑지 않았다. 오래지 않아 누군가가 교실에서 걸어 나왔다. 그러고 보면 아이들은 절대 문을 닫고 다니지 않았다. 덕분에 누군가가 지나가고 난 교실 문은 늘 활짝 열려 있었고 나는 조용히 교실 안으로 들어갈 수 있었다. '나'는 어제와 같은 자리에 어제와 같은 자세로 앉아 있었다. 축 처진 어깨와 책상에 엎드린 뒤통수, 그게 내가 학교에서 볼 수 있는 '나'의 모습 전부였다. 왜 그렇게 행동하는지 충분히 이해할 수 있었지만 아무 의지도 없이 자리에 퍼져 있는 '나'의 모습을 보고 있노라니 가슴이 답답했다. 나는 '나'의 뒤에 섰다. 마침 주위에는 아무도 없었다. 나는 '나'의 등을 철썩 내리쳤다. '나'는 머리를 들어 주변을 둘러보았다. '나'는 찡그린 얼굴과 어울리지 않는 조그마한 목소리로 내게 말했다.

"또 너야?"

나는 '나'의 등을 두드렸다. 나를 알리기 위한 신호였다.

"아! 알았어. 너라는 거 알았으니까 그만해."

'나'는 귀찮다는 표정을 지으며 말했다. 나는 '나'의 모습이 다른 사람의 눈에 이상하게 보일 것 같다는 생각이 들었다. 그래서 결국 내 자리로 돌아가기로 했다. 그렇게 생각하고 '나'에게서 몇 발자국 멀어졌을 때 무언가가 등을 오싹하게 만들었다. 내 의지와 상관없이 뒤를 돌아봤다. 그 순간 12년간 나를 방황하게 만들었던 기억이 밀려왔다. 최정태가 '나'를 향해 걸어오고 있었다. 아니 이미 '나'의 앞에 서 있었다.

"야! 비켜! 나 앉을 꺼야."

최정태가 '나'에게 외쳤다. 좀 더 정확히 말하자면 그 말은 명령에 가까웠다. 12년 전의 그때와 똑같았다. 고등학교 생활의 실타래가 꼬이기 시작한.

"뭐?"

예나 지금이나 나는 저런 말투에는 절대 부탁을 들어주지 않는다. 그리고 그 성격이 운명을 그리도 꼬아 놓아 버렸다.

"비키라고! 새끼야."

상황은 빠르게 심각해졌다. 그리고 그 심각한 상황 끝에 어떤 모습이 펼쳐질지 나는 알고 있었다. '나'는 끝까지 비키지 않을 것이고, 곧 최정태에게 얻어터질 것이다. 그리고 최정태의 주도 아래 '나'는 왕따가 될 것이다. 12년 전의 그 엉킨 실타래가 그러했듯이…. 내 몸은 움직이지 않았다. 그저 바라보고만 있을 뿐이었다.

"그게 비켜 달라는 말투냐?"

학교라는 공간에서, 그리고 공동체에서 지켜야 할 기본적인 '도덕'을 '나'는 주장하고 있었다. 분위기가 심각해지자 교실 안의 아이들이 조금씩 '나'를 쳐다보기 시작했다.

"씨발. 그럼 뭐라고 하냐? 새끼야."

분위기는 점점 험악해졌고 실타래는 더욱 꼬여 갔다.

"너 유치원생이냐? 부탁하는 법도 안 배웠어?"

'나'는 꿋꿋했고, 이미 꼬이기 시작한 실타래는 더 이상 풀릴 기미가 보이지 않았다.

"이 새끼가 엄마 없는 벙어리 새끼라더니 진짜 장애인이네."

최정태는 뒤에 앉아 있는 녀석들을 보면서 낄낄거렸다. 나랑 같은 중학교를 나온 녀석들이다. 이름도 모르지만 중학교 때부터 지나가다 마주치면 나를 그렇게 놀리던 녀석들이었다. 그 녀석들의 입은 가벼웠으며 초등학교 이후로 '인성'이라는 것이 전혀 발달하지 못한 녀석들이었다.

"장애인 눈에는 장애인밖에 안 보이겠지. 한심한 새끼."

'나'는 최정태를 노려보며 말했다. 그러자 최정태는 '나'의 멱살을 잡았다.

"닥쳐라! 너네 부모 이혼한 것같이 너도 이승이랑 이혼하게 해 줄까?"

최정태는 '나'의 멱살을 잡은 채 '나'의 아픈 상처를 건드렸다.

"치게? 쳐 봐."

'나'는 비아냥거렸다. 아이들에게 늘 괴롭힘의 대상이 되었지만 먼저 고개를 숙이는 법이 없었다.

"픽."

둔탁한 소리가 교실에 묵직하게 울려 퍼졌다. 줄 맞춰 늘어선 책상들 사이에 두 아이가 쓰러져 뒹굴었다. 한 명은 얼굴에 피를 흘리고 있었고, 다른 한 명은 넋이 반쯤 나간 표정이었다. 곧 아이들이 우르르 몰려들었고 나는 그 자리에서 벗어나 교실 한쪽으로 몸을 피했다. 한 명은 아이들의 부축을 받으며 교실을 나갔고, 다른 한 명은 자리에 앉아 아이들에게 둘러싸여 있었다. 고등학생이 된 두 번째 날 반에서 일어난 싸움…. 아이들에게는 무척이나 재미있는 사건이었다. 거기다 3년 내내 구석에 처박혀 있던 녀석이 나름 중학교에서 놀던 녀석을 KO시켰으니 아이들에게는 최고의 화세가 되고도 남았다. 그랬다. 싸움의 승자는 정태가 아니라 '나'였다. 사실 나는 정태를 칠 생각이 없었다. 그렇지만 내 몸이 의지와 상관없이 먼저 움직였고, 정태가 '나'와 함께 바닥에 쓰러졌다. 나의 돌발 행동이 '나'의 꼬이기 시작한 실타래를 풀어 줄지 아니면 더욱 꼬이게 만들지 아직은 알 수 없었다. 하지만 이미 내 주먹에 의해 빅뱅은 시작됐고, 새로운 우주가 만들어지고 있었다. 그 우주가 품을 행성을 알 수는 없었지만 이로써 '나'가 더 이상 나와 같은 우주에 살지 않게 될 것이라는 사실은 확실했다.

1교시 시작을 알리는 종이 쳤다. '나'의 옆에서 수다를 떨던 아이들이 자기 자리로 돌아갔다. 종이 치고 오래지 않아 선생이 들어왔다. 첫 수업이라 역시나 자기소개와 수업 안내 같은 뻔한 소리만 하고 수업은 끝이 났다. 그리고 그 빈자리를 담임이 다시 채웠다.

"최정태, 이준석 교무실로 와!"

히루 만에 담임에게 이름을 확실하게 각인시킨 모양이다. 나와 다른 운명을 맞은 '나'는 갑자기 변한 자신의 운명을 제대로 추스르지 못하고 있었다. 그럴 만도 했다. 9년간 학교를 다니면서 단 한 번도 교무실에 불려 간 적이 없던 녀석이니까. '나'는 넋이 나간 모습으로 일어났다. 정태는 이미 교실 문을 나가고 있었다.

"너야?"

'나'는 조그맣게 속삭였다. 어떻게 알았는지 나에게 말을 걸었다.

나는 대답 대신 '나'의 등을 살짝 두드렸다. 내 행위에 대한 인정이자 사과의 의미였다.

"너 도대체 무슨 짓을 한 거야?"

'나'의 말에는 복잡한 감정들이 묻어 있었다. 두려움과 원망, 통쾌함과 기쁨…. 나열할 수조차 없이 많은 감정들이 느껴졌다. 우리는 교실을 나와 복도에 섰다. 나는 '나'를 끌고 창가로 향했다. 그리고 주머니에서 수첩을 꺼내 몇 마디 적었다.

'미안해. 너한테 묻지도 않고 주먹을 휘둘러서. 하지만 이 일이 너에게 손해를 입히지는 않을 거야. 장담할게. 혹시 보복이 두렵다면 신경 쓰지 마. 내가 또 도와줄게.'

어디서 나오는 자신감인지 알 수 없었다. 싸움을 잘하는 편도 아니고, 내 행동이 '나'에게 도움이 될지도 몰랐다. 조금 아까 주먹을 휘두르던 내게는 감정만 있을 뿐, 이성은 없었다.

"내 안의 나라더니 폭력적인 나냐?"

'나'는 빈정거리며 말했다.

'앞으로 쫄지 마.'

쫄지 마…. 정말 오랜만에 써 보는 단어였다. 나이 들면서 쓰려고 하지도 않았고 쓸 일도 없어져 버린 말이었다. 하지만 이 순간 이보다 더 잘 어울리는 단어를 찾을 수 없었다.

"하…."

'나'는 깊은 한숨을 쉬고 2층에 있는 교무실을 향했다.

7
선택, 그리고 허물 수 없는 벽

"너네 뭐 하는 녀석들이야! 어디 고등학교 첫날부터 싸움질이야.
나 진짜 이런 일은 처음 겪네. 일주일도 안 돼서 교실에서 피 본 건
정말 처음이다. 뭐가 어떻게 된 거야?"

우리가 교무실에 들어서자마자 담임의 목소리가 커졌다.

"그냥 말다툼 좀 했는데… 죄송합니다."

경험 많은 정태는 상황을 수습하기 시작했다. '나'는 한마디 말도
없었다. 무슨 말을 어떻게 해야 할지 몰랐기 때문이다.

"야! 이준석! 너는 할 말 없어?"

담임이 '나'를 쳐다봤다. '나'는 담임과 눈도 마주치지 못하고 땅
만 바라봤다.

"하…."

담임이 한숨을 내쉬었다.

"나 바쁘니까 가 봐. 이번 한 번만 봐주는 거다. 다음에 또 싸우면
그때는 학생부로 넘긴다. 알았어?"

처음 본 순간부터 피곤함을 감추지 않던 담임은 이번에도 여지없이 조금은 무성의한 마무리를 하였다. '나'와 정태는 교무실을 나왔다. 교무실 문이 닫히고 정태와 '나'는 나란히 문 앞에 섰다.

　"새끼 나보고 치라고 하더니 네가 치냐."

　정태가 '나'를 째려보며 말했다. 하지만 그의 목소리에서 분노가 느껴지지 않았다.

　"니가 먼저 멱살을 잡았잖아."

　'나'는 짧게 대답하고 서둘러 교실로 향했다. 나는 정태 옆에 계속 남아 그를 지켜보았는데, 잠시 후 몇몇 아이들이 모여들었다.

　"야, 너 얻어 터졌다며. 킥킥킥."

　정태와 함께 어울리던 패거리였다. 그 패거리의 얼굴이 내 눈에 들어왔을 때 나는 회상에 잠겼다. 머릿속 어딘가에 잠자고 있던 기억이 누군가의 손에 의해 이끌려 나왔다.

　정태는 책상에 앉아 있고 그의 패거리는 그의 뒤에 서 있다. 정태는 아무 이유도 없이 '나'의 등을 때린다. 아이들이 낄낄거린다.

　"왜 때려?"

　'나'는 소심하게 항의를 한다.

　"뭐가?"

　정태 무리가 딴청을 부린다. 한동안 무의미한 언쟁이 계속된다. '나'는 대드는 것을 포기한 채 책상에 엎드린다. 아무 이유 없는 폭력도, 웃음소리도 계속된다.

그 장면이 한 편의 영화처럼 내 눈앞에서 상영되었다. 영화의 주인공은 나였다. 책상에 엎드린 채 울고 있는 찌질한 주인공 말이다. 그 영화는 내가 수없이 겪었던 이유 없는 폭력의 한 장면이었다. 피해자는 책상에 고개를 박은 채 흐느끼고 있었고, 가해자들은 서로 마주 보며 낄낄거렸다. 아직 엔딩 크레디트가 올라오지 않았는데 눈앞의 영화는 어느새 끝나 있었다.

"병신 새끼 그런 찌질이한테 터지냐?"

정태 패거리는 정태를 놀리고 있었다. 그들에게는 정태가 '나'에게 맞았다는 사실이 우스워 보이는 듯했다. 하긴 만년 왕따한테 맞은 것이 그들에게 자랑스러운 일은 아닐 터였다.

"닥쳐. 갑자기 그 새끼가 먼저 쳤다고 씨발."

정태는 목에 핏대를 세우며 대들었다.

"다시 안 싸워?"

패거리 중 한 명이 기대에 찬 얼굴로 물었다.

"꺼져. 고등학교 들어오자마자 싸우냐?"

모두의 예상을 깨고 정태는 복수를 거절했다. 이건 더 이상 내 기억이 아니었다. 누군가 다른 사람의 삶이 시작된 것이고, 나는 이제 '나'의 드라마가 어떤 결말을 향해 달려갈지 예측할 수 없게 되었다.

내가 교실 안으로 들어갔을 때, 내 눈앞에 꽤나 놀라운 광경이 펼쳐졌다. '나'는 아이들과 어울려 떠들고 있었다. 환하게 웃는 표정으로. 나는 '나'에게 가까이 다가갔다. '나'의 주변에 모여 있던 아이들이 흩어지고 난 후에도 한 명이 끝까지 '나'의 옆에 남아 있었다.

"너 어디 중학교 다녔어?"

박정민이 '나'에게 물었다. 박정민. 서로 얼굴만 알 뿐 1년 내내 거의 아무 말도 하지 않고 지내던 사이였다. 나도 그에게 관심이 없었고, 그 애도 괜히 나랑 놀다가 골치 아픈 일에 휘말리고 싶지 않아 했다.

"정보중."

'나'의 목소리에는 힘이 들어가 있었다.

"어. 그럼 너 저기 있는 애들이랑 같은 학교 다녔겠네."

정민이는 교실 한쪽에서 떠들고 있는 무리를 가리켰다. 그 녀석들 모두 별로 반갑지 않은 얼굴들이었다. 아마 고등학교에서 처음 본 정태가 내게 엄마 없는 벙어리라고 떠들 수 있었던 것도 모두 저 녀석들의 공일 거다. '나'와 같은 반이 된 순간부터 저 녀석들은 분명 3년 내내 자기들이 가지고 놀았던 '나'에 대한 이야기를 떠들어 댔을 것이다.

"그래. 근데 별로 안 친해."

'나'는 조용히 대답했다.

"그럼 우리 앞으로 잘 지내자."

정민이는 자기 자리로 돌아갔다. '나'는 잠시 벽을 바라보며 생각에 잠겼다. 그때 정태가 들어왔다. 나와 '나'는 동시에 정태를 바라봤다. 그리고 반에 있는 아이들 대부분이 그들을 힐끗힐끗 바라봤다. 누군가는 우리가 마저 싸우기를 기대하고 있었고, 누군가는 우리의 싸움을 우려하고 있었고, 또 누군가는 그냥 다음 장면을 궁금해했다.

정태는 '나'의 앞으로 다가왔다.

"잘 지내자."

정태가 손을 내밀면서 말했다.

"그래. 아까는 내가 미안했어."

'나'는 망설임 없이 그의 손을 잡았다. 묘한 기분이 들었다. 마치 내 애인이 새로운 남자 친구와 만나는 장면을 보는 것 같았다. 내 10대의 삶을 외로움이라는 늪에서 허우적거리게 만든 그놈과 손을 잡다니… 한편으로는 '내' 삶의 꼬인 실타래가 조금씩 풀려 가는 모습을 보며 기뻤고, 다른 한편으로는 나의 적과 악수를 나누는 '나'에 대한 원망 때문에 슬펐다.

정태는 그들의 무리로 돌아갔다.

"뭐냐? 쫄았냐? 웬 화해?"

그들의 무리 중 한 명이 비아냥거렸다. 그들은 아마 정태가 다시 싸우기를 바랐을 거다. 그래야 그들에게 한 가지 즐거움이 사라지지 않을 테니까.

"씨발. 네가 찌질한 놈이라고 했잖아."

정태는 오히려 자신이 황당하다는 표정을 지었다.

"병신. 맞은 니가 잘못이지."

"그만해라. 그러다가 싸우겠다."

그때 2교시 시작을 알리는 종이 쳤고 아이들은 각자 자기 자리로 흩어졌다. 정태의 반응은 정말 놀라웠다. 2교시는 국어 시간이었다. 어제 자기소개를 마친 국어 선생은 제대로 된 수업을 했다. '나'는 수업에 집중하였다. 나는 교실을 둘러봤다. 지난 수백 년 동안 많은 것들이 바뀌었다. 칼을 들고 전쟁을 하던 시대에서 이제는 수백 킬로미터 밖에서 미사일을 쏘며 전쟁을 하는 시대가 되었고, 세계 일주가 쉽지 않던 시대에서 이제는 우주여행을 하는 시대가 되었다. 학교 현실도 마찬가지다. 변변한 시설 하나 없던 과거에서 이제는 첨단 장비를 이용할 수 있게 되었다. 하지만 수업은 18세기와 별반 다를 것이 없었다. 훈장님이 세련된 정장을 차려 입었을 뿐이다.

'나'는 오늘 이상할 정도로 열심히 수업을 듣고 있었고, 나는 그 모습을 보며 미소를 짓지 않을 수 없었다. 사실 나는 국어를 잘하는 편이 아니었다. 성적도, 흥미도 모두 이과에 가까웠다. 그런데 '나'는 국어 수업을 열심히 듣고 있었다. 수업 종이 치는 줄도 모르고 국어 선생은 열정적으로 수업을 했고 '나'는 행여 중요한 내용을 놓칠까 집중하며 필기를 했다. 첫 수업이기에 별 중요한 내용도 없었지만 아이들은 그들이 보여 줄 수 있는 최고의 집중력을 보여 줬고, 단 한 명의 낙오자도 없이 수업이 끝났다. 아이들은 다시 친구를 찾아 뭉쳤다. 같은 중학교를 다녔던 아이들, 같은 학원을 다니는 아이들, 새로운 친구들 사이에서 서로 빠르게 친해진 아이들까지 끼리끼리 어울렸다. '나'는 늘 그렇듯이 책상에 엎드렸다. 하지만 '나'는 달라져 있었다. 갑자기 자리에서 일어나 정민이에게 다가갔다.

"수업은 어땠어?"

'나'는 정민이에게 먼저 말을 걸었다. 나에게 그 장면은 참 어색하게 느껴졌다. 누군가와 이야기를 하는 '나', 누군가에게 먼저 말을 거는 '나' 모두 어색하기는 마찬가지였다.

"국어?"

정민이가 되물었다.

"응. 선생님 수업 괜찮았어?"

'나'는 질문을 좀 더 구체적으로 만들었다.

"그냥 그저 그렇던데."

정민이는 미소를 띠면서 말했다.

"하지만 그래도 나름 열심히 하던데."

'나'는 조심스럽게 말했다.

"열심히 하는데 나이 든 선생님 수업은 원래 재미없고 지루하잖아."

정민이의 대답은 시큰둥했다.

"근데 우리한테 안 지루한 수업이 어디 있냐?"

'나'는 웃으면서 말했다.

"하긴 그건 그래. 전부 다 학원에서 배운 거고, 선생님들은 그냥 자습서나 읽고 있잖아 뭐."

정민이는 '나'의 말에 진지하게 대답했다.

"좀 있으면 아이들 절반은 수업을 안 들을걸."

'나'는 뻔한 결말을 내다보듯 말했다. 어쩌면 나는 '나'를 잘못 알고 있는지도 모른다는 생각이 들었다. '내'가 먼저 정민이에게 말을 걸 줄도, 또 이렇게 정민이랑 오래 대화를 나눌 줄도 몰랐다. 물론 평범한 사람에게는 짧은 대화일 수도 있다. 하지만 '나'에게는 분명 긴 대화였다. '내'가 1년간 한 말이라고는 "하지 마!"밖에 없었으니까.

정민이는 누군가 부르자 그곳으로 달려갔고, '나'는 다시 자리로 돌아가 앉았다. 그리고 앞에 앉아 있는 여학생과 짧은 통성명을 주고받았다. '나'는 변해 있었다. 늘 사람들로부터 한 발자국 떨어져 있었고, 아무에게도 쉽게 다가가지 못했었지만 지금 '나'는 사람들에게 먼저 다가가고 있었다.

나는 고개를 돌려 현식이를 찾았다. 녀석은 보이지 않았다. 결국 현식이를 찾아 나섰다. 오래지 않아 현식이를 찾을 수 있었다. 무리지어 서서 떠들고 있는 아이들 옆에서 공부를 하고 있었다. 고등학교 첫날부터 공부를 하고 있는 아이, 당연히 내 눈에 쉽게 띄어야 했지만, 듬직한 체격의 아이들 틈에서 고개를 박고 문제집을 풀고 있는 현식이는 바로 옆을 지나가도 찾기 힘들었다.

나는 가만히 현식이를 바라봤다. 내가 혼자 있을 때 종종 말을 걸기도 하고, 내가 혼자 밥을 먹고 있으면 옆에 와서 같이 밥을 먹어 주던 그런 녀석이었다. 비록 아주 친하게 지내지는 못했지만 그래도 1년 내내 보이지 않는 곳에서 나를 도와주던 고마운 존재였다. 사실 현식이도 애들이랑 잘 어울렸던 녀석은 아니었다. 그냥 어쩌다 한 번 친구들과 몇 마디 하고, 대부분 구석에 앉아 공부만 하던 일종의 아웃사이더였다. 그래서인지 현식이는 나에게 연민을 느꼈던 것 같다.

내가 현식이를 바라보고 있을 때 정태가 내 옆을 지나 교실을 나갔다. 나는 정태를 따라갔다. 아까부터 정태가 신경 쓰였다. 내가 알고 있는 정태는 교무실을 나오자마자 주먹을 날리는 그런 녀석이었다. 그런데 그런 녀석이 '나'에게 주먹이 아닌 손을 내밀었다는 사실을 받아들이기 어려웠다. 정태는 화장실로 향했다. 나는 그를 따라 들어갔다. 화장실에는 아무도 없었다. 정태는 거울을 보며 자신의 볼을 어루만졌다.

"씨발 존나 아프네."

정태가 중얼거렸다. 나한테 맞은 곳이 꽤나 아팠던 모양이다. 하긴 그래도 29살의 건장한 청년이 온 힘을 다해 날린 주먹이었는데 안 아픈 게 비정상이었다. 정태는 볼일을 보면서 계속 중얼거렸다.

"찌질은 개뿔. 지들이 싸워도 지겠더구만."

비로소 내 의문이 풀렸다. 정태가 왜 '나'에게 먼저 손을 내밀었는지. 정태는 '나'를 싸움의 고수라고 생각한 모양이다. 보통 그렇게 멱살을 잡은 상태에서 주먹을 휘두르면 힘이 들어가지 않기 때문에 많이 아프지 않아야 정상이다. 하지만 정태는 꽤 아팠을 거다. 나는 바로 그의 앞에서 내 깊은 곳에 있던 분노와 울분의 감정을 실어 주먹을 휘둘렀으니까. 그래서 정태가 '나'에게 먼저 손을 내민 거였다. 아이들의 세계는 철저한 힘의 논리가 지배하고 있었고, 이길 수 없을 것 같은 싸움을 원하는 아이들은 없었다. 덕분에 '나'는 나와 달리 아이들에게 더 이상 괴롭힘을 당하지 않을 것이다.

정태가 문을 닫고 나간 뒤 나는 한동안 화장실에 그대로 있었다. 닫혀 있는 문을 마음대로 열고 나갔다가는 누군가 놀랄 테니까. 누군가가 화장실에 들어오기를 기다렸지만 아무도 들어오지 않았다. 3교시 종이 울리는 것을 듣고 더 이상 기다릴 수 없어 조심스럽게 문을 열었다. 그때 마침 화장실에 들어오던 학생과 마주쳤다. 문을 열고 들어오던 녀석이 태연하게 내 옆을 지나갔다. 그 아이는 문이 저절로 열린 것을 전혀 눈치채지 못했다.

3교시 수업은 이미 시작돼 있었고 나는 별수 없이 복도를 서성거렸다. '나'는 앞에 앉은 여자애와 이야기를 하고 있었다. 12년 전의 나와는 아무 말도 하지 않던 애였다. '나'의 변화는 나를 기쁘게 만들었다. '나'는 정말 행복해 보였다. 나는 복도 바닥에 주저앉아서 수업이 끝나기만을 기다렸다. 한참을 기다리다 시계를 봤는데 10분이 채 지나지 않았다. 정말이지 50분이라는 시간은 결코 짧은 시간이 아니었다.

나는 학교를 떠돌기 시작했다. 1층 구석에서 벗어나 학교 현관 앞에 섰다. 아무도 지나다니지 않았다. 참 적막했다. 본관을 나와 강당과 급식실이 있는 별관으로 향했다. 아주머니들이 점심을 준비하고 있었다. 나는 12년 전 이곳에서 혼자 점심을 먹으며 한 번도 맛을 느껴 본 적이 없었다. 밥을 해 준 사람들에 대한 감사도 없었다. 그때의 나는 그런 감정을 느낄 여유가 없었다. 맨날 누군가에게 맞고, 놀림을 받으면서 혼자 앉아 밥을 먹는데 감사라는 단어가 떠오를 리 없었다.

나는 식당 옆의 계단을 올랐다. 오래전 기억인 데다가 자주 다녔던 곳도 아니라 조금 낯이 설었다. 계단을 오르자 2층에 식당이 눈에 들어왔다. 내심 강당이 나오지 않을까 생각했지만 식당 뒤편에 자리하고 있는 강당은 식당 문을 통해 어렴풋이 보였다. 식당 옆에는 다시 본관으로 건너갈 수 있는 구름다리가 있었다.

나는 본관으로 건너갔다. 2층 본관 입구 옆에는 교무실이 있었다. 교무실 맞은편으로는 1학년 교실 9개가 ㄷ자 모양으로 펼쳐져 있었다. 1학년 교실 중 9개는 2층에 있었고, 2개는 1층 한구석에 있었는데, 내가 다녔던 11반 교실과 그 옆의 10반 교실이 바로 그 외톨이 교실들이었다. 사실 이것은 나에게 불행한 일이기도 했지만 동시에 다행한 일이기도 했다. 내가 애들에게 맞고 있을 때 더 이상 가세하는 녀석들이 없어서 그나마 다행이었지만 나를 도와줄 사람이 없다는 점이 문제였다. 물론 우리 교실 옆에 다른 교실이 있었다고 해도 나를 도와주는 녀석은 없었을 거다. 아이들 사이에서는 그런 분쟁에 개입하지 않는 것이 공공연한 약속이자 관례였으니까. 학교라는 곳에는 세 가지 종류의 국가가 있다. 다른 나라를 침략하는 침략국, 다른 나라에게 침략을 당하는 속국, 그리고 그 전쟁을 관람하는 중립국이 그것이다. 침략국과 중립국은 연합국이지만 속국은 단일국이다. 대부분의 중립국은 다른 나라의 분쟁에 개입하지 않는다. 자신들마저 속국이 되는 것을 피하기 위해서….

　1학년 교실을 막 지나갈 때였다. 교무실 문이 열려 있었다. 나는 교무실 안으로 들어갔다. 별다른 이유는 없었다. 그냥 담임이 얼마나 바쁜지 눈으로 확인하고 싶었다. 그냥 둘러대는 말처럼 느꼈기 때문이다. 하지만 내 예측은 빗나갔다. 교무실에는 담임 혼자 앉아 있었는데, 수험생 부럽지 않은 집중력으로 노트북을 노려보고 있었다. 담임의 얼굴에는 짜증이 가득했다. 사실 나는 아무런 도움도 주지 못하는 담임을 내심 원망하고 있었다. 하지만 담임에게 한마디 하소연도 하지 않고 담임이 내 상황을 알아 주기를 바라기에는 너무 바빠보였다. 사실 나는 내가 왕따라는 사실을 말하고 싶지 않은 자존심과, 말해 봤자 별로 도움이 되지 않을 것이라는 생각 때문에 담임에게 아무런 말도 하지 않았다. 내가 조금 더 적극적으로 도움을 청했다면 조금은 덜 고통스럽게 살 수 있지 않았을까 싶은 생각이 잠시 머리를 스쳐갔다.

3교시 끝을 알리는 종이 쳤다. 나는 다시 교무실을 나와 교실로 돌아갔다. '나'는 또 다른 친구를 만나고 있었다. 형식이었다. 나는 '나'와 형식이가 친해지지 못할 것이라고 생각했다. 그들은 절대 어울리지 않는 조합이었다. '나'는 말도 적고 진지한 성격이지만 형식이는 정반대였다. 활동적이고 장난기가 가득했으며 폭력적이었다. 한마디로 물과 기름 같은 관계였다. '나'는 형식이와 몇 마디 주고받는가 싶더니 이내 헤어져 화장실로 향했다. 나는 '나'의 뒤를 쫓아갔다. 화장실에는 아무도 없었다. 나는 주머니에서 수첩을 꺼내 '나'에게 보여 줬다.

'봐 잘될 거랬지?'

인간이란 종종 우연을 자신의 능력처럼 포장한다. 나도 마찬가지였다.

"뭐가 잘된 건데?"

'나'는 되물었다. 아무래도 교무실에 불려 간 것에 대해 아직까지 화가 덜 풀린 것 같았다. 나는 '나'의 심정을 이해할 수 있을 것도 같았다. 고등학생이 된 첫날부터 주먹을 휘둘렀다는 누명 아닌 누명을 쓰고 교무실에 불려 갔으니 당황스럽고 화가 나는 것이 당연했다.

'그래도 덕분에 친구들을 여럿 사귀었잖아.'

나는 조금은 들뜬 마음으로 글을 썼다. 하지만 돌아온 대답이 나를 충격에 빠트렸다.

"씨발. 어차피 며칠 지나면 다 떠날 건데 친구는 무슨."

'나'의 말투에는 한이 묻어 있었다. 내 눈앞에 또다시 낯선 장면들이 스쳐갔다.

중2 때였다. 한 학년 올라가면서 새로운 친구들을 만났다. 그리고 그 아이들과 대화를 하면서 서로 호감을 느꼈다. 하지만 시간이 지날수록 아이들은 나를 피했다. 어느 순간부터 그들 역시 왕따의 가해자가 되어 갔다. 몇몇은 적극적인 방식으로, 몇몇은 소극적인 방식으로. 3학년에 올라가서도 이런 일은 반복되었다. 다만 차이가 있다면 3학년 때는 다가오는 아이들이 훨씬 적었고, 훨씬 빠르게 멀어졌다는 점이다.

'나'에게는 사람에게 당한 상처가 많다. 그리고 그 상처들은 '나'에게 다가오는 다가오는 친구들을 바라보며 그들이 멀어질 것을 걱정하게 만들었고, 그렇게 '나'와 친구들의 사이에는 높은 벽이 쌓여 갔다.

'나'는 아무 말도 없이 화장실을 나가 버렸다. '나'를 바라보며 모든 문제가 해결된 것처럼 굴었던 나 자신이 한심했다. 나는 아이들이 쌓은 벽만 보았지 내가 더욱 높게 쌓아 올린 벽을 보지 못했던 것이다. 보고 싶지 않은 배우들을 무대 뒤에 숨겨 놓고 지낸 12년 동안 내 안의 벽이 많이 허물어진 모양이다. 나는 '나'의 벽을 허물어야 할지 아니면 그냥 두어야 할지 망설였다. 아이들에게 다가가기 위해서는 '나'의 벽부터 허물어야 했지만 혹시라도 그 아이들이 모두 떠나 버리면 '나'는 이 넓은 세상에서 혼자 남게 될 것이다. 내 선택에 책임져야 할 사람이 나 혼자가 아니라는 사실이 선택을 더욱 어렵게 만들었다. 12년 전의 나를 떠올리자 모든 것이 두려웠다. 그러나 결론은 뻔했다. 나를 보호한다는 이유로 벽 속에 나를 감추는 것, 그 선택은 나를 더 외롭게 만들었고, 그들에게 다가갈 기회마저 박탈했다. 그리고 그건 분명 고마운 일이 아니었다.

한동안 고민에 빠져 있는데 어느새 4교시 수업이 시작되었다. 내게 조금만 더 시간이 주어지기를 바랐지만 시간은 나를 기다리지 않았다. 나는 '나'의 가슴속에 있는 벽을 허물 방법을 생각해 보았다. 하지만 아무리 생각해도 답을 찾을 수 없었다. 나는 생각을 그만두고 교실 앞으로 향했다. 그리고 그 순간 내가 한심하게 느껴져 헛웃음이 새어 나왔다. '나' 스스로 쌓아 올린 벽은 시간과 마찬가지였다. 내가 시간을 붙잡을 수 없듯이 내가 쌓은 벽 역시 스스로 허물어야 할 뿐 누군가가 대신 허물어 줄 수는 없는 일이었다. 내가 해 줄 수 있는 것은 '나'와 기쁨을 함께하고 슬픔을 위로하는 것뿐이다. 창문 사이로 '나'의 모습이 눈에 들어왔다. '나'의 눈빛은 빛나고 있었다.

8
균열

4교시가 끝났음을 알리는 종이 울렸다. 아이들은 1시간이라는 긴 여유 시간을 이용해 동창을 찾아 나섰다. 절반 정도의 아이들은 그대로 교실에 남았다. '나'도 교실에 남았다. 찾아 나설 동창이 없으니 당연한 일이었다.

나는 비어 있는 '나'의 옆자리에 앉았다. 할 말이 생각나지 않았다. 나는 멍하니 '나'의 뒤통수만 바라보았다. 그때 교실 뒤편에서 형식이가 다가오는 것을 느꼈다. 본능적으로 몸이 긴장되었다. 어딘가에서 '나'에 대한 이야기를 듣고 온 형식이가 '나'에게 시비를 걸지도 모른다는 생각이 들었다. 형식이가 '나'의 뒤에서 손을 들어 올렸다. 결국 이렇게 다시 꼬여 버리는 '나'의 삶이 야속하기만 했다.

"야! 밥 먹으러 가자."

형식이가 '나'의 등을 치면서 말했다. 예상외의 말이었다. 설마 형식이가 '나'에게 밥 먹자는 말을 하러 올 줄은 생각지도 못했다. '나'도 그렇게 생각했던 모양이다.

"어?" '나'는 당황했다.

"밥. 밥 안 먹어?"

형식이는 손을 까딱거리며 밥 먹는 흉내를 냈다.

"어… 먹어야지."

'나'는 입을 다물지 못했다.

"가자."

형식이가 '나'를 끌고 나갔다. '나'는 형식이에게 끌려가다 정민이와 눈이 마주쳤다.

"밥 먹으러 안 갈래?"

"그래." 정민이가 따라 나섰다.

"넌 이름이 뭐냐?" 형식이가 정민이에게 물었다.

"박정민. 너는?"

"김형식. 앞으로 잘 지내 보자."

형식이가 정민이에게 손을 내밀었다.

"그래."

정민이가 형식이의 손을 잡으며 말했다. 형식이는 식당을 향해 앞서 갔고 정민이와 '나'는 조금 뒤에서 따라갔다.

"그러고 보니까 아까 이름도 안 물어봤네."

'나'는 멋쩍은 미소를 지으며 정민이를 바라봤다.

"난 너 이름 알아. 이준석 맞지?"

정민이가 미소를 띠며 말했다.

"어. 어떻게 알았어?"

'나'는 깜짝 놀랐다.

"아까 애들이 하는 말 들었어. 너랑 같은 학교 나온 애들."

정민이는 그 녀석들 바로 옆자리에 앉아 있었다. 그래서 그 애들이 '나'에 대해 하는 얘기를 들은 모양이다. '내'가 중학교 때부터 왕따였다는 사실을. '나'의 표정은 굳어졌다. 정민이가 '나'를 떠날지 모른다고 생각한 것이다.

"걱정 마. 난 그런 말 신경 안 써."

정민이는 웃으면서 말했다.

"무슨 말?" '나'는 두려움 섞인 표정으로 되물었다.

"뭐. 네가 중학교 때 애들이랑 별로 사이가 안 좋았던 거."

정민이는 모든 것을 알고 있으면서도 애써 돌려 말했다.

"그 녀석들은 이제 너 안 건드릴걸. 꽤 쫀 거 같던데."

형식이는 걸음을 멈추고 뒤를 돌아보며 말했다. 형식이까지 내가 왕따였다는 사실을 알고 있었던 모양이다. 역시 소문은 상상 이상으로 빠르게 퍼져 나간다.

"아까 니가 KO시켰잖아."

정민이는 자기 일처럼 기뻐했다.

"KO는 무슨, 그냥 넘어진 거지…."

'나'는 겸연쩍다는 듯이 대답했다.

"아무튼 아까 걔네 하는 얘기 들었는데. 제대로 쫄았어. 이제 너한테 쉽게 시비 못 걸걸."

웃고 떠드는 사이에 우리는 식당에 도착했다. 정태와 그 친구들이 식당에서 나오고 있었다. 거기에는 중학교 때 나를 자주 괴롭혔던 녀석들도 있었다. 그들은 '나'와 스쳐 지나갔지만 아무도 시비를 걸지 않았다. 그냥 '나'를 외면했다. 그들이 '나'를 대하는 방식은 변하기 시작했다. 이제 '나'만 변하면 될 것 같았다. '나'와 아이들은 긴 줄 뒤에 들러붙었다. 식당 앞은 시끄러웠다. 수십 명의 아이들이 동시에 떠들어 대는 바람에 알아듣기 힘들 만큼의 소음이 만들어졌다. '나'와 다른 두 명도 여기에 동참했다.

"아까 교무실에서 뭐래?"

형식이가 '나'에게 물었다.

"귀찮으니까 가래." '나'는 웃으면서 말했다.

"대박."

정민이가 말했다.

"나 오늘 학원 안 가서 PC방 갈 건데. 같이 갈래?"

정민이가 물었다.

"그래. 나도 오늘 학원 가기 전에 시간이 조금 남아."

형식이는 흔쾌히 대답했다. 만난 지 불과 5분밖에 되지 않은 아이들이 놀러 갈 계획을 세우는 모습이 내게는 꽤나 낯설게 느껴졌다. 아이들은 빠르게 멀어지던 만큼 빠르게 가까워졌다.

"너는?"

정민이가 '나'를 보면서 물었다. 보나마나 '나'는 거절할 것이 틀림없다. 지금까지 게임을 해 본 적이 별로 없으니까.

"나 게임 못해. PC방에 간 적이 없어."

'나'는 머쓱한 표정을 지으며 완곡하게 그의 제안을 거절했다.

"학원은?"

정민이가 거듭 물었다.

"오늘 7시에 과외 있어." '나'는 힘없이 대답했다.

"우리 수업 5시에 끝나니까 그래도 2시간 남잖아? 가자. 우리가 가르쳐 줄게."

정민이의 제안에 형식이가 고개를 끄덕였다.

"나 그런 거 진짜 못해."

'나'는 곤란하다는 표정을 지었다.

"그러니까 가르쳐 줄게. 게임은 꼭 배워 둘 필요가 있다니까."

정민이는 미소를 지었다. 나는 그 미소가 어떤 의미인지 알 수 있었다. 게임은 남자들에게 공감대를 형성하게 해 주는 중요한 화제 가운데 하나였기 때문이다. 특히 학교에서는 더더욱 그러했다. 아이들이 나누는 대화 주제는 태반이 게임이었고, 그들의 여가 생활은 대부분 PC방에서 이루어졌다. 나도 그런 이유에서 중1 때 잠시 게임을 하려고 노력했었다. 하지만 게임 자체에 흥미를 못 느꼈고, 아이들이 점점 나를 따돌리면서 굳이 게임을 해야 할 이유가 사라졌다. 나뿐만 아니라 '나' 역시도 그 미소의 의미를 이해한 듯했다. '나'는 아무 대답도 하지 않았지만 그 표정에는 이미 제안을 받아들이겠다는 말이 쓰여 있었다.

"그럼 너도 가는 거다."

정민이가 못을 박았다.

"알았어."

'나'는 어쩔 수 없다는 듯이 말했다. 세 사람이 방과 후 계획을 짜는 동안 줄은 많이 줄어들었다. 세 사람의 식사는 빨리 끝났다. 사실 세 사람의 식사가 빠른 것이 아니라 남학생들의 식사가 빠른 것이다. 그들은 별 대화도 없이 금방 밥을 먹고 자리에서 일어나서 곧장 교실로 향했다. 교실에 들어가기 전에 세 사람은 화장실부터 가기로 했다. 정민이가 화장실 손잡이를 돌렸다.

"어. 잠겼다."

정민이가 몇 차례 시도를 했지만 끝내 화장실 문은 열리지 않았다.

"씨발. 첫날부터 담배질이냐."

형식이가 투덜거렸다. 우리 교실은 교무실에서 가장 멀리 떨어진 곳에 있었다. 덕분에 이곳은 전교생의 흡연실로 애용되었고, 종종 폭행 장소로도 활용되었다. 나도 이곳에서 자주 얻어맞은 기억이 있다. 그냥 마음에 안 든다는 이유로.

"큭."

정민이가 웃음을 터트렸다.

"왜?"

형식이는 그런 정민이를 의아하다는 눈빛으로 쳐다봤다.

"아니, 그냥. 나는 니가 담배 필 줄 알았거든."

"이 새끼가."

형식이가 정민이를 때리는 시늉을 했다.

"하하. 장난이야."

두 사람은 정말 **빠르게** 가까워졌다. 불과 1시간 만에 저런 농담을 할 정도로. 그들은 그렇게 잘 어울리는 조합이 아니었지만 아이들은 종종 그런 어울리지 않는 구성으로 몰려다니곤 했다. 사실 나도 형식이가 담배를 피우는 줄로만 알았다. 직접 담배 피우는 모습을 본 적은 없었음에도 불구하고 말이다. 그렇게 형식이는 내게 담배 피우는 모습이 크게 어색하지 않은 녀석이었다. 내 기억 속의 형식이는 나를 괴롭히는 데 동참했던, 조금은 불량한 녀석이었기 때문이다. 하지만 내가 잘못 생각한 모양이다. 오늘 하루 '나'를 대하는 형식이의 모습에서 그런 불량함은 보이지 않았다. 그는 '내'가 왕따였다는 사실을 알고도 함께 밥을 먹으러 가자고 했고 '나'를 위로하기까지 했으니까.

오늘 하루 너무 많은 사람들이 내 예상을 깼다. 나는 내 기억이 잘못된 것이 아닐까 싶은 생각마저 들었다. 그렇지 않고는 이렇게까지 사람들이 내 예상외의 행동을 할 리 없었다. '나'에게 금세 꼬리를 내린 정태, 꽤나 불량하다고 생각했는데 '나'에게 손을 내민 형식이, 장난기 가득했지만 나름 진지한 구석이 있는 정민이까지 나는 누구 하나 제대로 알고 있는 녀석이 없었다. 점심을 늦게 먹어서인지 금방 5교시 시작을 알리는 종이 쳤다. 여행을 떠났던 녀석들도 하나둘 교실로 돌아왔다. '나'는 수업 시간 내내 정민이와 형식이를 힐끔거렸다. '나'의 가슴속에 있던 벽, 그 한구석에서 균열이 시작되고 있었던 것이다.

9
레퀴엠

　어두운 거리에 간판들은 휘황찬란한 빛을 내뿜으며 그 자태를 뽐냈다. '나'는 조금 움츠러들어 있었다. 오랜만에 마주한 밤거리가 '나'에게 별로 반갑지 않은 기억을 선사한 모양이다. 나는 '나'의 어깨에 가만히 손을 얹었다. '나'는 몸을 움츠렸다. 그러나 그것이 내 손이라는 것을 눈치채고는 이내 어깨를 내주었다. 나는 '나'의 어깨에 팔을 걸쳤다. 그렇게 집까지 걸어갔다.

　오늘 '나'는 처음으로 PC방에 갔다. 그곳에서 형식이와 정민이에게 2시간 동안 게임 특강을 받았다. 나도 처음 보는 게임들이었다. 사람인지 동물인지 모르게 생긴 캐릭터들이 나와서 그들 키보다 큰 낫을 휘둘러 댔다. '나'는 황당했지만 1시간 가까이 친구들과 게임을 했다. 나는 게임을 좋아하지 않지만 '나'와 친구들이 함께 어울려 게임을 하고 있는 모습을 보는 것은 싫지 않았다. 12년 전의 나는 친구들과 어울리지 못했다. 그들은 나를 받아 주지 않았고, 어느 순간부터 나 역시도 그들의 문화와 멀어졌다. 하지만 지금의 '나'는 그들의 문화에 녹아 들고 있다. '나' 스스로의 노력이 아닌 친구들에 의해서.

"고마워."

'나'는 억지스럽게 퉁명한 목소리로 속삭였다. 나에게 한 말이다. 나는 그냥 '나'의 등을 두들겼다. 어느새 내 상처는 완전히 잊혀진 채 나는 '나'를 바라보며 아파했고 즐거워했다. 아빠는 이미 집에 와 있었다.

"왔어?"

문소리를 듣고 나온 아빠가 물었다.

"응. 일찍 왔네?"

'나'는 건조하게 대답했다.

"어. 외근 나왔다가 그냥 퇴근했어. 너는 학교 지금 끝났어?"

"아니. 5시쯤 끝났는데 밖에서 좀 놀다 왔어."

'나'는 대답을 얼버무렸다.

"그래? 저녁은 먹었어?"

아빠는 더 이상 묻지 않았다. 대신에 화제를 돌리며 어색한 미소를 지어 보였다. 아빠의 얼굴에서 '나'에 대한 걱정이 느껴졌다.

"아직. 아빠는?"

"어. 나도 먹어야지. 나가서 먹을래? 아니면 아빠가 해 줄까?"

"나 이따 과외 있어. 30분도 안 남았어."

'나'는 가방을 내려놓으며 퉁명스럽게 대답했다.

"아. 그럼 뭐 해 줄까? 먹고 싶은 거 있어?"

아빠는 요리를 곧잘 한다. 이혼하기 전부터 자주 엄마 대신 밥을 했다. 사실 엄마가 하던 밥보다 종종 아빠가 해 주던 밥이 더 맛있었다. 뭐 본인 말로는 대학 때부터 혼자 살면서 세끼 전부 백반을 차려서 먹었다고 한다. 그런데 그 말이 거짓말같이 느껴지지 않을 만큼 아빠는 요리를 잘했다.

"아무거나."

'나'는 교복 상의를 벗으며 무성의하게 대답했다.

"제육볶음 괜찮아?"

"응."

'나'는 짤막한 대답의 울림이 끝나기도 전에 방으로 들어갔다. 아빠는 '나'의 뒷모습을 바라보기만 했다. 방문이 닫히고 얼마 안 있어 아빠는 걱정스러운 표정으로 짧은 한숨을 내쉬고 부엌으로 향했다. 아빠에게 '나'는 너무도 버겁고 어려운 존재처럼 느껴졌다. 하지만 자신에게서 점점 멀어지는 아들을 보며 한마디도 하지 않았다. 아니 하지 못했다.

"아. 귀찮아."

'나'는 가방을 던지듯 내려놓았다. 두 사람은 점점 멀어지고 있었다. 나는 조용히 손님방으로 들어가 침대 밑에 숨겨 둔 종이 뭉치를 꺼냈다. 대부분의 부모들은 종종 자식들이 이해할 수 없는 방법으로 자식에게 사랑을 전한다. 하지만 상대가 느낄 수 없는 방법은 모두에게 상처만 줄 뿐이었다. 나는 아빠와 '내'가 더 이상 그러지 않기를 바랐다. 그러기 위해 이 종이들을 읽어야만 할 것 같았고 읽고 싶었다. 나는 종이 뭉치 일부를 다시 침대 밑으로 밀어 넣고, 나머지를 들고 방을 나왔다. 아빠는 부엌에서 고기를 굽고 있었다. 나는 서둘러 그 종이 뭉치를 금고에 돌려놓았다. 비록 그 순서는 뒤죽박죽이었지만 아빠가 예전 일기들을 읽어 볼 것 같지 않았다. 내가 금고 문을 닫고 있을 때 아빠가 '나'를 불렀다.

"야. 밥 먹어."

나는 서둘러 서재를 나섰다. '나'도 방에서 나오고 있었다. '나'와 아빠는 식탁에 앉았다. 아빠와 '나', 단둘이 마주보고 앉아 있는 식탁이 너무 크게 느껴졌다. 나는 조용히 '나'의 옆자리에 앉았다. 넓은 식탁은 그렇게 한 자리 더 채워졌다.

"많이 먹어."

아빠가 숟가락을 들며 말했다.

"잘 먹겠습니다."

'나'도 숟가락을 들었다. 두 사람은 조용히 밥을 먹기 시작했다. 눈은 TV를 향해 있었고, 팔은 같은 동작을 되풀이하고 있었다. 그들의 저녁 밥상에서 '대화'라는 조미료만 빠져 있었다.

"잘 먹었습니다."

'나'는 밥그릇을 국그릇에 포개며 말했다. 그렇게 두 사람의 식사는 15분이 채 넘지 않아 끝나 버렸다.

"나 과외 있어서 먼저 들어갈게."

'나'는 밥그릇을 부엌에 가져다 놓으며 말했다. 시계는 이미 8시를 가리키고 있었다.

"그래 8시지?"

아빠는 젓가락질을 하며 대답했다.

"응."

'내'가 들어가자 아빠는 냉장고에서 맥주 한 캔을 꺼냈다. 넓은 집에 캔 따는 소리가 서글프게 울려 퍼졌다. 그 울림이 잦아들 때 초인종 소리가 또 다른 울림을 만들어 냈다. '나'는 현관으로 나갔다. 나는 손님방 침대에 드러누웠다. 피곤함이 몰려왔다. 오늘 하루는 '나'뿐만 아니라 내게도 놀랍고 피곤한 하루였다. 불과 몇 시간 만에 수년이 지나도록 일어나지 않았던 많은 변화들이 있었다. 나는 언제 틀어질지 모르는 '나'와 친구들 사이에서 그 긴 하루 내내 긴장하고 있었다. 잠시 눈을 감았다. 내 의식이 점점 희미해져 갔다.

눈을 떴을 때, 시간은 이미 밤 11시를 지나고 있었다. 나는 침대에 일어나 앉았다. 안방에서는 아빠의 코 고는 소리가 들렸다. 나는 고개를 가로저으며 잠을 쫓았다. 조금씩 시야가 뚜렷해졌다. 문틈으로 흐릿한 빛이 흘러 들어왔다. 나는 방문을 열고 불이 켜져 있는 방으로 향했다. '나'는 컴퓨터를 하고 있었다. 나는 '나'에게 다가갔다. 게임을 하고 있었다. 나는 '나'의 옆에 있던 의자를 끌어와 앉았다. 내게는 여전히 알 수 없는 존재들이 알 수 없는 무기를 휘두르는 알 수 없는 게임으로밖에 보이지 않았다. 하지만 '나'는 내 생각에 동의할 수 없다는 듯이 게임에 빠져 들어가고 있었다. 나는 주머니에서 수첩을 꺼냈다.

'재밌냐?'

나는 수첩을 '나'의 눈앞에 흔들었다. '나'는 아직까지 갑작스럽게 다가오는 종이에 적응하지 못했는지 놀라는 모습이었다. 하지만 이내 모니터에 집중했다.

"하고 싶어서 하는 게 아니라 정민이가 같이하자고 해서 어쩔 수 없이 하는 거야."

'나'는 시선을 모니터에 고정한 채 중얼거렸다. '나'도 게임을 하고 있는 자신의 모습이 어색하게 느껴졌는지 묻지도 않은 변명을 늘어놓았다. 나는 가만히 모니터를 들여다봤다. 하지만 5분도 못 되어 집중력을 잃었다.

나는 방을 둘러보았다. 지금 보니 '나'의 방은 참 말이 안 되는 방이다. TV에 컴퓨터, 소형 냉장고까지 없는 게 없었다. '나'는 방안에서 밥 먹는 것만 빼놓고 모든 일을 할 수 있었다. 심지어 화장실까지 따로 있었다. 그 덕분에 '나'는 거의 대부분의 시간을 방에서 혼자 보낼 수 있었다. '나'는 사람으로부터 버려졌고, 어느 순간부터 더이상 그들에게 돌아가기를 원치 않았다. '나'는 그렇게 집에서조차 벽을 쌓아 놓고 그 안에서 살았다. 대학교를 졸업할 때까지 그 벽을 허물 생각을 하지 않았다. 하지만 사회에 발을 들여놓으면서 조금씩 그 벽이 허물어졌다. 사람들은 필요에 의해서든 혹은 진심에 의해서든 내게 다가왔고 나 역시도 어느 순간 모든 기억을 무대 뒤로 밀어놓은 채 사람들 사이로 돌아갔다. 나는 게임에 빠져 있는 '나'를 바라봤다. '나'는 좀 더 일찍 사람들 사이로 돌아간 것 같았다. 내가 사람들로부터 가장 멀어졌던 그 시점에 '나'는 다시 사람들 사이로 발걸음을 옮긴 것이다. 시계는 이내 12시를 가리켰다. 게임 화면에 작은 채팅 창이 나타났다. 정민이는 'ㅂㅇ'이라는 두 개의 자음을 남기고 온라인 세계에서 빠져나갔다. '나'는 정민이가 나간 뒤에도 잠시 게임을 더 했다. 하지만 이내 컴퓨터를 껐다. '나'는 컴퓨터를 끄고 의자에 앉아 생각에 잠겼다. 그렇게 길지 않은 시간 동안 방에는 침묵이 흘렀고, '나'는 현관 앞에 내려놓은 책가방을 가지고 왔다. 그리고 가방을 싸기 시작했다. 내일 등교 준비를 하는 '나'의 얼굴에 옅은 미소가 떠올랐다. '나'는 내일을 맞이할 준비를 끝내고 방의 불을 껐다.

"야. 여기 있지?"

'나'의 흐릿한 실루엣이 눈에 들어왔다. 하지만 나는 대답하고 싶지 않았다. 지금은 아무 소리도 들리지 않는 적막과, 창문 틈으로 새어 들어오는 옅은 달빛으로 인해 진정한 나를 마주할 수 있는, 나 자신에게 가장 솔직해질 수 있는 그런 시간이다. 나는 '나'의 시간을 빼앗고 싶지 않았다.

"없나 보네."

'나'는 침대에 누워 중얼거렸다. '나'는 더 이상 아무 말도 하지 않았다. 하지만 달빛에 비친 그의 표정은 천 마디 말로도 표현할 수 없는 그 이상의 것을 말하고 있었다.

나는 '나'의 방을 빠져나가 손님방으로 향했다. 나는 다시 새로운 모습, 새로운 진실과 마주했고 오래지 않아 가지고 있던 일기를 전부 읽었다. 종이 뭉치에는 새로운 모습도 새로운 진실도 없었다. 다만 거기에는 엄마 없이 자라는 '나'에 대한 걱정, 점점 자신에게서 멀어져 가는 '나'에 대한 서운함, 고민을 털어놓지 않는 것에 대한 답답함 같은 것들이 쓰여 있었다. '나'는 그에게 가장 소중한 존재이자, 가장 큰 고민거리이고, 동시에 버거운 존재라는 확신은 더욱 짙어졌다. '나'가 가방을 내려놓으며 중얼거리던 말이 떠올랐다.

종이 뭉치를 들고 다시 금고로 걸어가는 내 머릿속에는 물음표 하나가 떠다니고 있었다. 나는 다시 금고에서 일기 한 뭉치를 꺼내 손님방으로 돌아왔다. 나는 또 다른 일기를 읽기 시작했다. 앞에 있던 종이 뭉치들은 빠르게 옆으로 옮겨졌다. 쌓여 있던 종이 뭉치의 절반 정도가 옆으로 치워졌을 때쯤 나는 내 신경을 건드리는 일기를 발견했다. 중2 때의 일기였다. 아빠는 내가 걱정이 돼서 담임을 찾아갔던 모양이다. 아빠는 담임에게 내가 친구들 사이에서 왕따를 당하고 있는 것 같으니 신경을 써 달라고 부탁했다. 그러자 담임이 반 아이들을 불러다 한 번 물어보겠다고 말했다. 그리고 며칠 후에 아빠는 다시 담임에게 전화를 했고 담임은 아빠에게 자신 있게 대답했다. 나를 포함한 반 아이들 전부에게 물어봤지만 자신의 반에 왕따를 당하는 아이는 없다고. 불현듯 한 장면이 떠올랐다.

내가 중2 때 담임이 종례 시간에 갑자기 작은 백지를 나누어 주었던 적이 있었다. 담임은 아이들에게 반에서 왕따를 당하고 있는 아이가 있으면 적으라고 했다. 아이들은 담임에게 백지를 돌려주었다. 내가 담임에게 돌려준 종이 역시 백지였다. 나는 그곳에 내 이름을 적을 수 없었다. 스스로 그 사실을 밝힌다는 것은 나의 자존심이 용납하지 않았다. 만일 내가 그곳에 내 이름을 쓸 수 있었다면 나는 이미 담임을 찾아가서 직접 말했을 것이다. 사실 내가 담임에게 백지를 돌려준 또 다른 이유는 두려움 때문이었다. 왕따와 폭력은 떨어질 수 없는 관계이다. 당연히 나는 폭력의 피해자가 되었고 내 속에는 그들에 대한 두려움이 내재되어 있었다. 담임은 그 터무니없는 조사의 결과를 믿었던 모양이다. 잡무에 치여 산다는 담임에게 업무평가 대상이 되지 않는 본무 따위는 살필 겨를이 없었으니까…. 사실 담임이 내 고통을 알았다고 해도 달라지는 것은 별로 없었을 것이다. 다만 담임의 그런 무성의함이 나를 분노하게 만들었다.

나는 일기를 계속 읽어 내려갔다. 불쾌한 감정은 쉽사리 가시지 않았다. 앞에 쌓여 있던 종이 뭉치가 거의 치워질 무렵 몇 장의 일기가 눈에 들어왔다. 중3 때의 일기였다. 아빠가 아침에 나를 깨우다가 내 머리맡에 있던 수첩을 본 모양이다. 그 수첩에는 내가 친구들에게 따돌림을 당하고 있다는 사실을 암시하는 말과 이름이 있었다. 아빠는 결국 이번에도 학교를 찾아갔고 담임에게 문제가 해결되었다는 연락을 받았다. 또 다시 기억을 더듬어 보았다. 담임이 내게 그런 것을 물어본 적이 있는지 떠올리기 위해 노력했다. 한참을 생각한 끝에 한 가지 일이 생각났다.

처음에는 상관이 없는 일이라고 생각했다. 1학기 기말고사가 끝나고 며칠이 지나지 않았을 때였다. 대부분의 선생들이 수업을 하지 않았고 덕분에 아이들은 정말 막장이었다. 꿋꿋이 수업을 하는 선생에게 대놓고 반항을 했고, 몇몇 아이들은 아예 교실에 들어오지도 않았다. 선생들은 교사로서의 존경도 권력도 모두 잃어버린 채 그들을 바라보고 있을 수밖에 없었다. 아이들이 학교의 통제에서 벗어난 그 몇 주의 시간이 내게는 가장 고통스러웠다. 아이들은 늘 긴장이 풀린 상태에서 흥분해 있었고, 장난은 정도와 빈도가 점점 심해졌다. 하루는 남자애들 몇 명이 나를 화장실로 데려가서 아무 말도 하지 않고 때리기 시작했다. 그것은 단순한 장난이 아니었다. 자주 있는 일은 아니지만 그렇다고 처음 있는 일도 아니었기에 이유 따위는 묻지도 않았고 생각하지도 않았다. 그들은 터무니없는 이유로 종종 나를 그렇게 때렸다. 그때도 터무니없는 이유 때문에 맞는 줄 알았는데 한마디 말이 귀에 거슬렸다. 그 아이들은 "너 때문에"라는 말을 했다. 이제야 그 말뜻을 이해할 수 있을 것 같다. 그들은 내게 보복을 했던 것이다.

　나는 중3 때의 담임을 기억해 냈다. 신경질적인 여선생이었다. 상당히 권위주의적이며 융통성이 없었다. 한마디로 모든 일에 트집을 잡으며 교권을 신권처럼 여기는 그런 선생이었다. 아빠에게 그 이야기를 들은 그녀의 대처 방법은 단순했다. 일단 가해자의 부모를 불러서 위협을 하였다. 담임은 늘 그런 식이었다. 모든 문제를 그냥 부모들을 불러다 놓고 해결하려 했다. 그리고 담임이 '해결'이라 불렀던 그것에 대한 보상으로 나는 아이들로부터 자잘한 멍 몇 개를 선물로 받았다. 나는 더 이상 그때의 일을 기억하고 싶지 않았다. 기억을 향해 더 깊게 들어갈수록 감정을 추스를 수 없는 상태가 될 뿐이었다. 나는 잠시 눈을 감고 몇 번 심호흡을 한 뒤 다시 앞에 놓인 일기를 읽어 나갔다. 고요한 방 안에는 시계 소리만이 마치 누군가 뒤에서 쫓아오는 발자국 소리처럼 조심스럽게 그리고 오싹하게 울려 퍼졌다. 그리고 그 소리가 점점 크게 느껴질수록 옆에 쌓여 있는 종이 뭉치가 얇아져 갔다. 종이 뭉치가 점점 바닥을 드러낼 무렵 한 장의 종이가 눈에 들어왔다.

12월 14일, 내 현실의 마지막 기억과 같은 날짜가 적힌 종이였다. 그리고 그 우연한 날짜의 일기에서 나는 한 가지 진실, 아니 현실과 마주해야 했다. 지금껏 보지 못했던, 어쩌면 보고도 외면해 오던 현실을. 볼에 무엇인가가 흘러내리는 것을 느꼈다. 나는 소리 내어 흐느끼기 시작했다. 그리고 차마 감당할 수 없는 감정을 느끼며 오열하기 시작했다. 시곗바늘이 아침과 마주할 때까지 감정을 주체하지 못한 채 통곡했다. 나는 현실 속 사무실에서 본 아빠의 슬픈 표정을 기억하며 일기 한 장을 고이 접어 안주머니에 넣었다. 종이는 모차르트의 음반 옆에 자리를 잡았다. 시곗바늘은 아침을 마주하고 있었지만 아직 밖은 어두웠다. 창 밖의 빗소리는 웅장하고 장엄한 장송곡 같았다. 나는 창문을 열었다. 비바람이 들이쳐 몸은 빗물에 젖고, 옷은 바람에 휘날렸다. 오늘따라 목에서 펄럭이는 검은 넥타이가 서글프게만 느껴졌다. 터질 듯한 천둥소리에 서둘러 문을 닫았다. 나에게 태양은 영원히 떠오르지 않을 것만 같았고, 영원히 '그 여자'라는 말을 쓸 수 없을 것만 같았다.

10
새로운 우주에서의 다짐

버스는 2시간째 달리고 있었다. 나는 선 채로 흔들리는 버스에 몸을 맡기고, 버스 안을 휘젓고 돌아다니는 녀석들을 피하느라 신경이 곤두서 있었다. 버스가 더욱 심하게 흔들리는 산지로 접어들었다. 더이상 서 있을 기운이 없었다. 그때 마침 목적지가 눈에 들어왔다. 수련원 입구에는 플래카드가 걸려 있었다.

'인재고등학교 1학년 학생 여러분 반갑습니다. 청산 수련원 가족 일동'

11대의 버스는 순서대로 400여 명의 학생들을 쏟아 내고 수련원을 빠져나갔다. '나'는 친구들과 함께 운동장으로 걸어갔다. 입학식을 마치고 3주 정도의 시간이 흐르는 동안 '나'는 많이 달라져 있었다. 형식이와 정민이는 여전히 '나'를 떠나지 않았다. 아니 절친한 친구가 되어 있었다. 좀처럼 어울릴 것 같지 않던 이 조합은 이제 제법 어울려 보인다. 물론 다른 친구들과도 꽤 가까워졌다. 지난 주말에는 같은 반 애들 몇 명이랑 영화도 봤다. 정태와는 서로 마주치지 않으려고 피하면서 지냈다. 그러는 사이에 '나' 스스로 조금씩 변화가 생겼다. '나'를 둘러싸고 있던 담이 무너지기 시작한 것이다. 우리는 이 꿈같은 생활에 어느덧 적응이 되었다. 사람들을 피해 '나'를 쫓아다니는 일이 더 이상 어렵게 느껴지지 않았고, '나'도 보이지 않는 나의 손에 놀라지 않았다.

아이들은 선생의 지시에 따라 운동장에 줄을 서기 시작했다. 하지만 난장판이 따로 없었다. 앞에서 소리치고 있는 선생들과 뒤에서 떠들고 있는 아이들은 서로 다른 세상에 있는 것 같았다. 하지만 오래지 않아 아이들은 선생의 지시에 따라 움직였다. 빨간 모자를 쓴 교관이 나타났기 때문이다. 그들의 욕 섞인 몇 마디에 아이들은 선생의 세상을 향해 걸어갔다. 교관들은 아이들에게 간단한 주의 사항을 알려 주고 바로 소지품 검사를 했다. 핸드폰도 모두 수거했다. 아이들은 아무 말도 하지 못했다. 불과 며칠 전, 수업 시간에 핸드폰을 사용하다가 걸려서 그걸 빼앗으려는 선생에게 온갖 반항을 다하던 한심한 녀석도 이번에는 핸드폰을 순순히 넘겨주었다. 욕 몇 마디와 교관이라는 위압감이 만들어 낸 일이었다.

'나'와 정민이는 배고픔을 호소하였다. 시곗바늘은 이미 12시를 지나가고 있었다. 교관은 아이들을 식당으로 데려갔지만 나는 오랜만에 '나'를 홀로 보낸 채 운동장에 남았다. 왠지 수련원을 감싸고 있는 숲이 내 발을 잡아 끄는 것 같았기 때문이다. 아마 현실에서는 일에 바쁜 나 때문에, 이곳에서는 학교생활에 치이는 '나' 때문에 한동안 빌딩 숲에 갇힌 채 아스팔트 길만을 배회하던 까닭일 터였다.

오랜만에 밟아 보는 흙은 참 따뜻하고 푸근했다.

　20분쯤 지나자 아이들이 하나둘 밖으로 나오기 시작했고, 40분쯤 지나자 아이들 대부분이 운동장에 나와 멀뚱멀뚱 서 있었다. 선생과 교관 들은 밥을 먹으러 갔는지 보이지 않았다. 무료해진 아이들은 시간을 때울 장난감을 찾아 나섰다. 그리고 그 장난감은 현식이가 되었다.

　시작은 정태의 친구가 했다. 그 녀석은 운동장 바닥에 널려 있는 작은 자갈을 현식이에게 던졌다. 현식이는 하지 말라고 짜증을 부렸고 아이들은 낄낄거렸다. 불과 5분도 지나지 않아서 열댓 명의 아이들이 그 말도 안 되는 오락을 함께하고 있었다. 지금 이 상황은 12년 전 내가 겪은 상황과 똑같다. 현식이가 12년 전의 내가 겪은 일을 당하고 있는 것이다. 돌을 던지고 있는 아이들에게 상대방이 누구인지는 문제가 되지 않았다. 아이들은 12년 전 나에게 똑같은 짓을 했고, 지금 현식이에게 그 짓을 하고 있다. 나는 '나'를 바라봤다. '나'는 그저 그 오락을 바라보고 있을 뿐이었다. '나'의 입에 옅은 미소가 그려져 있었다. 아이늘이 한창 그들만의 오락을 즐기고 있을 때 교관들이 돌아왔다. 그들은 그 오락을 목격했다. 그리고 그들 역시도 그것을 오락으로 치부했다.

　교관들은 아이들에게 열쇠를 나누어 주었다. 아이들은 그들의 짐을 들고 숙소로 들어갔다. 한 반이 두 개의 방을 쓰는데, 남자와 여자가 방을 나누어 쓰는 방식이었다. 나는 방에 들어가지 않은 채 주변을 둘러보았다. 내게도 '나'에 대한 여유가 생기자 떨어져 지내는 시간이 조금씩 늘어 갔다. 아이들이 들어가 있는 숙소 건물은 시끌시끌했다. 하지만 떠들고 노는 것도 잠시, 아이들은 곧 숙소에서 나와야 했다. 그들에게는 이곳에서도 돌아야 하는 쳇바퀴가 기다리고 있었던 것이다.

아이들은 운동장을 향해 쏟아져 나왔다. 운동장에는 아무도 없었다. 아이들은 운동장 이곳저곳을 떠돌았다. 잠시 후 아이들에게 불호령이 떨어졌다. 어디선가 갑자기 나타난 교관이 아이들에게 욕 섞인 명령을 내리기 시작했다. 교관의 명령에 따라 아이들은 줄을 섰다. 아이들이 모두 줄을 서자 교관은 줄을 서는 데 시간이 너무 오래 걸렸다는 이유로 기합을 주기 시작했다. 수련회의 전통 아닌 전통이었다. 교관들은 앞으로 이틀을 조금 더 편하게 지내기 위해 학생들의 군기를 잡는 것이다. 아이들은 투덜거리면서도 엎드리라면 엎드리고 앉으라면 앉고 일어나라면 일어났다. 1시간여의 기 싸움이 끝나고 아이들은 수련회 활동을 하기 위해 흩어졌다. 몇몇은 산으로 올라갔고 몇몇은 강당으로 들어갔다. 나는 '나'를 따라 산을 올라갔다. 그곳에서는 그 의미를 찾아 보기 힘들 만큼 허접스러운 프로그램들이 진행되었다. 몇몇 아이들은 서바이벌 게임을 했고, 또 몇몇 아이들은 고공 낙하 훈련을 했다. 나는 예나 지금이나 이러한 활동의 의미를 이해할 수 없다.

하지만 그것이 문제가 아니었다. 아까부터 계속해서 현식이에게 시비를 걸고 있던 녀석과 현식이가 싸움이 붙었기 때문이다. 화를 참고 있던 현식이가 결국 그 녀석의 얼굴을 쳤다. 아이들이 달려들어 두 사람을 떼어 놓았다. 교관은 저 멀리에서 이 상황을 봤지만 외면했다. 7의 얼굴에는 애들 싸움에 끼어들기 귀찮다는 표정이 역력했다. 아이들이 중재에 나서자 두 사람은 금방 떨어졌다. 현식이는 혼자 구석에 가 앉았고 다른 한 놈은 황당하고 억울하다는 표정을 지으며 정태의 무리에 합류했다. 정태와 녀석은 몇 마디 대화를 나누며 미묘한 미소를 지었다. 그리고 이내 자기들끼리 무언가를 소곤거렸다. 나는 느낌이 좋지 않았다. 아까부터 현식이에게서 12년 전의 내가 보였기 때문이다. 내 가슴속에서 알 수 없는 미안함이 느껴졌다. 12년 전, 홀로 앉아 있던 내 옆에는 현식이가 있었다. 하지만 지금 현식이 옆에는 아무도 없다. 나는 가만히 현식이의 옆에 앉았다. 누군가의 꼬여 있는 실타래가 조금씩 풀리자 누군가의 실타래가 꼬이는 것 같았다.

6시가 되어 갈 때쯤 아이들은 산에서 내려왔다. 교관은 아이들을 운동장에 모아 형식적인 단체 기합을 주고 식당으로 보냈다. 봄이 돼서 그런지 태양이 아직까지 하늘에 걸려 있었다. 하지만 오래지 않아 결국 오늘의 태양도 떨어지고 말았다. 태양이 지고 어둠이 사방에 내려앉았을 때쯤 아이들은 식당에서 하나둘씩 빠져나오기 시작했다. 이곳에 도착하고 나름대로 시간이 조금 지나서인지 아이들은 각자 매점에서 군것질을 하기도 하고 운동장을 뛰어다니면서 할 일을 찾았다. 나는 운동장 끝에 있는 낡은 그네에 앉아 있었다. 12년 전의 그날이 생각났다. 그때 나도 여기 이렇게 있었다. 홀로 어둠을 마주한 채, 내 뒤에 펼쳐져 있는 숲을 애처로운 친구 삼아. 그때 현식이가 나에게 다가와 몇 마디 말을 건네고 떠났다. 참 고맙고 따뜻한 말이었다. 12년 전의 나는 웃고 떠드는 아이들이 부럽기도 하고 밉기도 했다. 나는 늘 내가 왜 그들 사이에 있을 수 없는지 알 수 없었다. 언젠가부터 그건 내 부모가 이혼을 했기 때문이 아니었다. 단지 내가 그들에게 가장 마음에 들지 않는 존재였고, 그들에게 가장 놀리기 재미있는 존재이기 때문이었다.

넓은 운동장을 비추기에는 너무 초라한 조명 속에서 흐릿한 그림자가 내 쪽으로 다가왔다. 그 그림자는 짙은 어둠 속으로 걸어 들어왔고 내 옆의 낡은 그네에 앉았다. 12년 전의 나와 같은 모습이었다. 차이가 있다면 지금은 손을 내밀어야 하는 사람이 현식이가 아니라 나라는 점이다. 하지만 나는 손을 내밀 수가 없었다. 내가 손을 내밀면 조금씩 행복해지고 있는 '나'를 불행하게 만들지도 모른다는 생각이 들었다. 어쩌면 나는 알고 있었는지도 모른다. 한 집단에 '나'와 같은 존재는 항상 있기 마련이며 '나'의 자리가 비면 그 집단의 어딘가에서 또 다른 '나'가 생겨나야 한다는 것을. 그리고 현식이가 그 존재가 되어 가고 있다는 것을. 나는 고개를 숙였다. 현식이의 옆에서 고개를 들 수가 없었다.

그때 스피커를 타고 명령조의 말들이 흘러나왔다. 현식이는 다시 내게서 멀어졌다. 아이들은 방으로 돌아갔고 레크리에이션을 하기 전까지 자유 시간을 가졌다. 아이들은, 아니 사람들은 변화에 빠르게 적응한다. 어둠에서 멀어져 가는 '나'에 대해서도, 그곳으로 가까이 다가가는 현식이에 대해서도 예외란 없었다. 아이들은 아이들 틈에 있는 '나'와 혼자 떨어져 있는 현식이가 익숙해진 것 같았다. 아이들은 빠르게 '나'를 품었고 동시에 매정하게 현식이를 버렸다.

아이들은 그렇게 사회라는 집단으로 나가기 위한 훈련을 거쳤다 초등학교에서부터 아이들은 경쟁 사회에서 살아남는 법을 배웠다. 함께 살기 위한 방법이 아니라 내가 남보다 잘 살기 위한 방법을. 그리고 그 배움은 내게도 예외가 아니었다. 현식이에게 내밀 손이 없는 나를 보면서 그것을 알 수 있었다. 나는 '나'에게 다가가지 않았다. '나'가 있는 저 방 안에서 무슨 일이 일어나고 있는지 알 수 있었다. 그 일은 12년 전 내가 겪은 그것과 다르지 않을 것이다. 단지 고통을 맞이하고 있는 사람이 현식이로 바뀌었다는 것과 그 고통을 달래 줄 순수한 존재가 존재하지 않는다는 것만이 내 기억 속 장면과 다를 뿐이었다. 나는 그 장면을 마주할 수 없었다. 나는 은혜를 모르는 비겁하고 이기적인 족속일 뿐이었다. 갑자기 현실로 돌아가는 것이 두려워졌다. 나는 현식이의 얼굴을 볼 자신이 없었다. 내가 현식이에 대한 미안함과 자괴감에 빠져 있을 때 아이들은 숙소에서 나와 강당으로 향했다. 시커먼 무리 속에서 '나'의 모습이 눈에 들어왔다. 부모 눈에는 자식밖에 안 들어온다더니 꼭 그러한 식이었다. 나는 내가 조금씩 '나'의 부모가 되어 가는 듯한 느낌이 들었다. 그것도 자기 자식을 위해 자기 자식만을 생각할 뿐 다른 사람들에게는 아무런 양심도 갖지 않는 가장 한심한 부모의 모습을. 나는 그렇게 되고 싶지 않았다. 하지만 그렇게 되지 않을 자신이 없었다.

교관들의 호루라기 소리가 차가운 밤공기를 날카롭게 흔들었다.

또 어떤 방의 애들이 안 자고 놀다 걸린 모양이었다. 자라는데 안 자고 놀고 있는 애들도 한심했지만 그걸 지키고 있는 교관도 한심하게 느껴졌다. 사실 그들이 가장 한심하게 느껴지는 이유는 그들이 왜 방 앞에 서 있는지 모르고 있기 때문이다. 그들은 아이들을 재워야 한다는 생각만 있을 뿐 왜 그래야 하는지 생각하지 않았다. 문을 열고 들어갔을 때 누군가가 괴롭힘을 당하고 있어도 그들은 아이들에게 자라고만 외칠 뿐 왜 그 말을 외치고 있는지 모르고 있는 것 같았다. 내게 그들은 잘못 만들어진 로봇 같아 보였다. 갑자기 실소가 터져 나왔다. 과연 내게 누군가를 비난할 자격이 있을까? 하나의 질문을 시작으로 내 머릿속에는 수없이 많은 질문들이 꼬리를 물고 수면으로 떠올랐다. 그 많고 많은 생각 중에 나를 즐겁게 만들어 주는 생각 따위는 없었다. 왠지 오늘 밤 나는 쉽게 잠을 청할 수 없을 것 같다. 어쩌면 내 생각과 달리 누구보다 먼저 잠을 잘지도 모른다. 나는 남보다 내가 먼저인 그런 비정한 녀석이니까.

나는 얼굴에 꽤나 강한 통증을 느끼며 잠에서 깼다. 나는 땅바닥에 누워서 잠을 자고 있었다. 주위를 둘러봤다. 알 수 없는 녀석 하나가 땅바닥에 엎어져 있었다. 아이들은 엎어진 녀석을 보면서 웃고 있었다. 넘어져 있던 녀석이 일어서더니 내게 다가왔다. 나는 아직 정신이 없었지만 본능적으로 그 녀석을 피해 도망쳤다. 녀석은 내가 누워 있던 바닥 근처를 얼쩡거렸다.

"여기 뭐 없었어?"

녀석이 주변에 있던 아이들에게 물어봤다. 아이들은 웃음을 얼굴에 가득 안고 고개를 좌우로 흔들었다. 보아하니 녀석이 내 얼굴에 발이 걸려 넘어진 모양이었다. 아이들은 금방 가던 길을 마저 갔다. 나는 얼굴이 쑤셨다. 잠을 잘 잔 것에 대한 벌이라도 받은 모양이었다. 시계를 보니 9시가 다 되었다. 아이들은 아침을 먹고 쉬고 있었다.

나는 '나'를 찾아 숙소로 들어갔다. 잠이 덜 깨서인지 나는 오로지 '나'를 찾아야겠다는 생각밖에 들지 않았다. 하지만 숙소로 들어가는 발걸음이 왠지 모르게 찝찝했다. 방문 앞에는 아이들의 이름이 쓰여 있었다. '나'의 방은 문이 열려 있었다. 방 안에 첫 발을 들여놓는 순간 나는 얼굴이 일그러졌다. 내 발걸음이 찝찝했던 이유를 그제야 알 것 같았다. 아니 나는 그 이유를 알고 있었다. 다만 잠결에 그 이유를 잊었던 것일 뿐. 방 안에서 아이들은 베개 싸움을 하고 있었다. 좀 더 정확히 말하자면 베개로 현식이를 구타하고 있었다. 그리고 이번에는 '나'도 손에 베개를 쥐고 있었다. 나는 급하게 방을 빠져나갔다. 내가 돌아선다고 이 상황을 외면할 수 없다는 것을 알면서도 나는 등을 돌렸다. 미칠 것 같았다.

현식이의 옆에서 베개를 들고 있던 '나'의 모습이 잊혀지지 않았다. 맞고 있는 현식이만으로도 나는 충분히 미칠 것 같은데 그를 괴롭히고 있는 '나'의 모습은 나를 더욱 고통스럽게 만들었다. 나는 어떻게 해야 할지 알 수 없었다. 아니 사실 내가 해야 할 일은 어렵지 않았다. '나'를 보호했듯이 현식이를 아이들로부터 보호하는 것, 그것이 내가 해야 할 일이었다. 문제는 내가 그 일을 할 수 없다는 것이다. 현식이가 아이들의 폭력으로부터 벗어났을 때 현식이가 사라진 그 자리에 '나'가 다시 돌아갈지도 모른다는 우려가 나를 옭아맸다.

조직은 사냥감이 사라진다고 물러나지 않는다. 그들은 무의식적으로 새로운 사냥감을 찾는다. 그들은 사냥감을 쫓게끔 길러졌고, 스스로 사냥감을 만들어 내는 존재들이니까. 그리고 그들이 쫓는 사냥감은 언제나 그들과 가장 다르다는 이유로 싫어하는 아이들이었다.

나는 숙소를 뛰어나와 산을 올랐다. 해가 떨어질 때까지 산을 오르고 내리고를 반복했다. 가만히 있을 수가 없었다. 몸이라도 혹사시켜야만 머리가 조금이라도 생각을 멈추고 편해질 수 있을 것 같다. 해가 떨어지고 나니 더 이상 몸을 움직일 기운이 없었다. 하지만 내 머리는 여전히 생각을 멈추지 않고 있었다. 나는 운동장에 주저 앉았다. 도저히 자책감과 자괴감을 떨쳐 낼 수 없었다. 나는 그대로 바닥에 누웠다. 하늘을 올려다보자 별 몇 개가 떠 있었다. 하늘에서 빛나고 있는 별들은 12년 전 내 눈에 들어오던 그것들과 달랐다. 운동장에 드러눕고 시간이 조금 지나자 정신이 몽롱해졌다. 일어나야 한다는 것을 알았지만 몸이 움직이지 않았다. 그리고 잠시 후 나는 새로운 우주에서 처음으로 잠이 들었다.

시끄러운 소음과 뜨거운 열기가 나를 잠에서 깨웠다. 눈을 뜨자 내 옆에는 커다란 화염이 솟아나고 있었고, 아이들은 캠프파이어를 하고 있었다. 나는 비몽사몽간에 불을 피해 움직였다. 그곳에는 '나'의 반 아이들이 원을 그리며 앉아 있었다. 아이들의 분위기는 꽤나 묘했다. 한 여자아이는 울고 있었고, 남자아이들은 서로 속삭이며 웃고 있었다. 스피커에서는 누군가가 떠드는 소리가 들려왔다.

"우리를 위해 늘 희생하시며 우리만을 위해 살아오신 부모님들."

교관의 목소리였다. 교관은 부모님에 관한 말을 하고 있었다. 나는 이 장면이 생각났다. 감정적이고 순진한 아이들 몇 명은 교관의 말에 눈물을 흘리고 감정이 메마른 것인지 알 수 없는 아이들 몇 명은 울고 있는 아이를 비웃는 이 상황이. 나는 '나'를 찾아 나섰다. 나는 조용히 '나'의 뒤로 다가가 등을 두들겼다. 나는 결심했다. 무슨 일이 있어도 '나'를 행복하게 만들어 주겠다고. 영원히 채워질 수 없는 그의 빈자리를 채워 주겠다고⋯. 그게 12월 14일, 그날 내가 이곳에서 눈을 뜨게 된 이유일 테니까.

11
올곧은 나무와 휘어진 나무

버스 문이 열렸다. 나는 서둘러 버스에서 내렸다. 꾸물거리다가는 질서 없이 몰려나올 아이들을 감당하지 못할 터였다. 학교 앞은 왁자지껄했다. 11대의 버스에서 400여 명의 학생들이 쏟아져 내렸으니 당연한 일이었다. 나는 길가를 벗어나 집으로 가는 길목에 주저앉아 '나'를 기다렸다. 그때 내 앞을 현식이가 지나갔다. 현식이는 혼자서 집으로 가고 있었다. 그 옆을 희희낙락 지나가는 아이들의 무리는 현식이를 더욱 외롭게 보이도록 만들었다. 나는 현식이를 외톨이로 또 피해자로 만들었다는 자책감이 들었다. 하지만 사람은 자책감에도 적응을 하기 마련인지 처음보다는 덜 힘들었다. 현식이가 내 시야에서 멀어질수록 나의 자책감은 조금씩 누그러졌다.

나는 주먹을 들어 내 머리를 쳤다. 그렇게라도 해야 할 것 같았다. 나는 다시 '나'를 기다리는 일에 집중했다. 하지만 1시간이 지나도 '나'는 나타나지 않았다. 2시간이 지났지만 '나'는 보이지 않았다. 시간은 이미 4시를 넘어가고 있었다. 결국 집을 향해 발걸음을 돌릴 수밖에 없었다. 집 앞에 도착한 나는 초인종을 눌렀다. 아무 대답도 없었다. 집에도 오지 않았다는 의미였다. 나는 현관문을 열고 들어갔다. 당연한 말이지만 집 안에는 아무도 없었다. 나는 방에 앉아서 '나'를 기다렸다. 오늘은 저녁에 과외가 있는 날이니까 그렇게 늦지는 않을 것이다. 시계가 9시를 가리켰다. 과외 선생도 나타나지 않았다. 나는 당혹스러웠다. '나'는 7시간째 행방이 묘연했고 과외 선생도 마찬가지였다. 나는 마음을 조금 가라앉히고 거실 소파에 앉았다. 창밖의 야경이 아름답게 보였다. 잠시 리모컨을 만지작거리다 TV를 켰다. 신화에 관한 다큐멘터리가 한창이었다. 시계는 9시 반을 가리키고 있었다. 나는 안주머니를 뒤적거렸다. 나도 모르게 주머니에 넣었던 음반과 종이 조각이 손에 잡혔다. 꾸깃꾸깃해진 종이를 펴서 다시 읽었다. 하지만 여전히 일기의 주인공인 그녀를 이해할 수 없었다.

"고대 그리스신화를 보면 지하 세계에는 5개의 강이 있는데, 그중 스틱스 강은 죽음의 강으로 알려져 있다. 스틱스 강은 죽은 자가 저승을 들어가기 위하여 건너야 하는 5개의 강 중 마지막 강이라 전해지는데, 그곳을 한 번 건너면 이승으로 돌아오지 못했다고 한다. 즉 완전한 죽음을 맞이…."

나는 신경질적으로 TV를 껐다. 관심이 다른 데 있어서 그런지 TV 소리는 정신을 산만하게 할 뿐이었다.

"왜 그런 거지…."

나는 홀로 중얼거렸다. 9시 30분을 지나 시계가 10시를 향해 갈 때쯤 문 열리는 소리가 들렸다. 나는 현관으로 뛰어나갔다. '나'가 들어왔다. '나'는 아주 즐거운 표정이었다. 내 옆을 지나가는 '나'에게서 이상한 냄새가 났다. 술 냄새였다. 나는 '나'에게 수첩을 들이밀었다.

'어디 가서 뭐했어? 걱정했잖아.'

소리만 낼 수 있었으면 더 확실히 화를 냈겠지만 글씨만으로는 그렇게 할 수가 없었다.

"너 나랑 같이 간 거 아니었어?"

나는 황당했다.

'안 갔어. 어디 갔다가 오는 거야?'

"그냥 친구들이랑 좀 놀다가 왔어."

'나'는 아빠에게 말하듯이 둘러댔다.

'PC방?'

나는 화가 났다.

"응."

'나'는 옷을 벗으면서 대답했다.

'과외는?'

나는 옷을 벗고 있는 '나'의 눈앞에 수첩을 들이밀었다.

"아까 선생님한테 전화해서 쉬자고 했어."

'나'는 태연하게 대답했다.

'아빠는?'

"아빠는 출장 갔다고 하더라. 모레 온대."

'나'는 내 질문의 의도와 다른 대답을 했다.

'그게 아니라 아빠도 아시냐고?'

"뭐? 과외 안 한 거? 당연히 모르지 걸리면 난리가 날걸."

'나'는 씻으러 화장실로 들어갔다. 아빠에게 아무 말도 하지 않은 것이 분명하다. 아빠는 나름대로 공부만큼은 엄격했다. 아마 엄마 없이 아이를 기르는 것에 대한 책임감 때문이었을 것이다. 공부를 안 한다고 화를 내지는 않았다. 다만 잔소리를 할 뿐이었다. 그게 아빠 나름의 자식과 소통하는 방법이었고 '나'에게 사랑과 관심을 표현하는 방법이었다. 하지만 애석하게도 그건 귀찮은 잔소리에 불과했다. 씻고 나온 '나'의 입에서는 여전히 술 냄새가 났다.

'너 술 마셨어?'

내가 묻자 '나'의 표정이 급격하게 굳었다.

"아, 아니."

'나'는 말을 더듬었다. 당황한 모습이었다.

'술 냄새 나잖아. 너 나가서 뭐하다 온 거야!'

"아이씨 귀찮게. 안 먹었다니까. 그리고 마셨으면 어때? 니가 내 엄마라도 되냐?"

나는 화가 나서 수첩을 바닥에 내던졌다. 그러자 '나'는 불을 끄고 침대에 누워 버렸다. 사실 나에게 '나'를 다그칠 권한도 이유도 없었다. 술을 먹고 들어온 '나'에게도 잘못은 있었지만 그렇다고 내가 이렇게 화를 낼 문제는 아니었다. 하지만 나는 화가 났다. 언제부터인가 '나'를 정말 자식처럼 생각하고 있었던 것일지도 모른다. 그래서 엄마라도 되냐는 '나'의 말에 더욱 화가 났던 것일지 모른다. 어두컴컴한 방에 우리는 서로를 외면하고 있었다. 먼저 이 침묵을 깬 건 '나'였다. 나는 침대에 누워서 변명하듯 작은 목소리로 말을 시작했다.

"형식이었어."

'나'는 기어 들어가는 듯한 목소리로 말했다.

"먼저 가자고 한 건 형식이었어. 집에 가려는데 형식이가 PC방에 가자는 거야. 그러자고 했지. 애들이 다 가자고 하는데 나만 안 간다고 할 수 없잖아…. 그러면 또 옛날같이…."

'나'는 잠시 말을 멈췄다. '나'는 다시 옛날로 돌아가는 것을 두려워하는 것 같았다. 그리고 그렇게 옛날 같은 존재와 멀어져 가고 있었다.

"아무튼 그래서 정민이랑 형식이랑 우리 반 애들 몇 명이서 같이 갔어. 그리고 5시까지 게임을 하다 나오려는데 애들이 멀티방인가 뭔가를 가자는 거야. 나는 과외 때문에 안 된다니까 애들이 막 나보고 하루 빠지라는 거야. 거기다가 아빠가 전화해서 출장 간다고 하니까 나도 좀 고민이 되더라고."

'나'는 잠시 말을 멈췄다. 나는 침대 옆으로 가서 '나'의 어깨 위에 손을 올렸다. 이해할 수 있다는 무언의 메시지였다. 처음으로 탈선이라는 것을 하고 나서 얼마나 자책하고 있을지 알 것만 같았다. '나'는 말을 이어갔다.

"나도 그러면 안 된다는 건 아는데 아무튼 그래서 과외를 땡땡이

치고 애들이랑 멀티방을 갔어.”

‘멀티방?’

내게는 생소한 단어였다.

“뭐 PC방이랑 노래방이랑 짬뽕해 놓은 그런 데야. 아무튼 그래서 애들이랑 영화를 보고 있는데 애들이 나가더니 맥주를 사 왔어. 미성년자가 어떻게 술을 살 수 있었냐고 묻고 싶겠지만 그건 나도 몰라. 애들한테 물어보니까 그냥 웃으면서 얼굴이 삭아서 괜찮다고 하더라고. 결론은 분위기가 그렇게 돼서 나도 안 마실 수가 없었어. 하지만 정말 많이 안 마셨어. 그냥 장난 삼아 한 잔 마셨어.”

‘나’의 말은 조리 있지도 않고 논리적이지도 않았다. 하지만 솔직했다. ‘나’의 얼굴에는 자신의 변명이 납득이 되겠냐는 물음표가 써 있었다. 나는 책상에 있던 스탠드를 켰다.

‘애들이 그럴 수도 있지. 놀고 싶을 수도 있고 술이라는 것이 궁금할 수도 있어. 하지만 중요한 건 네가 그것이 잘못됐다는 점을 알고 있다는 거야. 앞으로 조심하면 돼.’

나는 ‘나’를 나무랄 수도 있었지만 어떤 행동을 했는지보다 어떤 행동을 할지가 중요하다고 생각했다. ‘나’는 한 번도 겪어 보지 못한 상황 속에 있었다. ‘나’는 그 상황에 적응해 가는 중이라고 생각했고, 스스로 그 상황에 잘 적응할 것이라고 믿었다. 스탠드의 불을 끄자 ‘나’는 금방 잠이 들었다.

‘나’는 지금까지 아주 올곧은 나무였다. 하지만 사람이란 나무는 모두가 조금씩 휘어질 수밖에 없는 존재들이다. ‘나’는 지금까지 자의든 타의든 무풍지대 안에 있었다. 바람 한 점 불지 않는. 그리고 이제 그곳을 벗어나려 하고 있다. 이제 '나'는 바람에 휘어질 일만 남았다.

내가 할 수 있는 것이 있다면 그 나무가 휘지 않게 하는 것이 아니라 달콤한 과실을 맺을 수 있게 하는 것이다. 원래 곧게 자란 나무보다 아름답게 휘어진 나무의 과실이 더욱 달콤한 법이지 않은가. '나'라는 나무는 지금까지 바람 한 점 없는 곳에서 아주 올곧게 자랐지만, 곪아버린 나무일 뿐이다. 나는 '나'를 바라보며 잠을 청했다.

12
군상

어느새 3월의 달력이 찢겨 나갔다.

계절은 봄의 중턱을 향해 달려가고 있었다. 수련회를 갔다 온 지도 1주일이 넘었다. 그 사이에 현식이의 왕따 신분은 보다 확고하게 굳어졌다. 현식이는 학교에서 모든 일에 혼자였다. 혼자 학교에 와서, 혼자 공부하고, 혼자 놀고, 혼자 밥을 먹고, 혼자 집에 갔다. 그에게 '같이'라는 말은 어울리지 않았다. 아이들 중 누구도 현식이에게 다가가지 않았다. 아이들은 현식이를 왕따로 순순히 받아들였다. 고집은 셌지만 주먹은 약한 까닭에 만만해 보였고, 아이들에 비해 조금 통통한 편이라 둔해 보였으며, 매사에 소극적으로 공부만 잘하는 현식이의 모습은 아이들의 목표가 되기에 충분했다.

4교시는 수학 시간이었다. 시험이 얼마 남지 않아서 그런지 아이들 대부분은 수업을 열심히 들었지만 몇몇은 그렇지 않았다. 현식이는 꽤나 열심히 수업을 듣는 부류였고 그 뒤에 앉아 있는 형식이는 그렇지 않은 부류였다. 갑자기 형식이가 앞에 앉아 있는 현식이의 뒤통수를 쳤다. 아무 이유가 없었다.

"왜!"

현식이가 뒤를 돌아보며 짜증을 냈다.

"뭐?"

형식이는 퉁명스럽게 대답했다.

"니가 때렸잖아?"

현식이가 따져 물었다.

"내가 언제?"

"10초도 안 지났거든. 니가 내 뒤통수 때렸잖아."

현식이의 하소연은 지루한 말싸움으로 번졌다.

"증거 있나?"

형식이가 능글맞게 물었다. 짜증을 내는 현식이가 재미있다는 표정이었다.

"너도 뒤통수 대."

현식이는 쉽게 물러나지 않았다.

"야, 내가 얘 쳤냐?"

형식이는 옆자리에 앉아 있는 '나'에게 물었다. 나는 '나'가 그렇다고 말해 주기를 바랐다. 하지만 '나'는 내 바람을 들어 주지 않았다.

"아니."

'나'는 형식이의 눈치를 보며 대답했다. 나는 무언가에 뒤통수를 얻어 맞은 것 같았다. 불과 얼마 전까지만 해도 현식이와 똑같은 입장에 처했던 아이가 그런 대답을 한다는 것은 커다란 배신감과 실망감을 주었다. 아이러니하게도 내가 나 자신에게 배신을 당한 꼴이다. 하지만 신기하게도 나는 '니'의 심정을 이해할 수 있었나. 힘들게 올라간 산 정상에서 내려오고 싶지 않은 기분, 그것이 지금 '나'의 심정일 것이다. 끔찍한 기억을 딛고 힘겹게 누군가와 함께 있는 이 순간, 그에게는 현식이의 고통보다 옆에 있는 존재가 더 소중했을 것이다.

"선생님한테 말한다."

현식이는 단호하게 말했다.

"해 봐."

형식이가 비아냥거렸다.

"한 번만 더하면 말할 거야."

현식이는 나름 경고를 하며 고개를 돌렸다. 그러나 선생한테 이르겠다는 경고 따위는 초등학생에게도 통하지 않을 것이다. 오히려 그깟 일을 선생한테 이르는 녀석을 한심하게 생각할 뿐이다. 형식이는 계속 현식이의 뒤통수를 때렸다. 마침내 현식이는 손을 들고 떨리는 목소리로 말했다.

"선생님 뒤에서 자꾸 때려요."

아이들은 현식이를 쳐다봤다.

아이들의 눈빛에 동정이라는 감정은 없었다. 선생은 판서를 하던 손을 그대로 칠판에 붙인 채 고개만 현식이 쪽으로 돌렸다. 수학 선생은 정년 퇴임을 앞두고 있는 노인네로 생활 지도에는 별 관심이 없고 수업에 들어와서도 판서만 하는 부류였다.

"그래서?"

선생님은 퉁명스럽게 되물었다.

"네?"

현식이는 당황했는지 거의 들리지도 않는 목소리로 말했다. 반 아이들은 모두 웃음을 터트렸다.

"거기 뒤에 때리지 마라."

그는 이 한마디만을 하고 마저 판서를 했다. 그는 이 상황을 제대로 파악하지 못했고, 현식이가 이 반에서 어떤 입장인지 전혀 알려고 하지도 않았다. 아니 그가 알고 있었다고 해도 별다른 변화는 없었을 것이다. 그는 담임과 마찬가지로 아이들끼리의 문제는 아이들끼리 해결해야 한다고 생각하는 인물이었으니까. 현식이의 표정은 굳어 있었다. 여기저기서 속닥거리는 소리가 들렸다.

"치사하게 저런 걸 일러바치고 있냐."

"장난 좀 친 거 가지고 존나 찌질하게 구네."

아이들에게는 이 모습이 장난으로밖에 보이지 않았고 장난을 이해하지 못하는 현식이가 더 큰 문제였다. 나는 '나'를 쳐다봤다. '나'는 아무 말도 하지 않았다. 하지만 그 표정에서 나는 읽고 싶지 않은 생각을 읽었다. '나'는 자신이 당할 때의 기분은 잊은 채 내심 현식이를 한심하게 생각하고 있었다.

"씨발 찌질하게 그걸 진짜 꼰지르냐?"

형식이가 비속어를 섞어 가며 선생에게 SOS를 청한 현식이를 비난했다.

"새끼 넌 죽을 줄 알아. 아직 15분이나 남았어."

형식이가 현식이의 귓가에 속삭였다. 현식이는 당장이라도 울 것만 같았다. 형식이는 주먹으로 현식이의 등을 치기 시작했다. 현식이는 아무 반응도 보이지 않은 채 엎드려 버렸다. 형식이의 주먹은 점점 세졌다. 5분쯤 지났을 때 형식이가 갑자기 주먹을 휘두르는 것을 멈췄다. 수학 선생이 형식이 쪽으로 다가왔기 때문이다.

"내가 하지 말랬지."

수학 선생은 형식이의 머리를 치며 말했다.

"아니… 그냥 안마나 해 줄까 해서… 헤헤."

형식이는 입가에 미소를 띠면서 말했다. 아니 입가에 미소를 머금고 말했다. 수학 선생은 한심하다는 표정을 지으며 돌아섰다.

"너는 인마! 누가 수업 시간에 엎드리랬어."

수학 선생은 현식이의 머리를 치면서 말했다. 현식이는 고개를 들었다. 엎드려 있어서 그런지, 울어서 그런지 유난히 눈가와 코끝이 빨갰다. 선생은 현식이의 얼굴을 쳐다보지도 않은 채 다시 칠판으로 걸어갔다. 형식이는 현식이에게 장난 치는 것을 멈췄다. 하지만 그 이유는 선생이 왔다 갔기 때문이 아니었다. '나'와 게임 얘기를 시작했기 때문에 더 이상 현식이를 치면서 시간을 때워야 할 이유가 없어졌기 때문이었다.

나는 형식이와 이야기꽃을 피우고 있는 '나'를 바라봤다. 나는 종종 부모들이 아이에게 불량한 친구와 놀지 말라고 하는 심정을 이해할 수 있을 것 같았다. 나는 '나'와 형식이가 조금 멀어지기를 바랐다. 그러나 나는 '나'에게 아무 말도 할 수 없었다. 그런 판단 역시

'나'의 몫이라고 믿었기 때문이다. 나는 '나'에게 지도가 될 수는 있어도 내비게이션이 될 수는 없었다. 내비게이션을 따라가면 더 빨리 더 쉽게 목적지에 도달할 수 있을지 모르지만 삶이란 목적지까지 가는 과정도 중요하기 때문이다.

4교시 끝나는 종이 울렸다. 수학 선생은 현식이에게 아무 관심도 보이지 않은 채 태연하게 교실을 나갔다. 현식이는 잠시 문제집을 풀다 이내 인상을 구기며 책상에 엎어졌다. 적응이 되지 않는 모습이었다. 내가 기억하는 현식이는 학교에서 거의 잠을 자지 않았다. 대부분 공부를 했지만 아이들과 어울려 대화도 나누곤 했다. 교실에는 아이들이 많이 남아 있었다. 더 이상 친구들을 찾아 다른 반을 배회하지 않았다. 반 아이들은 어느새 서로 어색함을 벗어 던졌다. 현식이를 제외하고. 활동적인 아이들 몇 명은 족구와 농구를 하러 나갔고 대부분의 아이들은 교실에 남아서 이야기를 하거나 공부를 하고 있었다. 중간고사가 사정권에 들어와서인지 꽤 많은 아이들이 문제집을 푸느라 정신이 없었다. '나'는 정민이와 다른 애들 몇 명과 이야기를 하고 있었다. 모두 공부도 곧잘 했기에 일종의 모범생 취급을 받는 아이들이었다. 잠시 후 대부분의 아이들이 밥을 먹으러 가고 '나'와 정민이만 남아서 형식이에게 다가갔다. 형식이는 공부를 하고 있었다. 사실 형식이와 공부는 그렇게 자연스러운 조합이 아니었다.

"와! 너 공부도 하냐?"

정민이가 놀랍다는 듯이 물었다.

"이게 공부로 보이냐?"

형식이는 정민이에게 눈길조차 주지 않은 채 대답했다.

"그거 혹시…답지냐?"

'나'는 황당하다는 듯이 물었다.

"보면 모르냐? 바빠. 건드리지 마."

형식이는 답지에서 열심히 풀이를 베껴 적으며 말했다.

"학원?"

정민이가 물었다.

"아님 이러고 있겠냐?"

"근데 학원에서 답지 걷어 가지 않냐?"

'나'는 호기심 어린 눈으로 형식이를 바라봤다.

"그래서 애들끼리 문제집 하나 샀어." 형식이가 대답했다.

"답지만 보려고?"

'나'는 황당하다는 듯이 물었다. 나는 한 번도 답지를 베껴 본 적이 없었다. 숙제를 못 하면 그냥 못 했다고 말했을 뿐 저렇게 숙제를 한 적은 없었다. 내 머리로는 도저히 생각해 낼 수 없는 방법이었다.

"저거는? 저건 답지가 따로 없잖아?"

정민이는 형식이 책상 위에 있는 문제집을 가리키면서 물었다. 그것은 출판사에서 출판한 문제집이 아니었다. 학원에서 여러 문제집의 문제들을 짜깁기하여 만든 그들만의 문제집이었다. 그런 문제집에 답지 따위가 있을 리 만무했다.

"아까 옆 반 가서 털어왔지. 오늘 6시에 학원 가야 하는데 숙제 하나도 안 했걸랑.”

형식이가 자랑스럽게 대답했다.

“그래 잘났다.”

‘나’는 비아냥거리는 말투로 말했다. 내 기억이 맞는다면 나는 저런 말투를 써 본 적이 없었다. ‘나’는 분명 조금씩 변하고 있었다.

“씨발 어쩌라고? 이거 안 해 가면 학원에 남기는데.”

형식이가 따지듯이 말했다. ‘나는 정말 학원이 싫어.’라고 애처롭게 외치는 것 같기도 했다. 그는 공부에 흥미가 없는 녀석이었다. 그런 녀석에게 학원은 날개가 아니라 짐일 뿐이었다. 세 사람은 잠시 이야기를 한 후에 밥을 먹으러 떠났다. 밥을 먹으러 향하는 ‘나’의 무리에 반 아이들 몇 명이 따라붙었다. 교실에는 아무도 남지 않았다. 40명의 아이들이 순식간에 빠져나간 교실은 한적하다기보다 산만했다. 똑바로 책상 밑에 들어가 있는 의자라고는 찾아볼 수 없었고, 교실에 있는 잡기들은 원래 위치가 어디인지 기억조차 할 수 없을 만큼 난장판이었다. 시험을 앞두고 있는 고등학생들에게 그런 정리정돈을 요구하는 교사나 부모는 찾아볼 수 없었다. 텅 빈 교실은 내게 낯설게 느껴지지 않았다. 모든 일에 혼자였던 내게는 이렇게 교실을 바라보는 것조차 혼자일 때가 많았다. 12년 전의 교실과 지금의 교실은 달라진 것이 없지만 내가 들이마시고 있는 공기는 분명 다른 것 같았다.

잠시 후 아이들은 하나둘씩 교실로 돌아오기 시작했다. 먼저 돌아온 것은 여자아이들이었다. 아이들은 교실에 돌아오자마자 칫솔을 챙겨서 화장실로 향했다. 아이들은 치약을 묻힌 칫솔을 입에 물고 교실로 돌아왔다. 잠시 후 남자아이들 몇 명도 교실로 돌아왔다. 그러자 교실에서 양치질을 하고 있던 아이들이 서둘러 화장실로 도망갔다. 어차피 2학기쯤 되면 전부 칫솔을 물고 돌아다니지만 아직까지는 서로가 신경 쓰이는 모양이었다. 얼마쯤 시간이 지나자 대부분의 아이들이 교실로 돌아왔다. 하지만 현식이와 정태 패거리가 보이지 않았다. 느낌이 좋지 않았다. 내 예감이 현실로 나타나기까지는 그렇게 오랜 시간이 걸리지 않았다.

현식이와 정태 패거리는 족구 비슷한 게임을 하고 있었다. 물론 그것은 족구와 거리가 멀었다. 룰은 간단했다. 아이들은 두 팀으로 나뉘어 족구를 한다. 그리고 경기 중에 실수를 한 녀석이 나오면 그 녀석을 벽에 세운 다음 공을 차서 맞히는 것이다. 아이들은 이걸 소위 살인 족구라고 불렀다. 사실 이건 분명 장난이자 게임이었지만 이 게임이 아이들의 의지에 의해 조그마한 변화를 맞이하면 삽시간에 폭력으로 변해 버린다. 아이들이 계속해서 현식이에게만 공을 주면 운동 신경도 없고 운동을 좋아하지 않는 현식이는 계속해서 벽 앞에 설 수밖에 없었다. 그들이 만든 룰 안에서 일종의 합법적인 폭행이 자행되는 것이다. 나는 이 게임이 주는 가장 큰 고통은 물리적인 폭행이 아닌 정신적인 폭행으로부터 비롯된다는 것을 알고 있었다.

내가 저 벽에 서 있을 때 그렇게 느꼈다. 내 옆에는 아무도 없고, 나를 향해 공을 차는 아이 옆에는 수많은 아이들이 서 있었다. 내 눈에 비친 그 모습이 그 어떤 통증보다 훨씬 더 고통스러웠다. 하지만 아이들은 그런 고통을 알지 못했다. 그들에게 이 게임은 정말 단순한 장난일 뿐이었고, 아이들은 그들만의 방법으로 그들만의 경쟁에서 현식이로부터 승리를 쟁취하고 있었던 것이다. 경쟁하는 것, 그리고 승리하는 것, 그것은 아이들이 배운 것의 전부였고 가장 잘하는 것이었다. 나는 불현듯 중학교 때 학원 선생이 했던 말이 생각났다.

"밟지 못하면 밟히는 거고, 너희들이 잠을 잘 때도 누군가는 달리고 있다."

그 선생이 입버릇처럼 하던 말이었다. 학부모들은 그 선생을 좋아했다. 그들은 그녀의 교육 방법이 마음에 든다고 말했지만 그녀의 가치관을 좋아했던 것인지도 모른다. 하지만 이 세상에는 밟혀도 되는 존재도, 밟아도 되는 존재도 없다. 어떤 신발에 깔리던 어떤 신발로 밟던 그것은 마찬가지다. 짚신을 신고 개미를 밟는 법을 배우던 아이들은 이제 비싼 운동화를 신고 인간을, 그리고 그들 스스로를 짓밟고 있다. 현식이의 눈가에 희미한 이슬이 맺혔다.

나는 발길을 돌려 교실로 돌아갔다. 더 이상 그 게임을 보고 있을 수 없었다. 내가 교실에 들어가자 곧 종이 쳤다. 현식이와 정태 패거리도 교실로 돌아왔다. 그들은 함께 들어왔지만 너무도 다른 세상에 살았다. 5교시가 시작됐다. 아이들의 기억 속에서 이미 그 족구 게임은 잊혀졌다. 하지만 내가 그러했듯 현식이의 기억 속에서만큼은 쉽게 사라지지 못할 거였다. 같은 시간, 같은 공간 속에는 너무나 많은 인간들이 존재했다.

13
삶 속의 미아

봄이 절정에 이르렀다.

교실 창문 너머에서 상쾌한 봄바람이 인사를 했다. 하지만 이 교실에서 그 인사를 받아 줄 수 있는 녀석은 한 명도 없었다. 1학기 중간고사가 2주 앞으로 다가와 있었고 그 덕분에 학원의 온갖 특강과 숙제 사이에 끼인 아이들에게 봄바람의 인사는 전혀 반갑지 않았다.

그러고 보니 그건 '나'에게도 예외가 아니었다. 나는 근래에 '나'와 말을 나눌 기회가 많지 않았다. 불과 1달 전에는 주머니에 들어가 있는 것이 무의미할 만큼 사주 세상 구경을 하던 수첩은 이제 이틀에 한두 번 주머니 밖을 구경하고 있다. 이건 잘된 일인지도 모른다. 그건 나와 대화를 할 시간이 없다는 의미이기도 했지만 더 이상 외롭지 않으며 현실에서 자신의 마음을 열 수 있는 친구가 생겼다는 의미이기도 했으니까. 하지만 종종 '나'를 바라보고 있으면 그런 안심은 이내 걱정으로 변하곤 했다. '나'는 공부에 치여 나와 대화를 못하기도 했지만 동시에 게임에 빠져 대화를 하지 않는 것 같기도 했다. '나'는 게임을 통해서도 친구들을 만났다.

'나'는 여러 가지 면에서 변해 있었다. 친구들과 어울리기 시작한 후부터 '나'는 빠르게 달라졌다. 마치 지난 몇 년의 시간을 보상이라도 받겠다는 듯이 행동했다. 나는 그런 '나'에게 걱정과 두려움을 느꼈다. 나는 '나'를 바라보며 생각에 잠겼다. 그때 창문으로 들어온 봄바람이 나를 부드럽게 감싸 안았다. 마치 걱정하지 말라며 안심시키는 것 같았다. 내가 너무 많은 것을 걱정하고 있는지도 모른다. '나'와 나는 처지가 다를 수밖에 없는데 말이다.

7교시가 끝났음을 알리는 종이 울렸다. 야간 자율 학습을 하지 않는 '나'에게는 학교 수업이 모두 끝났음을 알리는 종이기도 했다. 담임이 들어왔다. 10분이 지나지 않아 종례가 끝났다. 아이들은 청소를 하기 시작했다. 담임은 이미 교무실로 돌아간 지 오래다.

청소 시간에는 두 가지 부류의 아이들을 볼 수 있다. 청소를 '관람'하는 부류와 청소를 하는 부류가 그것이다. 나는 늘 청소를 하는 부류였다. 그 부류는 청소를 하지 않고 농땡이를 피우는 아이들 몫까지 청소를 해야 했다. 이유는 간단했다. 청소를 하는 아이들은 집에 가야 하는 목표가 있었기 때문이다. '나'의 손에는 빗자루가 들려 있지 않았다. 대신 등에 가방을 멘 채 아이들과 노닥거리며 웃고 있었다. 잠시 후 청소가 끝났고 아이들은 담임을 데려왔다.

"깨끗하게 했어?"

담임이 물었다.

"네."

대여섯 명의 아이들이 중창을 했다.

"너희 조가 제일 불안해. 청소 다 했어?"

당연히 다 같이 했을 리 없다. 담임은 질문을 했지만 사실 담임 스스로도 그 대답을 알고 있을 것이다. 단지 그 사실을 묵과할 뿐이다.

"네."

빗자루 한 번 들어 본 적 없는 녀석이 가장 자신감이 넘치는 목소리로 대답했다.

"네가 제일 의심스러워 인마. 뭐 그럭저럭 깨끗한 것 같으니까 가 봐."

담임도 누군가는 청소를 하지 않는다는 사실을 알고 있었다. 하지만 그것을 문제 삼지 않았다. '나' 역시 빗자루를 손에 잡지 않았다. '나'는 남의 일을 대신해 주는 편이었지 내 일을 남에게 떠넘기는 편이 아니었다. 나는 뭔가가 잘못되어 가고 있다는 생각을 했다. 나와 '나'는 나란히 집을 향해 걸어갔다. 우리가 처음 본 날과 같은 모습이었다. 하지만 그날과 달라진 것은 우리의 옷과 계절만이 아니었다.

'나'는 집에 들어가자마자 숙제를 하기 시작했다. 어젯밤 늦게까지 게임만 하느라 책에는 손도 대지 않았기 때문이다. '나'는 필사적으로 숙제를 하기 시작했다. 이번 과외 선생은 상당히 엄한 편이었고 '나' 역시도 그 사실을 잘 알고 있는 눈치였다. '나'는 1시간 가까이 앉은 자리에서 일어나지도 않은 채 공부를 했다. 선생이 오기까지 30분가량 남았을 때 '나'는 갑자기 나를 불렀다.

"야, 너 거기 있어?"

'나'의 목소리에는 약간의 짜증이 섞여 있었다. 나는 '나'의 등을 치는 것으로 대답을 대신했다.

"야! 너 좀 나가 있어. 너 때문에 신경 쓰여 집중이 안 돼."

'나'는 짜증을 내며 말했다. 나는 쉽게 이해되지 않았지만 순순히 방문을 열고 나갔다. 뭔가가 거슬리기는 했지만 '나'를 의심하고 싶지는 않았다. '나'는 과외가 시작될 때까지도 나를 부르지 않았다. 과외 선생이 도착하자 내가 먼저 '나'를 찾았다.

수업이 시작되고 '나'는 조금 긴장한 모습이었다. 숙제를 끝내지 못한 모양이었다. 선생이 숙제를 확인하기 시작했다. 그는 나이가 지긋한 남자였는데 교직에 있었던 사람답게 깐깐하면서도 열정이 넘쳤다. 선생이 '나'의 숙제를 확인하면서 한마디 질문을 던졌다.

"이거 네가 한 거니?"

잠시 방 안의 분위기가 무거워졌다. 선생은 더 이상 추궁하지 않았지만 실망하는 눈빛을 감추지 못했다.

"네."

'나'의 목소리에서는 미세한 떨림이 느껴졌다.

"그래…."

선생은 '나'의 눈을 피했다. '나'가 직접 한 숙제가 아니라는 걸 알았지만 '나'에게는 아무 말도 하지 않았다.

"어디까지 했었지?"

그의 목소리는 힘이 없었다. 수업이 끝날 때까지 선생은 숙제에 관한 이야기를 꺼내지 않았다. 수업이 다 끝나고 나서 다음 번 숙제를 내 주면서 비로소 조용한 목소리로 한마디했다.

"다음에는 똑바로 헤리."

그는 '나'에게 사정이 있었을 거라고, '나' 스스로 그 행위가 옳지 않다는 사실을 잘 알고 있을 거라고 믿고 있는 듯했다. '나'는 그를 배웅하고 방으로 돌아왔다. 하지만 안타깝게도 '나'는 선생의 믿음을 비웃듯 컴퓨터의 전원을 켰고 그 얼굴에서 가책이라는 감정을 찾아볼 수 없었다. 그는 게임의 세상에 들어갔고, 잠시 후 아빠가 들어왔다. 둘은 늦은 저녁을 함께 먹고 아빠는 바로 잠자리에 들었다. '나'는 다시 게임 삼매경에 빠져들었다.

고등학교에서 치르는 첫 번째 시험이 하루 앞으로 다가왔다. 자습을 하고 있는 아이들 사이에는 적막을 넘어 살벌함마저 느껴졌다. 다른 때 같으면 말썽이나 부릴 아이들이 그런 분위기에 눌려 읽지도 않는 책을 뒤적거리고 있었다. 성의 없이 책을 펼쳐만 놓은 아이들은 극히 일부에 불과할 뿐 대부분의 아이들은 문제집을 푸느라 미쳐가고 있었다. 문제집을 펼쳐 놓고 있는 아이들은 두 가지 부류로 나뉜다. 학원 숙제를 하고 있거나 공부를 하고 있는 것이다. '나'는 과외 선생에게 잔소리를 듣기 싫어서 숙제를 하고 있었다. 나는 공부를 하고 있는 아이들을 바라봤다. 과연 저들 중 몇 명이나 꿈을 갖고 살고 있을까? 수업이 끝나는 종이 울리자 선생은 유유히 교실을 빠져나갔다. 시험을 하루 앞두고 아이들은 얼굴에 근심이 가득했다. 아이들은 극도로 예민해져 있었고 굉장한 스트레스를 받았다. 하지만 그 스트레스를 해소하는 올바른 방법을 알지 못했다. 몇몇 아이들이 현식이에게 다가갔다. 아이들과 현식이의 거리가 가까워질수록 내 불안감은 커져 갔다. 한 녀석이 현식이가 풀고 있던 문제집을 잡아당겼다. 문제집은 아무 저항 없이 현식이의 손에서 미끄러졌다. 가해자에게도 피해자에게도 처음 있는 일이 아니었다. 녀석은 문제집을 들고 밖으로 뛰어나갔다. 현식이는 추격을 포기했다. 그리고 가방에서 다른 문제집을 꺼냈다. 그러자 이번에는 다른 녀석이 현식이의 가방을 통째로 가져갔다. 현식이는 움직이지 않았다. 그때 현식이 뒤에 앉아 있던 형식이가 현식이의 등을 주먹으로 내리쳤다.

"새끼야 안 뛰냐?"

형식이가 사나운 표정을 지으며 말했다.

"뭐?"

현식이는 짜증스럽게 외쳤다.

"씨발 가서 니 가방 찾아오라고."

형식이는 현식이의 등을 때리면서 말했다.

"가든 말든 니가 뭔 상관인데?"

현식이의 목소리는 한층 작아졌다.

"상관 있으니까 빨랑 가."

형식이 옆에 있던 '나'가 끼어들었다. 나는 그 사실이 믿기지 않았다.

"싫어."

현식이의 목소리는 발악에 가까웠다. 형식이가 자리에서 일어났다. 그는 현식이의 머리를 잡고 교실 밖으로 끌고 갔다.

"씨발 쫓아가라고."

형식이는 현식이의 등을 발로 차면서 말했다. 현식이는 앞으로 넘어졌다. 현식이는 일어나지 못했다. 아니 일어나지 않았다. 몇몇 아이들이 그런 현식이를 보며 웃고 있었다. 그 몇몇 아이들 중에 '나'도 포함되어 있었다. 나는 '나'를 원망했다. 하지만 그건 나의 이기적이고 모순된 생각일 뿐이었다. 나는 이미 알고 있었다. 따돌림이라는 문제에 있어서는 가해자와 피해자만 존재할 뿐 그 중간은 존재하지 않으며 결국 방관자도 가해자라는 사실을. '나'가 피해자의 신분에서 벗어나기를 바란 순간 나는 이미 '나'를 가해자로 만든 셈이었다.

담임의 조회가 끝나고 아이들은 하나둘 가방을 메고 학교를 빠져나갔다. 다른 때 같았으며 대부분의 아이들이 일종의 해방감에 취해 교실을 나섰겠지만 오늘은 그렇지 못했다. 대부분의 아이들이 내일 있을 시험을 걱정하며 긴장하고 있었다. '나'도 예외는 아니었다.

"씨~발~. 오늘 과외 몇 시에 끝날지 몰라. 선생이 될 때까지 한 대."

'나'는 정민이를 바라보며 말했다.

"휴, 그래도 너는 과외지, 나는 학원이야 새끼야."

정민이가 한숨을 쉬면서 말했다.

"야. 가는 길에 편의점 들렀다 가자. 학원으로 바로 가야 되는데 졸라 배고프다."

형식이가 말했다.

"그러던가."

'나'와 정민이가 동의했다. 아이들은 편의점으로 향했다. 그리고 그 편의점에서 만나서는 안 될 사람을 만났다. 현식이였다. 내 머릿속에는 다음 장면들이 그려졌다.

"어 저기."

형식이가 현식이를 가리키면서 말했다.

"너 지금 내가 생각하는 '그런 짓'을 생각하냐?"

정민이가 형식이를 보면서 이유 있는 미소를 지었다.

"뭔 소리야?"

'나'는 궁금하다는 표정을 지으며 물었다.

"얻어먹자고."

형식이가 말했다. 사실 좋은 표현으로 '얻어먹자'이지 다른 표현으로는 '뺏어 먹자'였다. 형식이는 이미 현식이에게 다가가고 있었고 그 뒤를 쫓아가는 '나'의 표정에는 죄책감이 보이지 않았다. 어쩌면 '나'는 그 무리에서 쫓겨나 현식이의 옆에 서는 것을 진심으로 두려워했기에 스스로를 그렇게 철저히 용서하고 있었는지도 몰랐다.

"야. 우리도 좀 사 줘."

형식이가 말했다.

"내가 왜?"

현식이는 거절했다. 나는 형식이가 순순히 물러나지 않을 것이라고 생각했다. 하지만 이번에도 내가 할 수 있는 일은 없었다.

"씨발, 이 찌질한 새끼야. 친구끼리 좀 사 주고 그럴 수도 있는 거지."

형식이의 말은 명백한 협박이었다.

"너도 돈 있잖아. 왜 나한테 그래?"

"나 돈 없어. 그러니까 좀 사 줘."

이미 끝난 대화였다. 현식이는 결국 아이들에게 무언가를 사 줄 수밖에 없었다. 그의 인내심에 굴복하든 폭력에 굴복하든 말이다. 현식이는 곧 형식이가 두려워서 지갑을 열 것이고 동시에 그 지루한 대화를 멈추기 위해서라도 지갑을 열 터였다. 잠시 후 셋은 손에 과자를 한 봉지씩 들고 편의점을 나왔다. 그리고 현식이는 빈손이었다. 지금 현식이의 머릿속은 어떨까? 과자 세 봉지라고 해야 큰 돈이 들어간 것은 아니지만, 문제는 현식이의 지갑 사정이 아니라 그의 머릿속 사정이다. 현식이가 그러한 상황을 견뎌 내지 못할 것만 같다는 불안감이 들었다. 하지만 오늘도 나는 그러한 걱정을 뒤로한 채 '나'를 따라 현식이에게서 멀어졌다.

아이들은 뒤도 돌아보지 않은 채 자신들의 길을 걸었다. '나'와 아이들은 욕이 뒤섞인 한심한 대화를 이어갔다. 그들에게는 뒤를 돌아볼 정신도 이유도 없었다. 나는 '나'의 변화가 잘못되어 가고 있다는 것을 알았다. 내 눈에 '나'는 바람에 휘어지는 나무가 아니라 해충에 의해 썩어 가는 나무 같았다.

'나'의 영어 과외는 11시가 넘어서야 끝났다. 과외가 끝나고 아빠가 '나'를 찾아왔다. 한 집에 살면서도 두 사람은 서로가 서로를 찾아가지 않으면 식사 시간 외에는 만날 기회가 거의 없었다.

"밥은 먹었어?"

아빠가 물었다.

"웅. 아빠는?"

'나'는 형식적인 말투로 말했다.

"어. 먹고 왔어. 내일 시험이지?"

두 사람의 대화는 어색했다.

"어."

'나'는 이 대화를 귀찮게 여기는 듯했다.

"그래…. 내일은 영어 보는 거지?"

아빠의 질문에 '나'는 고개를 끄덕거렸다.

"시험 잘 봐라. 응원할게."

아빠답지 않은 말이었다. 그 사실을 아빠도 '나'도 알고 있었다. '나'는 그 말을 외면했고, 아빠도 '나'의 대답을 기다리지 않고 방을 빠져나갔다.

"왜 갑자기 안 하던 소리야."

'나'는 혼잣말을 중얼거렸다. 나는 잠시 혼란스러웠다. 어둠이 내려앉은 집을 서성거렸다. 나는 '나'에게 지도 같은 존재가 되고 싶었다. 하지만 지금의 '나'는 그 지도를 잘못 보고 길을 잃어버린 사람 같았다. 그는 변화하는 것이 아니라 변질되고 있었고, 길을 잃어버린 미아가 되어 가고 있었다. 더 늦기 전에 '나'를 바로잡아야 한다는 생각이 들었다. 길을 보여 주는 지도가 아니라 '나'의 길을 안내하는 가이드가 되어야 할지도 모른다는 생각이 조금씩, 하지만 뻣뻣하게 고개를 들어 올리기 시작했다.

14
외면했던 진실과 외면하는 현실

"쟤 때문에 수학 재시험 본 거래."

고1 중간고사 마지막 쉬는 시간, 교실 뒷문에서 속닥거리는 여자아이들의 목소리가 들렸다. 김선형이었다. 나와 같은 중학교를 나왔는데 항상 교실 한구석에서 보이지 않게 누군가를 괴롭혔다.

"정말이야?"

"어, 존나. 지는 다 맞았는데도 문제가 이상하다고 따져서 재시험 본 거래."

"미친 거 아니야? 나 맞은 문제였는데 재시험 봐서 틀렸잖아."

"몰라. 아무튼 쟤 진짜 마음에 안 들어."

"나도."

아이들은 서로 맞장구를 치며 자리로 돌아갔다.

"씨발 또 저 새끼야?"

여자아이들의 말을 듣고 있던 '나'가 말했다.

"존나 나 맞았었는데. 재시험 봐서 다 틀렸다니까. 미친놈 지 다 맞

앉으면 닥치고 있을 것이지. 왜 발광을 해서 3문제나 재시험을 보게
하냐고."

'나'는 억울하다는 표정이었다.

"병신 그걸 틀렸냐?"

정민이가 놀리면서 말했다.

"씨발. 다 맞았는데. 나만 틀렸어. 존나 짜증나."

'나'는 폭발 일보 직전이었다.

"야, 니 뒤에…."

정민이가 '나'의 뒤를 가리켰다.

"뭐?"

'나'는 화장실에 갔다 오던 현식이와 눈이 마주쳤다.

"아 씨발. 이 새끼야. 너 때문에 등수 떨어졌잖아."

'나'는 현식이에게 당장이라도 달려들 기세였다.

"뭔 소리야?"

현식이는 정색을 하며 말했다.

"씨발 재시험 본 거 다 틀렸다고."

'나'는 고함을 질렀다.

"그게 왜 내 탓인데?"

"병신아 니가 재시험보자고 했다며?"

"내가 언제?"

"퍽."

현식이의 대답이 끝나자마자 누군가 현식이의 뒤통수를 쳤다.

"새끼야. 그런 건 말로 하는 게 아니야. 이렇게 하는 거지."

정태가 다시 한 번 현식이의 머리를 치면서 말했다.

"그건 그러네."

'나'는 정태의 말에 키득거리며 말했다.

"씨발 내가 뭘 어쨌다고 새끼야."

현식이가 고개를 들며 말했다.

"새끼야 너 때문에 등수가 떨어졌다잖아. 그것도 못 알아듣냐 인마!"

정태가 계속 현식이의 뒤통수를 치며 말했다. 그의 손은 마치 기계처럼 움직이고 있었다.

"아 씨발. 내가 안 했다고."

현식이가 짜증스럽게 외쳤지만, 아무도 선형이에게 사실을 묻는 사람은 없었다. 아니 사실이 무엇인지는 아이들에게 더 이상 아무 상관이 없었다.

"새끼야 구라 치지 마. 너 때문에 나의 소중한 15분을 날렸잖아."

정태는 한 번 말을 할 때마다 한 번씩 손을 휘둘렀다. 그 북새통에 점점 많은 아이들이 몰려들었고, 너도나도 현식이를 향해 손을 휘두르기 시작했다. 그 손들 중에 '나'의 손도 있었다. 나는 조용히 '나'의 뒤로 다가가 손을 잡았다. '나'는 두리번거렸지만 이내 현식이로부터 떨어졌다.

"씨발."

'나'는 거칠게 욕을 하며 자리로 돌아갔다. 그건 그를 향한 욕이자 나를 향한 욕이기도 했다.

종이 울렸다. 종소리가 끝나기도 전에 아이들은 환호성을 울렸다. 아이들이 외치는 말은 모두 조금씩 달랐지만 내용만큼은 모두 같은 의미를 지니고 있었다. 지난 4일간의 시험이 끝난 것에 대한 자축의 의미였다. 시험 첫날이 끝났을 때 아이들의 표정은 제각각이었다. 시험을 잘 본 아이들은 웃고 있고, 그렇지 못한 아이들은 뭔가를 감춘 듯한 어색한 웃음이었다. 그것은 둘째 날도, 셋째 날도 마찬가지였다. 하지만 시험 마지막 날은 그렇지 않았다. 대부분의 아이들이 진실되게 웃고 그 순간을 즐거워했다. 시험 기간 중 아이들의 감정을 좌우하는 문제는 그들의 성적밖에 없었지만 시험이 끝나면 아이들은 해방감과 자유로움으로 즐거움을 얻기 때문이다. 하지만 모든 설명에 있어서 그러하듯 이 설명에도 예외가 있었다. 아니 최소한 그 예외가 내 눈에 들어왔다. 현식이었다. 그는 웃고 있지 않았다. 내가 기억하는 현식이는 시험이 끝났다는 안도감보다 자신의 성적을 바라보며 일종의 성취감을 느끼는 편이었다. 그러나 지금의 현식이는 다르다. 왠지 그런 현식이의 모습이 계속 눈에 밟혔다.

시험을 위해 흩어져 있던 아이들이 교실에 모였고 아이들은 오늘 시험 본 과목을 채점하기 시작했다. 나는 '나'의 시험지를 쳐다봤다. 비가 내렸다. '나'는 12년 전의 나와 성적까지도 달라져 있었다. 하지만 '나'는 그 사실을 크게 신경 쓰지 않는 것 같았다. 아이들의 채점이 끝나 갈 무렵 담임이 교실에 들어왔다.

"시험 보느라 수고가 많았고, 오늘 하루는 좀 쉬렴. 그래도 이번 시험이 너희의 마지막 시험이 아닌 거 알지? 너희는 3년 동안 죽은 거나 다름없는 거야. 그러니까 신상 너부 풀지 말고, 적당히 놀아. 내일부터는 다시 공부해야 되니까. 그리고 절대 이번 시험 한 번 못 봤다고 포기하지 말고, 잘 봤다고 자만하지 마라. 이제 시작이니까. 오늘은 청소 안 해도 되니까 집에들 가 봐."

아이들은 담임의 말이 끝나기도 전에 교실 밖으로 뛰쳐나갔다. '나' 역시도 마찬가지였다. 나는 '나'를 쫓아 교실 밖으로 나갔지만 현식이가 계속 신경 쓰였다. 시험은 죽을 쑤고도 꽤나 불량하게 생긴 무리와 어울려 달려가는 '나'도, 알 수 없는 표정을 지으며 교실 구석에 앉아 있는 현식이도 모두 내 머리를 지끈거리게 만들었다. 나는 아이들과 함께 걸어가고 있는 '나'를 쫓아갔다. 내 발과 내 눈은 '나'를 쫓았지만 내 머리는 '나'를 쫓고 있지 않았다. 내 머릿속에서는 아직 현식이의 표정이 맴돌았다. 현식이의 표정을 읽을 수는 없었지만 그 어느 때보다 강한 불안감을 느꼈다. 하지만 나는 늘 그래 왔듯이 현식이가 아닌 '나'를 선택했다. 내 발걸음은 여전히 '나'를 쫓고 있었다. 현식이는 고작 이 정도에 무너질 만큼 나약한 녀석이 아니라고 변명하면서.

'나'는 형식이와 정민이 그리고 몇몇 아이들과 함께 영화를 보러 갔다. '나'는 그 무리 안에 있는 것을 전혀 어색해하지 않았다. 하지만 나는 '나'가 저 무리에 들어 있는 것도, 시험이 끝나고 아이들과 영화를 보고 게임을 하는 것도 어색했다. 아이들은 영화를 보러 들어갔다. 나도 '나'를 따라 들어갔다. 그리고 영화를 보며 현식이의 표정을 조금씩 잊어 갔다. 그만큼이나 나는 이기적이었다. 영화가 끝나고 사람들은 순식간에 영화관을 빠져나갔다. '나'와 함께 온 아이들 역시 자리에서 일어났다. 하지만 '나'는 자리에서 일어나지 않고 여전히 스크린을 보고 있었다.

"야! 안 가?"

정민이가 '나'에게 말했다.

"응? 어. 가야지."

'나'는 어색하게 대답했다. '나'는 자리에서 마지못해 일어났다. 나는 그 이유를 잘 알고 있었다. 영화의 엔딩 크레디트가 모두 올라갈 때까지 영화관에 남아 있는 것이 옳다고 생각했고 그러는 것이 좋았기 때문이다. 하지만 대부분의 사람들은 그러지 않았다. '나'와 함께 간 아이들도 마찬가지였다. 아이들은 크레디트가 올라가자마자 자리에서 일어났고 머뭇거리는 '나'를 닦달했다. 어떤 패거리든 개인의 기호를 존중해 주는 경우는 없나 보다. 그들 사이에서 한 사람의 개성은 사라지고 모두가 획일화되어 갈 뿐이었다. 아이들은 영화를 보고 나와 영화관 로비에서 서성거렸다.

"아 씨발 배고프지 않냐?"

형식이가 먼저 말을 꺼냈다.

"그럼 PC방 가기 전에 뭐 좀 먹고 갈래?"

'나'는 형식이의 말을 받았다. '나'에게 더 이상 PC방은 낯선 공간이 아니었다. 그건 당연한 일이었다. 재미를 위해 만들어진 게임을 '나' 스스로 피하려 하지 않는 이상 싫어하기란 불가능한 일이었고,

'나'에게 게임은 친구들과 함께 있다는 것을 느낄 수 있는 중요한 수단이었으니까.

"그냥 컵라면이나 먹자."

형식이가 아이들을 재촉하며 말했다.

"새끼야 안 질리냐? 시험 기간 내내 사 먹었는데."

형식이와 같은 학원을 다니는 지훈이가 말했다.

"저 새끼 쉬는 시간마다 내려가서 컵라면 처먹더니."

형식이의 말에 '나'와 아이들이 웃었다. '나'는 오늘 형식이 덕분에 지훈이를 처음 만났지만 12년 전의 나와 달리 빠르게 친해져 있었다. 그리고 보니 학원을 다니는 아이들은 대부분 라면으로 저녁을 때웠다. 하긴 '나'도 집에서 과외를 했지만 저녁밥을 제대로 챙겨 먹지 못했다. 대한민국의 비뚤어진 교육열 때문에, 그리고 부모들의 극성 때문에 참 바쁜 아이들이었다.

"아 씨발 귀찮으니까 그냥 PC방에 가서 컵라면이나 먹자."

"그러자."

아이들은 '나'의 말에 동의를 했다. '나'와 아이들은 서둘러 엘리베이터로 향했다. '나'는 이제 저 사이에 있는 것이 꽤나 어울린다. 친구들과 같이 게임을 하러 가는 것도, 말의 중간중간에 욕을 섞어 쓰는 것도 제법 익숙해 보였다. PC방은 영화관이 있는 백화점에서 멀지 않은 곳에 있었다. 그곳은 동네에서 가장 번화한 곳이었고, 주변에 PC방이 정말 많았다. 상가 건물 대부분이 학원이나 식당 아니면 PC방이었다. 덕분에 대부분의 학원 건물에는 PC방이 있었고, 아이들 중에는 PC방을 가기 위해 학원을 다니는 녀석도 많았다. 형식이와 지훈이가 그런 부류에 속한다. 아이들이 PC방에 도착했다. PC방은 놀라울 정도로 넓었다. 어림잡아 100평이 넘어 보이는 공간에 컴퓨터 책상들이 칸막이를 한 채 줄줄이 연결되어 있었다. PC방의 가장 구석진 곳으로 가면 유리 벽에 둘러싸인 자그마한 공간이 나온다. 그리고 그 문에는 '흡연석'이라고 쓰여 있었다. 그곳에는 애인지 어른인지 분간할 수 없는 남성 몇 명이 게임을 하고 있었다. 회사원들이 종종 술을 마시고 PC방에 가서 게임을 한다는 이야기가 떠올랐다. 초등학생 때부터 PC방에서 게임을 하면서 자란 세대가 사회에 나와서도 게임을 하는 것은 어쩌면 당연한 일인지도 모른다. 나는 주위를 둘러보았다. 초등학생부터 대학생까지, 남자부터 여자까지 거의 모든 부류의 사람들이 앉아 있었다. 아마 밤이 되면 이곳에 넥타이 부대까지 진격할 것이다. 꽤나 진귀한 풍경이었다. '나'와 아이들은 카운터 옆에 모여 있었다.

"그래서 어쩌자고 그냥 떨어져서 해. 씨발 다른 데 가기 귀찮아."

형식이가 짜증스럽게 말했다.

"새끼야 떨어져서 하면 무슨 재미냐, 같이해야지."

정민이가 말했다.

"아저씨. 그럼 언제쯤 다섯 자리 붙어서 비어요?"

지훈이가 카운터에 앉아 있는 사람에게 물었다.

"내가 그걸 어떻게 아냐?"

나이가 30 중반쯤 되는 사내는 내가 평소 상상하던 PC방 주인의 모습과 똑같았다.

"대충이라도요."

'나'는 옆에서 거들었다.

"글쎄다. 저기 있는 대학생들이 한 2시간 하다 간다고 했으니까. 한 1시간 남았나…. 아이 나도 몰라 쟤들이 언제 갈지 내가 어떻게 아냐?"

아이들이 마주하고 있는 문제는 간단했다. 시험 끝나는 날 학생들이 한꺼번에 몰려와서, 같이 온 다섯 명이 같은 자리에 앉을 수 없다는 것이었다.

"씨발 그러면 1시간만 각자 손 풀고 자리 비면 그때 같이 모여서 하면 되잖아?"

정민이가 아이들과 주인의 대화를 듣고 상황을 정리했다. 아이들은 카운터에 자리가 비면 알려 달라는 말을 남기고 각자 흩어져 게임을 했다.

나는 게임을 위해 손을 푼다는 말이 신기하게만 느껴졌다. 나는 '나'를 쫓아 구석진 자리로 들어갔다. 좁은 틈을 비집고 들어가던 '나'는 순간 멈칫했다. '나'의 자리 옆에 달갑지 않은 녀석이 앉아 있었다. 이형탁이었다. 중1 때 내 이야기를 가장 빨리 그리고 가장 지랄 맞게 퍼 나른 새끼였다. 그리고 3년 내내 나를 가장 심하게 괴롭힌 녀석이었다. 나는 형탁이를 증오했지만 동시에 두려워했다. 3년 내내 그와 그 패거리의 기세에 눌려 단 한 번도 반항을 못 해 봤을 만큼 말이다. 그들은 고1 때의 정태와 그 패거리같이 나를 자주 때리지는 않았지만 내게 두려움을 심어 주었다. 나는 '나'의 등을 두들겼다. '나'도 무슨 의미인지 이해한 듯 다시 허리를 펴고 자리로 가서 앉았다. 나는 '나'와 형탁이가 얽히게 되면 형탁이를 칠 각오를 했다. 내게는 정태를 때리고 나서 얻은 주먹에 대한 자신감과 확신이 있었고, 그만큼의 분노도 있었다. 이형탁은 내 학창 시절을 지옥으로 만들어 놓은 악의 근원이었다. '나'는 자리에 앉아 컴퓨터를 켰다.

"야 반갑다. 벙어리 새끼야."

녀석은 낄낄거리며 '나'에게 말을 걸었다. 불과 몇 달 사이에 사람이 변하지 않는다는 것도 알고, 고등학교에 입학하면서 철이 들었을 거라고 생각한 것도 아니지만, 여전히 이해할 수 없을 만큼 싸가지 없는 녀석이었다. '나'는 모니터만을 바라보고 있었다.

"새끼, 여전히 벙어리네. 엄마는 잘 계시냐?"

한 번 개새끼는 영원한 개새끼였다. '나'의 표정도 조금씩 변해 갔다.

"새끼야. 고등학교씩이나 갔으면 적당히 하고 닥쳐라."

'나'는 열심히 키보드를 두들기며 말했다.

"씨발 이 새끼가 한동안 안 놀아 줬더니 겁대가리를 상실했네."

형탁이는 여전히 실실거리고 있었지만 분위기는 삭막해졌다.

"PC방에 왔으면 게임이나 하라고. 자꾸 짖어 대지 말고."

'나'는 당당하게 말했지만 그 속은 두려움에 떨고 있다는 사실을 느낄 수 있었다.

"이 새끼. 고등학교 가더니 많이 컸다. 다시 좀 밟아 줄까?"

형탁이 옆에 있던 녀석들도 이쪽에 관심을 갖기 시작했다.

"병신 너는 고등학교 가더니 정신연령이 떨어진 것 같다. 저기 있는 초딩이랑 노는 게 어떻겠냐?"

'나'는 전혀 기죽지 않고 맞섰다. 나는 '나'에게 저런 용기가 있다는 사실이 믿기 어려웠다.

"씨발. 죽고 싶냐? 병신아."

형탁이는 곧 칠 기세였다.

"병신. 죽고 싶어서 사는 새끼 봤냐?"

'나'의 말이 끝나기 무섭게 형탁이가 자리에서 일어났고 잠시의 머뭇거림도 없이 '나'의 얼굴에 주먹을 날렸다. '나'는 바닥에 나가떨어졌다. 내가 도와줄 새도 없었다. '나'가 땅바닥에 쓰러져 있었기 때문에 보이지 않는 주먹을 날릴 방법이 없었다. 형탁이의 패거리들이 모여들었다. '나'의 뒤에서 게임을 하고 있던 초등학생들은 조용히 그 자리를 피했다.

"씨발. 존나 개새끼가 눈에 보이는 게 없지?"

형탁이는 '나'를 발로 찼다. 나는 나도 모르게 주먹을 쥐었다. 내가 보이지 않는다는 것을 신경 쓰고 있을 수 없었다. 나는 형탁이 옆으로 가까이 다가갔다. 하지만 굳이 주먹을 휘두르지 않아도 됐다. 형식이가 형탁이 뒤로 다가왔다. 그리고 형식이는 형탁이를 밀치고 '나'에게 다가왔다.

"야. 괜찮냐?"

형식이가 물었다.

"어…"

'나'는 일어서며 대답했다. 형식이는 돌아서서 형탁이에게 다가갔다. 그 뒤에 정민이와 다른 아이들이 보였다.

"넌 뭐냐?"

형탁이가 형식이에게 말했다.

"얘랑 같이 온 친구다. 씨발 게임질이나 할 것이지 왜 주먹질을 하고 지랄이야."

형식이가 말했다. 분위기가 안 좋아졌고 형탁이 일행도 정민이도 두 사람을 말리기 위해 다가왔다. 사실 두 사람은 정말로 싸울 생각이 별로 없었다. 그들은 단지 으르렁대기만 할 뿐이었다. 아이들의 세계는 철저한 힘의 논리가 지배했고, 아이들은 섣불리 상대에게 덤벼들지 않았다. PC방 주인이 다가오는 것이 보였다. 그는 귀찮다는 표정을 짓고 있었다.

"아이 씨. 내가 너희들 때문에 돌겠다. 왜 여기서 싸움질이야? 할 거면 나가서 해."

그는 우리 등을 떠밀면서 말했다.

"아 씨발 더러워서."

아이들은 누구에게 하는 말인지 모를 욕을 뱉으면서 서로 떨어졌다. 형탁이는 자기 자리에 앉아서 다시 게임을 시작했고, '나'는 형식이와 함께 밖으로 나갔다. PC방 한복판을 걸어 나가는 '나'를 사람들이 힐끔거렸다. 그들은 싸움이 터졌을 때 자리에서 일어나지도 않은 채 게임에 열중하고 있었다. 아니 정확히 말해 게임에 열중하려고 노력했다. 그들은 이런 일에 말려들고 싶지 않았고 이런 폭행마저도 단지 '남의 일'일 뿐이었다. 그들은 남의 일로 *그*들의 일을 방해받고 싶어하지 않았다. 정민이와 아이들이 형식이와 '나'를 따라 나왔다. 하지만 형식이는 정민이를 바라보며 손을 휘저었고, 정민이는 눈치 빠르게 아이들을 데리고 PC방으로 돌아갔다. 형식이는 '나'와 함께 건물 비상계단으로 갔다. 담배 냄새가 진동을 했지만 '나'도 형식이도 그런 것은 신경 쓰지 않았다.

"저 새끼는 뭐야?"

형식이가 먼저 입을 열었다.

"중학교 때 알던 놈."

'나'의 대답은 형식이가 원하던 대답이 아니었다.

"그냥 알던 새끼가 널 그렇게 치냐? 지랄하지 마."

성적은 별로였지만 눈치는 빨랐다.

"중학교 때 나한테 지랄하고 다니던 놈인데. 아까 옆에서 시비를 걸길래 나도 지랄 좀 한 거야."

'나'의 표정은 일그러졌다.

"씨발 부모님이 이혼한 게 그렇게 우스워? 개새끼."

'나'는 땅바닥을 쳐다보며 말했다.

"저 새끼가 그거 가지고 지랄하는 거야?"

형식이가 '나'에게 따지듯 말했다.

"중1 때 어쩌다 그 얘기를 했는데. 저 새끼가 퍼 날랐어."

'나'는 억울함을 하소연하듯 말했다.

"병신아. 애들이 고작 그런 거 가지고 지랄하는 줄 아냐?"

형식이의 대답은 예상외였다. '나'는 황당하다는 표정으로 형식이를 쳐다봤다.

"병신 새끼야. 쟤들은 그냥 네가 마음에 안 들었는데, 그런 일이 있다니까 재미있어서 그거 가지고 지랄했던 거야. 솔직히 너 처음 봤을 때 딱 따 같아 보였어. 존나 소심하게 책상 앞에 찌그러져서 잠이나 자고. 네가 정태랑 안 싸웠으면 아마 너나 현식이나 비슷했을 거다."

형식이의 분석은 날카로웠다. 나는 혼란스러웠다. 지금껏 따돌림의 원인이 부모님의 이혼 때문이라고 생각했기 때문이다. 그것 말고 나를 따돌릴 만한 이유는 떠오르지 않았다. 그래서 더욱 아이들이 이해되지 않았다. 그게 아니라니 '나'는 여전히 당황스러운 표정으로 형식이를 바라보고 있었다.

"씨발. 한마디로 네가 만만하고 찌질해 보여서 애들이 가지고 놀았다는 거야."

형식이가 답답하다는 듯이 말했다.

"먼저 갈게."

'나'는 형식이에게 짧은 인사를 하고 계단을 내려갔다. 나는 '나'의 뒤를 쫓았다. 하지만 아무것도 하지 않았다. 우리에게 필요한 것은 시간이었다.

나는 거실 소파에서 눈을 떴다. 시계는 7시 30분을 가리키고 있었다. 한 1시간쯤 잔 것 같다. 집에는 아무도 없었다. '나'는 집에 돌아

와서 한동안 아무 말도 하지 않은 채 자기 방에 처박혀 있었다. 오랜
만에 일찍 퇴근한 아빠는 '니'에게 함께 저녁을 먹으러 가자고 제안
했다. 나는 두 사람이 함께 나가는 것을 보고 바로 잠이 들었었다. 남
아 있던 졸음이 가시자 형식이가 한 말이 생각났다. 가끔 사람은 진
실을 알면서도 인정하고 싶지 않기에 외면한다. 내가 그랬다. 나는
모든 문제의 원인을 부모의 이혼에서 찾았다. 하지만 가장 큰 문제
의 원인이 바로 나에게 있다는 사실을 전혀 몰랐던 것은 아니다. 아
이들은 잘난 척하기 좋아하며 싸가지 없어 보였던 나를 싫어했고,
소심한 성격의 나를 놀리는 것이 재미있었던 거다. 나는 처음 따돌
림을 당했을 때, 아이들이 나를 마음에 안 들어 하는 것일 뿐 부모의
이혼과 큰 상관이 없다는 것을 어렴풋이 느끼고 있었다. 하지만 시
간이 지나면서 내가 아이들의 따돌림에서 벗어날 수 없다는 사실을
알고 난 뒤부터 모든 문제를 엄마, 아빠 탓이라고 돌리고 그들을 원
망하며 스스로를 위로했다. 그것이 내가 12년 전의 기억을 무대 뒤
편으로 치우는 첫 번째 작업이었는지도 모른다.

니는 슬며시 '나'의 방문을 열고 들어갔다. '나'의 이불이 침대에
서 떨어져 있었다. 잠이라도 잤던 모양이다. 나는 '나'의 침대에 앉
았다. 아마 '나'도 이렇게 침대에 앉아 나와 같은 고민을 했었을 것
이다. 비록 지금은 아이들과 잘 지내고 있지만 아까 형식이의 말을
듣고 나름 충격을 받았을 것이다. 나는 침대에 누웠다. 다시 졸음이
밀려왔다. 눈을 감고 침대에서 뒤척거리는데, 등에 뭔가 딱딱한 물체
가 걸렸다. 태블릿 PC가 모습을 드러냈다. 나는 태블릿을 켰다. '나'

와 정민이가 주고받은 메시지들이 남아 있었다. 대부분의 내용은 PC 방에서 일어난 일들과 '나'의 중학교 때 일이었다. 정민이가 먼저 괜찮냐며 메시지를 보내왔고 '나'는 정민이에게 형식이가 한 이야기를 전해 주었다. 그러자 정민이의 답장은 간단하고 명쾌했다.

'중학교 때 어쨌든 뭔 상관이냐? 너 지금은 멀쩡해.'

'나'에게도 나에게도 가장 훌륭한 답변이다. 뭐가 어떻게 됐든 지금의 '나'는 그렇지 않다는 것이 중요하다. 하지만 '나'는 그 대답만으로 만족하지 못하겠는지 정민이에게 마저 질문을 했다.

'중학교 때는 뭐가 문제였을까?'

이 문장에는 요즘 말투가 사용되지 않았다. 이건 좀 더 연약하고 여성스러웠다. 이 질문에 대한 정민이의 대답은 또 다른 질문이었다.

'왕따의 시작에는 두 종류가 있어. 하나는 누군가 한 명이 너를 싫어해서 반의 분위기가 그렇게 돼 버린 것이고, 다른 하나는 그냥 반 아이들 전부가 너를 싫어하는 경우야. 첫 번째 경우는 애들이 문제고 두 번째 경우는 네가 문제야. 너는 둘 중에 뭐였냐? 잘 생각해 봐.'

내 경우에는 두 번째인 것 같았다. 나는 꽤나 싸가지 없는 놈이었으니까. 잘난 척하고 '같이'라는 말을 잘 모르는, 소위 밥맛 떨어지는 놈이었다. 그리고 '나'도 그러한 사실을 잘 알고 있었다. 정민이의 질문에 '나'는 '둘 다.'라고 대답을 했다.

'나도 문제고 애들도 문제였나 봐. 지금까지 남 탓만 하고 있었는데 형식이 얘기를 듣고 좀 충격이었어. 사실 내 탓도 있다는 거 알고 있었는데… 아무튼 걱정해 줘서 고마워.'

역시 우리는 생각이 통했던 모양이다. 같은 상황에서 같은 생각을 한 것을 보면 말이다. 나는 태블릿을 원래 있던 곳에 갖다 놓았다. 그리고 눈을 감았다. 잠시 혼란스러웠지만 한결 기분이 좋아졌다. 나 자신을 속이고 있던 것을 털어 낸 까닭이다. 문이 열리는 소리가 들렸다. '나'와 아빠의 말소리가 들렸다. '나'의 목소리를 들어 보니 기분이 많이 풀린 듯했다. 나는 안도감이 들었다. 하지만 마냥 좋아할 수만은 없었다. 내게는 해결해야 할 또 다른 문제가 있었기 때문이다. 현식이라는 보다 심각한 문제 말이다. 나는 주머니에서 수첩을 꺼내 들고 고민하기 시작했다. 어디서부터 어떻게 이 대화를 시작해야 할지 알 수 없었다. 한 글자 한 글자 조심스럽게 써서 샤워를 마치고 나온 '나'에게 수첩을 들이밀었다.

'아까 일은 괜찮아? 조금 충격받은 거 같던데?'

'나'는 귀찮다는 표정을 지었다.

"괜찮으니까 귀찮게 굴지 마."

나는 잠시 고민을 하다 수첩을 한 장 넘겨 몇 글자 더 썼다.

'오늘 너 옛날 생각 많이 났겠다.'

나는 나름 신중히 말하기 위해서 노력하고 있었다. 하지만 '나'는 나를 귀찮은 존재로 여겼고, 나에게서 조금씩 멀어져 가는 듯했다. 아무 이유도 없이.

"응."

'나'는 성의 없는 목소리로 대답했다. 나는 방금 전과 다르게 아무 망설임 없이 수첩에 글씨를 써 내려갔다.

‘혹시 현식이 생각은 안 났어?’

나는 그의 눈앞에 수첩을 들이밀었다. 그는 핸드폰으로 문자를 하면서 건성으로 수첩을 보았다. 그의 표정에는 아무런 변화가 없었다. 나는 슬슬 화가 났다.

‘안 미안했어?’

내가 물었다.

“뭐가?”

‘나’는 짜증나는 말투로 되물었다.

‘네가 그렇게 당하고도 현식이를 괴롭히면서 안 미안했냐고?’

나는 글씨를 쓰다 말고 입 밖으로 고함을 질러 댔다. 상대방의 귀에 들리지 않는다는 것을 알면서도 말이다.

“뭘 괴롭혔다고 그래. 그냥 애들이랑 장난 좀 친 건데. 귀찮으니까 나 좀 그만 건드려.”

‘나’의 목소리에 짜증이 묻어났다. 나는 더 이상 할 말이 없었다. 그는 이미 과거를 잊고 있었고, 자신이 하는 행동이 현식이에게 어떻게 느껴질지 이해하지 못하고 있었다. 그리고 가장 중요한 점은 그가 나를 귀찮게 여긴다는 사실이었다. 마치 사춘기 아이들이 부모를 귀찮은 존재로 여기는 것과 같이 ‘나’에게 나는 다른 세계에 사는 귀찮은 존재가 되어 있었다. 나는 왠지 앞으로 내 수첩의 한 장, 한 장이 쉽게 넘어가지 않을 것 같았다.

15
나만의 짐

"잘 들어갔냐?"

책상에 가방을 내려놓기 무섭게 형식이가 '나'에게 다가왔다.

"응. 어제는 고마웠어."

'나'는 말끝을 흐렸다.

"뭐가?"

"아니. 뭐 그냥 다."

'나'는 대답을 얼버무렸다.

"병신. 뭔 대답이 그러냐. 아무튼 멍은 안 들었네."

형식이가 '나'의 얼굴을 보면서 말했다.

"그래. 덕분에 멍은 안 들었다."

'나'는 웃으면서 말했다. 두 사람은 교실 구석으로 가서 아이들과 어울렸다. 나는 더 이상 '나'의 뒤를 졸졸 쫓아다니지 않았다. 그냥 '나'의 자리에 앉아 있었다.

얼마 지나지 않아서 현식이가 교실 문을 열고 들어왔다. 현식이는 어제보다 더 심각한 표정을 하고 있었고, 기운이 하나도 없었다. 아무도 현식이가 등교했다는 사실에 신경을 쓰지 않았다. 아이들이 현식이에게 다가올 때는 단 한 가지 경우밖에 없었다. 시비를 걸기 위해서. 나는 따돌림을 당하는 현식이에게 미안해졌고, 다른 아이들과 마찬가지로 현식이를 따돌리고 있는 '나'의 행동이 신경 쓰였다. 나는 어제 내가 따돌림을 당한 것이 내 탓이라는 사실을 깨달았고 그러한 사실을 순순히 받아들였다. 하지만 그렇다고 나를 괴롭히던 아이들이 정당하다는 것은 아니다. 한 아이를 정신적으로든 육체적으로든 고통스럽게 만드는 것은 분명 잘못된 일이다. 하지만 성숙하지 않은 아이들이 모여 있는 교실에서 따돌림을 당하는 아이를 찾기란 어려운 일이 아니다. 새 학년이 되면 언제나 피해자가 나타났다. 아이들은 용케도 자기와 다른 아이를 찾아냈다. 때로는 가장 약한 아이가, 때로는 가장 소심한 아이가 피해자가 되었다. 결국 한 명의 왕따는 아이들의 요구와 피해자 본인의 특성이 맞아떨어질 때 생겨난다. 내가 어제 형식이의 말을 듣고 새삼스럽게 인정한 것은 내가 바로 그런 아이들 중 하나였다는 사실이다. 현식이도 마찬가지였고, 그는 아직 피해자의 지위에서 벗어나지 못하고 있다. 내가 그날 주먹을 휘두르지 않았으면 지금쯤 '나' 또한 피해자가 되어 있었을 것이다. 하지만 내가 그날 주먹을 휘둘렀기에 현식이가 피해자가 되어 버렸다. 마치 운명의 장난 같았다. 결과적으로 나의 가장 소중한 친구를 팔아먹은 꼴이 되어 버렸으니 말이다.

오늘따라 현식이의 얼굴이 더욱 쓸쓸하게 보였다. 그때 현식이 뒤에서 정태와 그의 패거리가 나타났다. 그 녀석들은 현식이 주변에서 멈추어 섰다.

"너는 어제 시험 끝났는데 벌써부터 공부질이냐?"

정태가 현식이 문제집을 낚아채면서 말했다.

"다른 공부해야 돼. 빨리 줘."

시험 2주 전이나 돼야 문제집을 만지작거리기 시작하는 아이들에게 시험 끝난 지 이틀 만에 공부를 해야 한다고 짜증을 내는 현식이가 마음에 들 턱이 없었다. 아이들은 쉽게 문제집을 돌려주지 않았다. 현식이는 이 상황을 다른 때보다 훨씬 힘들어하는 것 같았다.

"숙제 한 번쯤 안 해도 되잖아. 안 그래?"

한 녀석이 현식이의 문제집을 들고 교실을 나갔다. 정태와 다른 녀석들은 낄낄거리며 웃고 있었다.

"씨발."

현식이가 중얼거리며 책상에 엎드렸다. 엎드려 있는 현식이의 얼굴에 눈물이 흘렀다.

"병신 우냐?"

정태가 현식이의 머리를 내리쳤다. 현식이는 아무런 반응도 보이지 않았다. 잠시 후 문제집을 들고 밖으로 나간 아이가 돌아와 현식이의 문제집을 그의 등에 올려놓았다. 더 이상 재미를 느끼지 못했기 때문일 것이다. 현식이는 여전히 울고 있었다. 1교시가 시작되고 나서야 고개를 들었다. 눈가에는 여전히 눈물이 맺혀 있었다. 그런데 아이들도 선생도 교실에 있는 그 누구도 그러한 사실을 알지 못했다. 그 때문에 현식이가 눈물을 멈추지 못하는 것인지도 모른다.

7교시가 끝나자 순식간에 교실은 어수선해졌다. 아이들은 아직 시험이 끝난 해방감을 만끽하고 있었다. 그리고 오래지 않아 담임이 들어왔다. 담임이 교탁 앞에 섰지만 교실의 소란스러움은 쉽사리 가시지 않았다. 담임은 무언가를 열심히 말했지만 아이들에게 그것은 소음일 뿐이었다. 종례가 거의 끝나갈 무렵, 담임은 아이들에게 설문지를 돌렸다. 학교 폭력에 관한 것이었다. 하지만 그것은 무의미한 낙서와 다를 바 없었다. 종이 그 이상의 의미를 가지고 있지 않았다. 아이들이 모두 모여 있는 곳에서, 그것도 바로 옆에 누군가가 앉아 있는 곳에서 이런 설문지에 솔직해질 수 있는 아이는 없다. 설문 조사가 끝나는 데는 5분이 채 걸리지 않았다. 아이들은 질문도 읽지 않고 설문에 답을 하고 있었고 현식이 역시 모든 질문에 '아니요'라고 표시했다. 담임은 설문지를 거두어 곧장 교무실로 향했다.

나는 불현듯 내가 그 무의미한 종이 뭉치에 의미를 부여할 수 있다는 사실을 깨달았다. 내가 힘들어할 때 학교가 아무런 도움이 되어 주지 못했지만 나는 이미 담임의 뒤를 쫓고 있었다. 담임이 현식이를 도와줄 수 있을 것이라는 확신은 없었다. 별 도움이 되지 못할 수도 있다. 하지만 내가 현식이를 도울 유일한 방법이었다. 아니 그렇게라도 해서 나의 미안함과 자책감을 다른 사람에게 떠넘기고 싶었다. 부끄럽지만 그게 교무실 문 앞에 선 내 진심이었다. 나는 닫혀 있는 교무실 문을 조심스럽게 열었다. 과학 선생이 문 쪽을 돌아봤다. 나는 서둘러 교무실 안으로 들어갔다. 내가 교무실 안쪽에 몸을 숨기자 그가 일어나 문을 닫았다. 조금 나이가 있었지만 꽤 열정적으로 수업을 하던 모습이 어렴풋이 떠올랐다. 교무실에는 침묵이 흐르고 있었다. 그리 넓지 않은 교무실은 5명이 사용하고 있었다. 선생들은 아이들의 답안지를 채점하느라 정신이 없었다. 담임은 설문지를 쌓아 놓았을 뿐 눈길조차 주지 않았다. 나는 설문지 옆으로 다가 갔다. 담임은 영어 주관식 답안을 채점하느라 정신이 없었다. '창의력 신장을 위해서'라는 명분을 내세웠지만 배점만 높을 뿐 단순하고 무의미한, 그리고 선생과 아이들을 귀찮게만 하는 문제들이었다. 나는 설문지에 쉽게 손을 뻗지 못했다. 일종의 불신과 불안이 내 손목을 붙잡았다. 하지만 나는 결국 손을 뻗어 설문지 뭉치 가장 위에 올려져 있는 종이 한 장을 살짝 밀어 땅에 떨어뜨렸다. 담임은 눈치채지 못했다. 그녀는 주관식 문제를 채점하느라 신경이 곤두서 있었다. 나는 펜을 꺼내 설문지 마지막 질문에 한 단어를 적어 넣었다.

'본인의 반에 따돌림을 당하는 친구가 있나요?'

'윤현식'

비록 한 단어였지만 그 한 단어가 내 모든 책임과 미안함을 담임에게 떠넘기는 데 충분하다고 생각했다. 나는 잠시 설문지를 바라보다가 교무실을 빠져나왔다. 나는 왁자지껄한 복도를 조심스럽게 가로질렀다. 내 짐을 떠넘기고 나왔다고 믿었지만 어깨는 가볍게 느껴지지 않았다. 나는 학교를 나와 집으로 향했다. 내 옆에는 '나'가 없었다. 대신 쌀쌀한 봄바람이 비어 있는 옆자리를 차갑게 메우고 있었다. 등 뒤에서 발소리가 들렸다. 나는 무의식적으로 뒤를 돌아보며 길의 가장자리로 비켜섰다. 현식이였다. 그는 내 옆을 빠르게 스쳐갔다. 나는 확실히 느꼈다. 내 어깨에는 아직 무거운 짐들이 남아 있다는 것을, 그리고 그 짐은 남에게 떠넘길 수 있는 그런 것이 아니라는 것을 말이다. 나는 발 앞에 떨어져 있는 음료수 캔을 현식이를 향해 걸어 찼다. 너무 고마운 죄를 진 현식이를 향해.

16
강아지와 개

시험이 끝난 주말 아침이 밝았다.

햇볕이 '나'의 방을 비집고 들어와 아침이 왔음을 힘겹게 알리고 있지만 '나'의 시계는 여전히 새벽에 멈춰 서 있었다. '나'는 11시가 지나서야 침대에서 빠져나왔다. 그리고 책상으로 가 컴퓨터 전원을 켜고 거실로 나갔다. 거실에서는 아빠가 TV를 보고 있었다.

"이제 일어났어?"

아빠가 물었다.

"어. 어제 좀 늦게 자시. 뭐 시험도 끝났잖아."

'나'는 부엌으로 가면서 말했다.

"그래. 밥은 어떻게 할래?"

아빠는 TV를 끄며 말했다.

"이따 점심 먹을게."

'나'는 찬장에서 과자 봉지를 꺼내 들고 방으로 들어갔다. 아빠는 잠시 소파에 앉아 창밖을 보다 서재로 들어갔고, 나는 '나'의 방으로 발길을 돌렸다. 역시나 게임을 하고 있었다. '나'에게는 자유 시간이 많았다. 과외도 없고, 숙제도 없었다. 게다가 자신을 돌아볼 시간마저 없었다. '나'는 1시가 다 되도록 게임의 세계에 빠져 있었다. 1시가 지날 때쯤 방문을 두들기는 소리가 들렸다.

"안에 있어?"

아빠였다.

"어."

'나'의 대답이 떨어지기 무섭게 방문이 열렸다.

"1신데. 밥 어떻게 할래?"

아빠는 '나'의 방에 한 발자국도 들여놓지 않은 채 말했다. 그리고 아빠의 말이 끝나기도 전에 때 아닌 바람에 슬며시 문이 닫혔다.

"난 이따 라면 끓여 먹을게."

'나'는 모니터에서 눈을 떼지 않았다.

"그래…."

아빠는 잠시 머뭇거렸다. '나'는 그러한 사실을 알아채지 못했다.

"난 등산이나 갈까 하는데. 같이 나가서 밥 먹을래?"

아빠의 말투는 사랑 고백을 하는 사람 같았다.

"등산? 됐어. 난 그냥 집에 있을래."

'나'가 아빠의 고백을 거절하는 데는 그렇게 오랜 시간이 걸리지 않았다.

"그래? 그럼 뭐 집에 있던가. 근데 너 요즘 너무 게임만 하는 것 같다. 알아서 적당히 해."

아빠는 한마디 경고를 남기고 방문을 닫았다. 아빠의 경고, 꽤나 오랜만에 들어 본 것 같았다. 왠지 아빠도 '나'의 변화를 조금씩 느끼고 있는 것 같았다. 하지만 아빠의 눈빛에는 여전히 걱정과 미안함이 담겨 있었다. 얼마 지나지 않아서 아빠는 다시 '나'의 방문을 두들겼다. 하지만 문은 열리지 않았다. 단지 문틈 사이로 아빠의 목소리가 들렸을 뿐이다.

"운동 좀 하고 올 테니까 밥은 네가 알아서 챙겨 먹어라. 반찬들은 다 냉장고에 있어. 컴퓨터 적당히 하고."

"어."

'나'의 대답은 짧았다. 그리고 말이 짧은 만큼 그 안에는 특별한 의미가 담겨 있지 않았다. '나'는 그렇게 4시가 되도록 게임을 했다. 입 대신 손으로 친구와 대화를 나누었고, 빵 몇 조각을 먹고 아무것도 입에 대지 않았다.

나는 침대에 누워 수첩을 펴 보았다. 막 휘갈긴 글씨들이 어지럽게 적혀 있었다. 하지만 아직은 빈 종이가 더 많았다. 그러고 보니 근래에 '나'와 대화를 나눈 기억이 없었다. 내가 처음 '나'를 마주했을 때 나는 '나'의 친구였다. 하지만 시간이 지날수록 나는 '나'의 그림자가 되어 갔다. 그림자같이 '나'를 쫓아다녀서 그런지 나는 점차 그 존재마저 희미한 존재가 된 것이다. 지금 이 순간에도 '나'의 뒤에서 수첩이 하늘에 떠다니고 있지만 '나'는 신경도 쓰지 않는다. 나는 꽤나 기분이 상했다. 하지만 내 기분이 상한 것은 내가 그림자 취급을 받아서도 아니고 나를 필요로 하지 않아서도 아니다. 그건 '나'의 변화 그 자체에 있다. 나는 '나'의 행복을 바랐지만 요즘 '나'는 불행해 보였다. 5시가 넘어갈 무렵 '나'는 자리에서 일어났다. 그의 컴퓨터에는 여전히 게임이 실행되고 있었다.

나는 방문을 열고 거실로 나갔다. 거실에는 이미 어둠이 내려앉기 시작하고 있었다. '나'는 거실에 불을 켜고 부엌을 어슬렁거렸다. 그러다가 찬장에서 라면을 꺼내 냄비를 가스레인지에 올렸다. '나'는 냄비의 물이 끓는 그 잠시 동안에도 게임을 했다. 나는 방을 나갔다.

생각해 보니 2달 가까이 아무 말도 하지 못했다. 아니 정확히 말해 말을 할 수 있었지만 누구도 그 말을 들을 수 없었다. 누구와도 함께 하지 못하는 외로움…. '나'는 달라지고 있는데, 오히려 나는 12년 전으로 돌아간 듯했다. 어느새 나는 고독과 마주하고 있었고, 외로움을 느끼고 있었다. 그리고 외로움 때문에 내 주변을 맴돌지 않는 '나'를 내심 원망하고 있었다. 나는 거실을 떠나 온 집안을 쑤시고 다녔다. 집은 꽤나 넓었고, 꽤나 많은 추억 속으로 나를 이끌었다. 나는 금고 앞에 멈춰 섰다. 서재 밖에서 라면을 가지고 방으로 들어가는 소리가 들렸다. 나는 금고 문을 열고 안을 들여다봤다. 불과 2달 전의 모습과 별반 다르지 않았다. 하지만 그 위에는 새로운 종이 몇 장이 올라와 있었다. 금고 속에 이렇게 종이가 쌓여 올라오도록 얼마나 많은 시간이 필요했을지, 그리고 얼마나 많은 고민을 했을지 새삼 안타까웠다. 나는 새롭게 쌓인 종이를 추려냈다. 그 종이들은 많지 않았고, 그것들을 다 읽는 데는 불과 5분도 걸리지 않았다. 처음 이 금고를 열었을 때만큼 놀라운 말들은 없었다. 다만 자식에 대한 걱정과 미안함, 답답함은 여전했다. 아빠의 가장 최근 일기에는 지방으로 출장을 간 날에 일어난 일이 적혀 있었다. 아빠는 그날 과외 선생에게 과외가 취소되었다는 전화를 받았다. 그런 줄도 모르고 '나'는 과외를 받고 있다고 거짓말을 했다. 지금까지 '나'는 아빠를 속인 적이 없다. 그래서 아빠는 '나'의 변화를 걱정하고 있었다. 아빠의 나머지 일기에는 게임에 빠져 버린 '나', 공부와 담을 쌓은 '나'에 대한 우려와 여전히 그런 '나'에게 한마디 충고를 하지 못하는 고민이 담겨 있었다. 아빠는 확신하고 있었다. '나'가 더 이상 따돌림을 당하고 있지 않다는 사실을, 그리고 질 나쁜 아이들과 어울려 물이 들어가고 있다는 사실을, 그런 '나'를 막을 수 없다는 사실을 말이다.

그것이 전부는 아니었다. 미미하지만 아빠의 일기에서 변화의 의지가 보이기 시작했다. 필요하다면 과감히 '나'의 손을 붙잡겠다는 의지가 말이다. 나는 다시 종이를 정리해 금고에 넣었다. 시계는 막 6시를 지나고 있었다. '나'는 부엌에 라면 냄비만 던져 놓고 방에 들어가 빈둥거리고 있었다. '나'는 전과 달리 어쩌다 혼자서 밥을 먹을 때면 늘 빈 그릇을 치우지 않고 그대로 두었다. 고스란히 설거지는 아빠의 몫이었다. 나는 '나'를 대신해 설거지를 하고 '나'의 방으로 들어갔다. '나'는 침대에 엎드려 핸드폰을 만지작거리고 있었다. 나는 가만히 '나'의 핸드폰을 내려다보았다. 정민이와 문자를 하는 중이었다. 그들의 화두는 게임과 친구들 그리고 몇몇 탤런트를 거쳐 부모 이야기에 도착해 있었다. 친구들끼리 문자를 주고받는다는 것 그 자체만으로도 내게는 신세계였지만 정민이가 하는 말은 그 이상이었다. 정민이는 주제가 그의 부모로 향하자마자 듣기 불편할 만큼의 불만을 늘어놓기 시작했다.

'씨발'

'나시험기간때'

'그미친년이공부하라고내방문에'

'자물쇠달았다'

정민이가 '나'에게 보낸 문자 내용은 나를 당황시켰다. 엄마를 미친년이라 부르는 아들이나 공부를 하라고 방문에 자물쇠를 다는 엄마나, 두 사람 모두 내게는 너무 놀라웠다. 하지만 나를 놀라게 만든 말은 여기서 그치지 않았다.

'존나새벽세시반'

'까지옆방에서책읽었음'

'씨발근데책읽는시간보다'

'내방엿듣는시간이더길어'

'씨발잠깐만코골면바로문따고들어옴'

그냥 자라는 '나'의 문자에 대해 정민이가 보낸 답장 내용이었다. 정민이 부모에게 사랑은 손잡이가 없는 칼과 같았다. 모두가 상처를 입는 그런 칼 말이다. 잠시 후 아빠가 돌아왔다. 등산복 차림이었다. 등산은 가족이 있지만 주말을 쓸쓸하게 보내야 하는 아빠가 어렵게 찾아낸 취미였다. 시험이 끝나고 나서는 친구들과 놀아야 하기 때문에, 시험이 끝나기 전에는 공부해야 하기 때문에 아빠는 늘 휴일을 혼자 보냈다. 아빠는 옷을 갈아입고 '나'의 방문을 두들겼다.

"너 아직도 게임하냐?"

아빠는 방문에 대고 물었다.

"아니."

'나'도 방문에 대고 대답했다.

"그래. 밥은 안 먹었어? 밥 먹은 그릇이 없네."

'나'는 눈치가 빨랐다. 잠시 당황했지만 금방 내 존재를 떠올렸다.

"아니 라면 먹고 치워 놨어."

'나'는 이미 거짓말을 하는 데 거리낌이 없었다.

"그럼 저녁 먹어야지. 한 8시쯤 먹을래? 아빠도 점심을 늦게 먹어서."

아빠는 늘 나를 먹이는 일에 신경을 썼지만 어렸을 때 '나'는 그것을 무척이나 귀찮아했다. 하지만 그 이유를 어렴풋하게나마 짐작할 수 있게 됐을 때 더 이상 귀찮아하지 않았다. 아빠에게 밥은 '나'에게 해 줄 수 있는, 그리고 '나'가 거부하지 못하는 유일한 일이기 때문이었다. 아빠는 그 일을 하며 일종의 뿌듯함을 느끼는 것 같았다. 아빠에게는 그때가 가장 부모다운 존재가 되는 순간이자 자신의 사랑을 가장 잘 표현할 수 있는 방법이라고 느끼는 것 같았다.

"그래."

하지만 정작 '나'는 아직 그 사실을 잘 모르고 있을 것이다. 아빠가 왜 그토록 자신에게 밥을 먹이려고 하는지를 말이다.

아빠는 서재에서 TV를 보고 있었다. 나는 그 옆에 서서 같이 TV를 봤다. 하지만 그것도 잠시, 아빠는 저녁 준비를 하러 부엌으로 갔다. 보통의 아버지에게는 저녁 준비가 특별한 이벤트겠지만 아빠에게는 아주 평범한 일상이었다. 한창 아빠가 저녁 준비를 하고 있을 때, '나'는 슬그머니 방에서 나왔다.

"밥 언제 돼?"

'나'는 표정으로 배고프다고 말을 하고 있었다.

"어. 금방 돼."

아빠는 '나'를 바라보며 말했다. '나'는 컵에 물을 한 잔 따라 마시고 거실 소파에 몸을 던졌다. 그리고 TV 리모컨을 집어 들었다. 컴퓨터에서 TV까지 이 세상에는 혼자 시간을 보낼 수 있는 것들이 너무 많다.

아빠의 말처럼 밥은 금방 차려졌다. 두 사람은 식탁에 마주 앉았다. 하지만 오늘도 눈을 마주치지 않았다. 두 사람의 눈은 TV를 향해 있었다. 오늘도 대화라는 반찬을 대신해 TV라는 불량식품에 빠져 있었다. TV에서는 뉴스를 하고 있었다. 뉴스의 배경음악은 엄마를 생각나게 했다. 그녀는 늘 저녁을 먹으면서 뉴스를 보고 있을 때, 나에게 공부나 열심히 하라고 잔소리를 했다.

나는 슬며시 안주머니에 손을 넣었다. 언제나처럼 음반과 종이 쪼가리가 잡혔다. 사실 내게 엄마는 특별한 존재다. 그녀는 때로는 극도로 이기적이었고, 때로는 극도로 이타적이었다. 하지만 어느 쪽이든 '자식을 위해서'라는 목적은 같았다. 그리고 그것들은 때로 내 고통을 담보로 했었기에 나는 그녀를 귀찮아했다. 하지만 동시에 그녀에게 많이 의지했었다. 내가 초등학교 때, 엄마가 맹장으로 수술을 받은 적이 있었다. 그때 나는 너무 어려서 병원에 누워 있는 그녀가 곧 죽는 줄만 알고 미친 듯이 울었다. 그러자 엄마가 내게 자신은 죽을 일 없으니까 옆에서 공부나 하라고 말했다. 그럼에도 나는 하염없이 울었고, 한동안 엄마에게서 떨어지지 않았다. 그렇게 그녀는 우는 나에게 공부를 하라고 말할 만큼 냉정했지만 나는 그녀에게 상상이상으로 의지했었다. 내게 고통스러울 정도로 엄격했지만 어떤 일이 닥쳐도 그녀는 내 편에 서 줄 것이라는 확신에서 말이다.

그녀가 나를 사랑하는 방법이 옳았는지는 알 수 없다. 하지만 언제나 내 편이 되어 줄 것이라는 확신이 나도 모르는 사이에 그녀에게 의지하게 만들곤 했다. 그리고 내 손에 잡히는 이 일기로 미루어 보아 그녀도 이 사실을 눈치채고 있었던 것 같다. 어느새 눈가에는 슬픔의 결정체가 흘러내리고 있었다. 나는 고개를 세차게 흔들고 다시 '나'를 바라봤다. '나'는 TV에서 예능 프로그램이 끝나자 TV에 눈길조차 주지 않은 채 밥 먹는 일에만 집중을 하고 있었다. 그때 아빠가 갑자기 입을 열었다.

"너네 학교에도 학교 폭력 있어?"

나는 얼굴이 굳어졌다. 아빠의 갑작스러운 질문이 이해되지 않았다. 하지만 TV에서 흘러나오는 앵커의 목소리를 듣고 그 질문을 이해할 수 있었다. 뉴스에서는 한창 학교 폭력에 대해 말하고 있었다. 나는 어렴풋이 12년 전 그 뉴스를 봤던 것이 생각났다. 그때의 나는 TV가 아닌 인터넷으로 그 뉴스를 접했었다. 한 여중생이 학교 폭력을 견디다 못해 자신의 집에서 뛰어내린 일을 시작으로 몇 명의 학생들이 유서를 남겨 놓고 자살을 한 일이 일어났다. 당시 언론에서는 학교 폭력에 관한 뉴스를 매일같이 보도했다. 12년 전의 나는 철저한 학교 폭력의 피해자였다. 그리고 내 눈에는 그 고통을 벗어날 방법이 없어 보였다. 뉴스는 매일같이 학교 폭력에 관한 보도를 했고, 정부는 경찰력까지 동원하여 학교 폭력을 감시했다. 수십 명의 아이들이 경찰에 체포되었고, 정부는 여러 가지 대책을 내놓았다. 하지만 나는 여전히 피해자였다.

원숭이와 개를 사람의 노력으로 가깝게 만들 수 없듯이 나와 친구들의 사이도 마찬가지였다. 아무리 많은 외적 요소들이 우리의 관계를 개선시키기 위해 노력한다고 해도 우리는 가까워질 수 없었을 것이고, 나는 여전히 따돌림을 당하고 있을 것이다. 누군가를 고통스럽게 만드는 방법에는 주먹을 휘두르는 것만 있는 것은 아니다. 보이지 않는 것들은 더욱 잔인했다. 그것들은 아무 상처도 남기지 않지만 분명 누군가에게 고통을 주었으며, 쉽게 멈출 수 없는 문제들이었다. 아이들은 이미 개가 되어 있었고, 나는 도망칠 곳 없는 원숭이가 되어 있었다. 수많은 대책들도, 사회의 관심도 내 문제를 해결해 주지는 못했다. 그들은 원숭이에게 달려드는 개를 쏴 죽이자고 말했지만 그들의 눈에 띄지 않는 개들은 계속 원숭이를 쫓을 뿐이었다.

두 사람 사이에는 묘한 정적이 흐르고 있었다. '나'의 대답은 굳이 직접 듣지 않아도 예상할 수 있었다. 그런 질문에 "응."이라고 대답할 수 있는 아이는 존재하지 않는다. 가해자는 가해자이기 때문에 피해자는 피해자이기 때문에 말이다. 사실 아빠와 '나'의 식탁에 정적이 흐르는 것은 그렇게 어색한 일이 아니었다. 하지만 그들의 식탁에 늘 올라가던 정적은 아무 감정도 의미도 없는 무미건조한 것이었으나 지금의 그것은 다르다. 아빠는 다시 한 번 입을 열었다.

"너는 친구들이랑 잘 지내지?"

아빠는 '나'의 얼굴을 보지도 않은 채 고개를 숙이고 국을 뜨며 물었다. 나는 아빠가 그 질문이 아무 의미도 지니고 있지 않는 듯이 보이기 위해 노력하고 있다는 것을 알았다.

'도대체 학교에서 무슨 일이 있는 거니? 작년에는 네가 학교에서 따돌림을 당할까 걱정했는데, 나는 이제 네가 다른 아이를 괴롭히고 다니는 것이 아닐까 걱정하고 있다. 도대체 나는 어떻게 해야 하는 거니?'라는 아빠의 애절한 질문을 말이다.

"응."

'나'는 건성으로 대답하며 자리에서 일어났다. '나'에게는 아빠의 진심을 겹겹이 둘러싸고 있는 껍질을 벗겨 낼 수 있는 능력이 없었다. 그 껍질을 벗겨 낼 수 있을 만큼 많은 대화를 하지 못했고 그 껍질을 벗겨 낼 수 있을 만큼 서로를 알지 못했기 때문이다.

그들 사이에 다시 정적이 흐르기도 전에 '나'는 방으로 들어갔다. 아빠 혼자 식탁에 앉아 밥을 먹고 있는 모습은 무척이나 쓸쓸해 보였다. 혼자 밥을 먹던 아빠가 갑자기 헛웃음을 지었다. 나는 그 웃음의 의미를 알 것 같았다. 아빠는 일어나서 상을 치웠다. 부자는 가까운 곳에 있는 존재들이다. 하지만 그들은 그 어떤 것으로도 표현할 수 없을 만큼 멀리 떨어져 있었다. 그것이 아빠와 '나'였다.

17
그림자

"교장 어디 있어?"

시험이 끝난 학교 복도는 아이들의 소음으로 가득 차 있었다. 그런데도 그 소리를 뚫고 화가 난 남자의 목소리가 교무실 밖까지 울려 퍼졌다.

"저 선형이 아버님, 화가 나신 건 이해합니다. 하지만 시비를 먼저 건 쪽도 선형이였고, 먼저 폭력을 행사한 것도 선형이 쪽이였기 때문에 사실 저희도 입장이 난처합니다. 우선 제가 선형이와 소영이 모두 야단쳐서 학생부로 넘겼습니다. 아마 곧 선도 위원회가 열릴 겁니다."

"지금 그걸 말이라고 합니까? 우리 애 얼굴을 보라고. 우리 애 얼굴이 저 꼴이 났는데 둘 다 잘한 것 없으니까 꺼지라는 소리를 듣고만 있으라는 거야! 그리고 우리 애가 무슨 잘못을 했다고 선도 위원회야? 우리 애가 공부도 잘하고 얼마나 착한데. 벌은 우리 애 얼굴을 저렇게 만든 녀석이나 줘야지. 선생이란 인간이 애를 그렇게밖에 못 봐?"

"저 아버님 이런 말씀 죄송하지만 저는 아버님이 선형이를 잘못 알고 계신다고 생각합니다."

"뭘 안다고 헛소리야! 됐으니까 교장이나 어디 있는지 말해."

"교장 선생님이 어디 계신지는 저희도 모릅니다. 그리고 설사 안 다고 해도 말씀 드릴 수 없고, 그럴 이유도 없습니다. 교장 선생님께서 아버님을 위해 해 주실 수 있는 일도 없고, 지금의 아버님을 만나 뵐 이유도 없습니다. 오늘은 그만 돌아가셔서 선형이와 조금 이야기를 해 보시고, 자녀분을 조금 더 정확하게 알고 나신 후에 다시 찾아오시죠."

"어디서 건방지게 자꾸 설교야. 애들을 이 따위로 가르친 주제에."

"저는 선형이도, 그리고 소영이도 모두 올바르게 가르쳤습니다. 선형이 교육에 문제가 있다면 그건 아버님과 어머님의 잘못 아닐까 싶네요. 어제 어머님도 오셨던 것 아시죠? 두 분이 어쩜⋯."

"웬 건방진 소리야!"

"꺄악!"

날카로운 비명 소리가 복도에 울려 퍼졌다.

"어머! 이 선생님, 괜찮아요? 119라도 불러야 되는 거 아니에요? 이봐요. 선형이 아버님 이게 무슨 짓입니까?"

"괜히 거기 누워서 꾀병 부리지 마쇼. 내일 다시 올 테니까 교장한 테 똑똑히 전해 놔. 나 올 때까지 어디 나가지 말고 가만히 방에 처박혀서 기다리고 있으라고."

"아니 지금 제정신이에요? 사람을 저렇게 만들어 놓고… 됐으니까 빨리 여기서 나가세요."

교무실 문이 거칠게 열리고 한 남자가 붉은 얼굴을 하고 복도를 빠르게 갈랐다. 그러다가 '나'에게 부딪혔고, '나'와 나는 그대로 넘어졌다. 나는 한마디 사과도 없이 멀어져 가는 그 남자를 쳐다보면서 과거의 한복판에서 더 깊은 과거를 향해 발버둥 쳤다.

"선생님한테 연락받았어."

엄마가 놀란 얼굴로 초등학생 무렵의 나를 걱정스럽게 바라보며 말했다.

"많이 아파?"

엄마가 내 얼굴의 멍을 어루만지며 물었다.

"아니 괜찮아."

"괜찮으니까 아프면 말해."

"정말 안 아파. 괜찮아."

"그래… 재현이 맞아? 너 이렇게 만든 아이."

"으… 응."

"엄마랑 아빠가 가서 혼내 줄까?"

"아니."

'나'는 단호하게 대답했다.

"왜? 재현이가 또 때릴까 봐? 걱정 마. 절대로 그런 일은 없게 할 테니까."

"그거 때문에 아니야. 그냥… 걔 혼낸다고 달라지는 건 없잖아."

'나'의 대답에 엄마는 놀란 것 같았다.

"나는 그냥 걔가 나하고 다른 애들 또 안 때렸으면 좋겠어. 그래서 혼내겠다는 거면 상관없지만… 엄마 아빠가 혼낸다고 그렇게 되는 건 아니잖아."

"그래… 알았어."

엄마가 전화기를 향해 걸어가며 말했다.

"여보세요. 네. 재현이 아버님. 아니요. 오실 필요 없을 것 같습니다. 지금 준석이랑 재현이랑 마주 보는 것도 그럴 것 같고… 다른 것보다 준석이가 재현이 혼 안 냈으면 좋겠다네요…. 네. 단지 다시 이런 일이 없기만 했으면 좋겠다고요. 아무래도 그게 저희가 해야 되는 일 아니겠어요…. 네. 네 알겠습니다."

엄마가 수화기를 내려놓는 모습이 조금씩 흐려지더니 나는 다시 소란스러운 학교의 한복판으로 돌아왔다.

"하하하. 병신 새끼. 웬 몸 개그냐."

누군가의 목소리가 시끄럽게 귓가에 울렸다.

"씨발 처웃지 마."

소란스러운 학교의 소음들 그리고 어디선가 들어 본 듯한 대화들, 언젠가 느껴 본 듯한 가슴의 통증. '왜?'냐는 질문에 내가 말할 수 있는 대답은 없었다. 하지만 눈과 이성은 대답하고 있었다. 내가 학교 복도 바닥에 엎어진 채 십수 년 전의 과거를 보고 있었다고 말이다.

수련회 날의 경험 덕인지 내 몸은 내 머리가 명령하기 전에 움직이기 시작했고, 내가 복도의 한구석에서 어리석은 아이들의 대화를 관람하며 가슴을 쓸어내릴 때까지는 그렇게 오랜 시간이 걸리지 않았다. 아무 이유 없이 길바닥에 엎어진 친구를 바라보던 '나'의 표정은 굳어 있었다. '나'는 정작 땅바닥에서 구르고 있는 본인도 모르는 이유를 눈치챈 듯해 보였다.

"씨발 너냐?"

"뭐가?"

"내 발 건 거?"

"뭐래. 지가 걸어가다 자빠져 놓고는."

"씨발 분명 뭐에 걸렸다고."

"지랄. 그냥 쪽 팔리면 쪽 팔린다고 해."

"닥쳐."

아이들의 오해가 해결되기도 전에 아이들의 눈앞에는 새로운 이야깃거리, 아니 이야기 상대들이 나타났다.

"야! 담탱이 맞았다며?"

"씨발. 대박 김선형 어딨냐? 진심 걔네 아빠 대박이었음."

"막 피도 흘리고 그랬어?"

"그래 너희 담탱이 피났다."

아이들의 등 뒤에는 담임이 서 있었다. 담임은 머리를 가볍게 지혈한 채 과학 선생님의 부축을 받고 있었다.

"우와. 괜찮으세요?"

아이들이 물었다. 나는 가끔씩 이렇게 순진한 아이들이 그 순진함을 잃는 것이 안타까웠다.

"병원 안 가도 돼요?"

"괜찮아. 니들은 곧 종 치는데 교실로 안 가냐?"

담임도 아이들의 걱정이 싫지 않은지 입가에는 옅은 미소를 띠고 있었다.

"다음 시간은 선생님 수업인데요."

"아. 맞다."

"자습해요?"

"자습은 무슨. 기다리고 있어. 금방 갈 거야."

"네."

아이들이 단체로 대답하며 몸을 돌렸다.

"아. 그리고 반장한테 보건실로 좀 오라고 해."

담임이 아이들의 뒤통수를 향해 말했다.

"네."

아이들은 담임의 상처를 크게 신경 쓰지 않는 척했지만 나는 그 눈에서 아이들의 진심을 볼 수 있었다.

"근데 진짜 어떻게 된 거냐?"

"몰라 교무실에서 존나 시끄럽게 떠들다가 갑자기 담임이 소리 질렀어."

"씨발 김선형네 아버지 존나 무섭다."

"아까 우리 옆에 지나가는데 진짜, 우와~ 진심 존나 무서웠어. 야 너보다 무섭게 생겼더라."

아이들은 낄낄거렸다.

"아. 혹시 그 갈색 자켓 입은 사람?"

"응 니들도 봤어?"

"어. 아까 계단 올라오는데 어떤 미친놈이 내려가서 존나 신기하게 쳐다보고 있었는데…. 근데 진심 이 새끼가 더 잘생겼더라."

"야 김선형 걔는 어떻게 된 거야? 왜 갑자기 주말에 얼굴을 그 따위로 만들어서 왔대?"

전보다는 많이 나아졌지만 여전히 '나'는 학교의 소식에 조금씩 뒤처져 있었다.

"씨발 걔는 원래 못생겼었어."

한 녀석의 농담에 아이들이 자지러졌다.

"진지하게."

'나'는 갑작스럽게 정색을 하며 물었다. 그리고 '나'의 질문이 끝날 때쯤 수업의 시작을 알리는 종이 울렸다

"주말에 학교에서 공부하다 2반 애한테 시비 걸었는데, 존나게 얻어터졌대."

"존나 주말에 와서 봤었어야 되는데. 쟤네 머리채 잡고 대박이었대."

"그럼 김선형이 먼저 시비 걸었는데, 왜 걔네 아빠가 와서 지랄이야?"

"몰라."

"야. 반장. 담임이 보건실로 오래."

아이들은 어느샌가 소란스러운 계단을 내려와 교실 앞에 서 있었다.

"어. 근데 선생님 많이 다치셨어?"

반장이 걱정되는 표정으로 물었다.

"몰라. 아까 보니까 머리에서 피 나는 것 같던데."

'나'의 목소리에서 아직 흥분이 가시지 않았다.

"진짜? 병원 안 가셔도 돼?"

"몰라 보건실 갔으니까 알아서 하겠지."

"그래…."

반장은 걱정스러운 얼굴을 한 채 '나'와 멀어져 갔다. 나는 반장의 뒤를 따라갔다. 우리는 1층 구석에 있는 보건실 앞에 섰다.

"선생님 괜찮으세요?"

반장이 조심스럽게 보건실 문을 열며 말했다.

"응. 들어와."

반장이 담임에게 다가갔다.

"애들은?"

"부반장이 알아서."

반장이 머쓱한 듯 큰 소리로 웃으며 말했다.

"선생님 금방 갈 테니까 애들 조용히 시키고 있어. 이상한 소리하게 하지 말고. 뭔 소린지 알지?"

담임이 말했다.

"네."

반장은 힘차게 대답했다. 하지만 왠지 담임의 말이 무슨 뜻인지 제대로 이해했을 거라는 확신이 들지 않았다.

"근데 정말 병원 안 가도 돼요?"

반장은 담임이 걱정되는지 문을 열고 나가며 다시 물었다.

"여기 보건 선생님이 안 가도 된다고 하시잖아."

"저는 그런 말한 적 없는데요."

보건실 구석에서 따뜻한 물을 한 잔 내오던 보건 선생이 정색을 하며 말했다.

"안 가신다니까 어쩔 수 없는 거예요. 몸에 이상 있으시면 바로 병원 가 보셔야 돼요. 머리는 겉으로 봐서 알 수 없는 거니까요."

"네."

담임은 선생의 설교를 듣는 학생 같았다. 반장은 여전히 걱정스러운 표정으로 보건실을 빠져나갔다. 나는 보건실 한쪽 구석에 서서 움직일 수 없었다.

"그런데 어쩌다 그렇게 되신 거예요? 학부모가 항의하러 왔다는 얘기는 들었는데."

"밀려서 넘어지다 책상 모서리에 부딪혔어요."

"어머. 그럼 그 학부모는 어디 있어요?"

"집에 갔을걸요."

"이렇게 만들어 놓고요?"

"예…. 뭐 엄살 피우지 말라고 그러더라고요."

담임은 헛웃음을 지으며 말했다.

"아니 어떻게…."

"뭐 어쩌겠어요. 경찰 불렀다 일 커지면 우리만 욕 먹을 텐데요….
요즘 우리가 국민 호구잖아요."

담임은 웃으면서 말했다. 하지만 보건 선생도, 나도 웃지 못했다.
나에게 선생이란 직업은 앉아서 놀기만 해도 월급이 나오는 부러운,
그리고 한심한 존재였다. 하지만 선생도 아이들과 똑같이 무언가를
자유롭게 선택해 본 적 없는 그림자에 불과했다. 그렇기에 그들에게
쏟아지는 비난의 일부는 그들의 몫이 아니다.

시계 속 긴 바늘이 세 시를 가리키자 담임은 슬그머니 소파에서
일어났다.

"전 그럼 가 볼게요."

"좀 더 쉬다 가시지."

"수업이 있어서요."

"네… 혹시 머리 아프시거나 몸이 안 좋으시면 바로 병원 가 보세
요."

"네."

담임이 보건실을 나서며 대답했다. 나는 담임을 뒤따라 보건실을
나왔다. 담임의 표정은 평소와 똑같았다. 다만 어딘지 모르게 아픈
사람 같았다. 하지만 그것도 잠시 교실 근처에 다다르자 담임은 다
시 본연의 모습으로 돌아왔다.

"조용히 있으라니까 잘들 한다."

담임이 교실 문을 열고 나타나자 아이들이 웅성거렸다.

"떠들지 말고 교과서나 꺼내."

담임이 교탁 앞에 서서 말했다. 하지만 수업 시간은 불과 25분밖에 남지 않았다. 아이들을 흥분시키기에 충분한 사건으로 인해 수업이 정상적으로 진행될 가능성은 없어 보였다. 그 사실을 누구보다 잘 알고 있었기에 수업은 슬며시 삼천포를 향하고 있었다.

"실업률도 사상 최고라는데 너희는 이렇게 공부해서 어떻게 먹고 살래?"

"결혼을 잘 하겠습니다."

교실 어딘가에서 들려온 한마디에 교실은 웃음바다가 됐다.

"그래. 넌 결혼 잘 해서 부인한테 평생 용돈이나 받아서 살아라."

교실에는 여전히 웃음소리가 넘쳤다.

"내가 어렸을 때 꿈이 뭐였을 것 같아?"

담임이 물었다. 사방에서 터무니없는 대답들이 튀어나왔다.

"현모양처."

"재벌가 며느리."

"난 중학교 이후로 쭉 선생님이었어. 그냥 애들 가르치는 게 재미있을 것 같았거든. 그래서 공부를 열심히 했고, 사범대 졸업하고 임용고시 패스해서 지금 이 자리에 서게 된 거야. 그런데 말이야. 만약 나에게 꿈이 없었다면 어떻게 되었을까? 아마 아직까지도 백수 신세를 면하지 못했을 거라고 생각해. 대학만 보고 달리면 거기 도착해서 뭐할 거야? 놀까? 그러면 안 되는 거잖아. 그래서 사람들이 너희한테 공부를 하기 전에 꿈을 가지라고 하는 거야. 백날 공부해 봐야 꿈이 없으면 결국 죽어라 달려서 처음으로 돌아오게 돼 있어. 물론 꿈을 꾼다고 모두가 꿈을 이룰 수 있는 건 아니야. 내 친구 중에도 선생이 되고 싶어서 사범대를 졸업했지만 임용고시만 4번 떨어진 친구가 있어. 결국 지금은 선생이 아니라 회사원이 되었지. 그러니까 꿈이 있느냐 없느냐는 그렇게 중요한 게 아니야. 목표 의식이 있느냐 없느냐가 중요하지. 아무 생각 없이 공부하고 아무 생각 없이 대학 가고 아무 생각 없이 취직하면 평생 후회와 불만밖에 없어. 왜냐하면 죽을 때까지 스스로 목적이란 걸 만들지 못하고, 스스로 성취감과 보람이란 걸 느끼질 못하거든. 공부 열심히 해. 그렇지만 왜 열심히 해야 하는지 생각해 봐. 부모님이랑 얘기해 보고, 선생님이랑 얘기하면서 목표를 정하고 달리기 시작해라. 만약 부모님이 그냥 공부만 열심히 하라고 하시면 선생님한테 모시고 와. 내가 더 지루한 잔소리를 늘어놔 줄 테니까. 너희들은 어차피 마라톤 뛰어야 돼. 기왕이면 방향을 잘 잡아서 42.195km만 뛰면 좋잖아. 괜히 이쪽저쪽 헤매다가 50km, 60km씩 뛰면 억울하잖아."

아이들은 조용했다. 담임의 말이 지루해서인지 아니면 너무 감동적이어서 그런지 어떤 이유에서건 아이들은 조용했다.

"그리고 너희들 아직 민증은 안 나왔지만 고등학생이면 성인이나 다름없는 거니까. 너희들 스스로 인생을 기획하고 실현시켜 봐. 이제 그만 엄마 치마폭에서 나와야지."

담임은 이 말을 하며 그녀의 말 따위는 들은 척도 하지 않은 채 문제집을 풀고 있는 선형이와 시계를 힐끔거렸다.

"또 삼천포로 샜네. 뭐 어차피 몇 명은 수업을 하나 설교를 하나 잠만 자고 있고, 또 몇 명은 자기 공부하느라 바쁘지만 말이야."

담임은 다시 수업을 시작했다. 그리고 교과서 반 장을 다 읽기 전에 수업 끝나는 종이 울렸다. 교실 문을 열고 나가는 담임은 꽤나 피곤해 보였다. 나는 담임의 뒷모습을 바라보며 박수를 쳤다. 아무도 들을 수 없는 혼자만의 박수를 말이다.

18
우리

"문제집 이리 내."

"없어요."

아이들이 수군거렸다.

"여기 있잖아."

국사 선생이 책상 서랍에 손을 넣으며 말했다.

"왜 제 문제집을 뺏어 가세요?"

선형이가 정색을 하며 말했다.

"뺏어 가다니? 네가 수업 시간에 다른 과목 문제집을 풀고 있었으니까 압수하는 거지."

"책상 서랍 속에 있었는데 어떻게 문제집을 풀어요?"

여전히 선형이는 정색을 하며 대들었다. 교실은 점점 묘한 분위기에 빠져들었다. 몇몇은 긴장을 했지만, 또 몇몇은 재미를 느끼는 모양이었다.

"내가 오니까 서랍 속에 감추었잖아. 내가 모를 줄 알았어?"

시간이 지날수록 선생은 아이들의 놀림감이 되어 가고 있었다.

"저 안 그랬는데요. 증거 있으세요?"

"뭐?"

"증거 있으시냐고요? 몇 시 몇 분 몇 초에 제가 문제집을 숨겼나요? 아님 제가 이거 숨기는 사진이라도 있으세요?"

선형이는 마치 선생을 조롱하듯 대놓고 말대꾸를 하고 있었다.

"이게 진짜."

선생은 진짜 화가 난 듯 책상 서랍에 거칠게 손을 넣었다. 그러자 선형이가 힘으로 선생의 손을 막았다.

"왜 그러세요? 이거 절도예요."

"너 이거 수업 방해야."

"뭐가요? 저는 아무 짓도 안 했는데 선생님이 수업 멈춘 거잖아요."

간간이 아이들의 웃음소리가 들렸다.

"너 복도에 나가 서 있다 수업 끝나면 교무실로 따라와."

선형이는 선생의 말에 어이가 없다는 듯한 표정을 지으며 자리에서 일어났다. 그리고 문제집 몇 권을 챙기기 시작했다.

"그건 왜 챙겨!"

선생이 소리쳤다.

"뭐가요? 나가라면서요?"

"문제집은 왜 가져가냐고! 너 지금 혼나고 있는 거야. 벌 받는 중이라고."

"선생님이 뭔데 제 교육의 의무를 뺏어 가세요?"

"뭐?"

"저한테는 교육받을 권리가 있는데 왜 저보고 문제집도 두고 나가라고 하세요? 그리고 이따 교무실에서 저 때리시면 불법인 거 아시죠? 그냥 혹시나 해서 말씀드렸어요."

선형이의 말에 선생은 이미 제정신이 아니었다.

"그게 무슨 말버릇이야!"

선생이 소리쳤다. 그녀의 목소리는 점점 커져 갔지만 그만큼 애처로워 보였다.

"뭐가요? 제가 무슨 틀린 말 했어요?"

선형이의 말이 끝나자 수업이 끝나는 종이 울렸다.

"너 교무실로 올라 와."

선생은 이 한마디를 남기고 교실을 서둘러 빠져나갔다.

"씨발 미친 년 존나 싸가지 없어. 수업이나 못하면 공부나 하게 해 주던가. 수업은 존나 재미없고 하는 소리는 전부 학원에서 들은 건데."

"너 한국사도 학원 다녀?"

선형이 짝꿍이 물었다.

"중학교 때, 고등학교 가면 시간 없다고 특강 들었거든. 자격증 따려고."

"아… 근데 너 교무실 안 올라가?"

"미쳤냐. 당연히 안 가지. 숙제해야 돼. 그리고 안 가면 지가 어쩔 건데. 때릴 꺼야?"

선형이는 짜증을 부리다 말고 문제집을 꺼내 풀기 시작했다. 하지만 한 문제를 다 풀기도 전에 다시 자리에서 일어나야 했다.

"김선형! 이리 나와!"

꽤나 큰 목소리가 교실에 울려 퍼졌다. 아이들에게 미친 복어라고 불리는 미술 선생이었다. 아이들에게 최우선 기피 대상인 선생의 부름을 받은 아이는 여전히 침착하고 당당하게 복도를 향해 걸어갔다.

"왜 불렀는지 알지?"

선생이 물었다.

"아니요."

"너 국사 선생님한테 까불었다며."

선생은 침착했다.

"이리 와."

선형이는 조심스럽게 선생에게 다가갔다. 두 사람의 거리가 서로의 숨소리를 들을 수 있을 만큼 가까워졌을 때 선생은 선형이의 귀를 잡았다. 그러자 선형이의 입에서 비명소리가 새어 나왔다.

"왜 그러세요."

선형이는 짜증스럽게 말했다.

"몰라서 물어? 따라와!"

선생이 앞장서서 걷기 시작했고, 선형이는 자동적으로 끌려갔다. 나는 알 수 없는 호기심에 이끌려 자연스럽게 그 뒤를 따랐다. 선생은 교무실에 들어서며 거칠게 문을 닫았다.

"저기 벽 잡고 서."

교무실에 들어서자마자 선생이 기다렸다는 듯이 말했다.

"네?"

"저기 가서 서라고."

선생이 들고 있던 교재들을 책상에 내려놓으며 말했다. 아이는 교무실 한쪽 벽 앞에 섰다. 교무실에는 묵직한 침묵이 흘렀다.

"몇 대 맞을래?"

선생은 친절한 목소리로 오싹한 질문을 했다. 조금 전까지 당당하게 굴던 선형이의 모습에서 자신감이 조금씩 사라져 가고 있었다.

"몇 대?"

선생이 여전히 친절한 목소리로 물었다.

"일곱 대 오케이?"

선생은 미소 띤 표정으로 물었다.

"체벌하면 안되잖아요."

녀석은 위협적인 상황에서도 당당함을 되찾으려고 노력하고 있었다.

"그럼 신고해."

선생이 태연한 얼굴로 말했다.

"저 정말 신고할 거에요."

녀석이 최대한 침착하게 말했다.

"하든 말든 상관 없으니까 돌아서기나 해."

"저 장난 아니에요."

녀석이 마지못해 돌아서며 말했다.

"나도야."

선생은 말이 끝나기 무섭게 녀석의 엉덩이를 때리기 시작했다. 하지만 본인의 별명과 명성에 어울리지 않게 회초리를 그렇게 세게 휘두르지는 않았다. 나는 회초리가 이상적인 애정 표현 방식이라고 확신할 수는 없었다. 하지만 내가 아는 김선형, 그리고 눈 앞의 이 당황스러운 학생에게 회초리를 대는 것이 틀린 방법이라고 말할 수 없었다. 녀석은 선생의 첫 번째 매질이 끝나기 무섭게 뒤돌아섰다. 녀석의 손에는 핸드폰이 들려 있었고, 선생은 본인이 말한 일곱 대 중 단한 대밖에 채우지 못한 채 손을 떨구었다.

"저 찍었어요."

선형이가 손에 들린 핸드폰을 흔들며 말했다.

"허허허."

선생이 헛웃음을 터뜨렸다.

"내가 이 짓을 너무 오래 해 먹었나 보다. 살다 살다 별일을 다 보네. 그래서 어쩌라고?"

선생이 쓴웃음을 지으며 말했다.

"경찰서라도 찾아가죠 뭐."

"그래 그래라. 대신 나머지 6대마저 맞고 가."

나는 점점 믿을 수 없는 장면에 압도되어 갔다.

"싫어요. 왜 선생님이 불법적인 행동을 하세요?"

아이의 눈은 일종의 자신감에 차 있었다. 선생이 학생의 믿기 힘든 자신감에 넋을 잃고 있을 때, 교무실 문이 열렸다.

"선형이 여기 있나요?"

담임의 고개가 문을 열고 들어왔다.

"네. 여기 있는데… 무슨 일이세요?"

"저 학부모가 오셔서. 교감 선생님이 잠깐… 데려가도 될까요?"

"예? 아 그럼요. 데려가세요."

담임이 손짓하자 녀석은 사악함마저 느껴지는 승리의 미소를 지으며 교무실을 빠져나갔다. 인간이 한 번 들은 말을 완전히 잊어버리는 경우는 그 말이 기억할 가치가 없다고 생각되거나 그만큼 현실성이 없을 때뿐이다. 어제의 일도 마찬가지였다. 내일 다시 오겠다는 한 학부모의 말을 오늘 아침 교문을 지난 후까지 기억하고 있는 선생은 아무도 없었다. 하지만 그런 일이 정말 일어났다. 그 학부모는 오늘도 학교에 왔고, 교장실에서 난동을 부리고 있었다.

"이 새끼야 우리 애가 무슨 잘못을 했다고 그러는 거야! 그리고 학교에서 애 얼굴이 저렇게 됐으면 애를 때린 새끼랑 와서 우리 애한테 엎드려 빌어야지. 뭐? 우리 애한테도 잘못이 있어서 어떻게 할 수가 없어?"

"아버님 뭔가 오해가 있으신 것 같은데요. 선형이가 먼저 잘못을 한 게 맞습니다. 그리고 소영이 역시 상처가 꽤 많이 생겼고요. 저희가 최대한 좋은 쪽으로 처리하겠습니다. 그러니까 이만 조금 진정하시죠."

"진정? 나도 우리 애 때린 적이 없는데, 너 같으면 애가 학교에서 얼굴에 손톱 자국을 달고 오면 진정이 되겠어!"

이 소란을 지켜보던 나는 비슷한 기억 하나를 떠올렸다.

"나와 줘서 고맙다. 이름이 뭐니?"

"이준석요."

어색한 만남이었다. 나는 얼굴에 멍을 달고 있었고, 내 앞에 앉아 있는 중년 남자의 얼굴에는 미안함이 가득 새겨져 있었다.

"우선 미안하다."

중년 남자가 말했다.

"네…."

나는 남자의 눈을 피하며 말했다.

"어떤 이유에서건 그렇게 폭력을 휘두른 건 분명 우리 재현이 잘못이라고 생각한다. 하지만 나도 정확히 어떻게 된 건지 알아야 할 것 같아서. 그래야 녀석 엉덩이에 멍을 달아 줄지 아님 손목을 분지를지 결정하지 않겠니?"

그는 나를 달래는 듯한 미소를 지으며 말했다.

"정확히 어떻게 된 거니?"

남자가 조심스럽게 물었다.

"애들이 저한테 장난을 쳤는데, 저도 화가 나서 걔 머리를 쳤더니 그렇게…."

나는 두서 없는 말을 늘어놓고 있었다.

"주먹으로?"

"아니요, 손바닥으로요."

"그래? 애들이 장난을 심하게 쳤어?"

"…."

나는 아무 말도 하지 않았다. 아마 나는 이 남자가 말하는 '심하게'의 기준이 뭔지 고민하고 있는 것 같았다.

"그래 알았다. 아마 재현이 손모가지를 분질러 놓는 게 맞는 것 같다. 아무튼 정말 미안하다. 다 아저씨가 못나서 그런 거니까, 근데 정말 재현이 용서해 줄 수 있겠니? 물론 아저씨가 호되게 혼을 낼 거고, 내일 재현이가 직접 사과할 거야. 응?"

남자가 나를 바라보며 조금은 애절하게 물었다.

"네."

나는 기어 들어가는 목소리로 대답했다.

"그래 고맙다. 아저씨는 그만 가 볼게. 너도 바쁘고 힘들 텐데 귀찮게 해서 미안하다."

남자가 벤치에서 일어나며 말했다.

"안녕히 가세요."

나도 벤치에서 일어나며 말했다.

"그래. 아. 그리고 이거 아저씨 명함이거든. 혹시 재현이가 또 무슨 짓 하면 아저씨한테 전화해. 내가 그때는 그냥 못 일어나게 해 놓을게. 그리고 부모님께도 꼭 죄송하다고 전해 주렴. 직접 찾아 뵌다고 했는데 괜찮다고 하셔서…."

"네."

"그래 그럼 잘 있어라."

남자가 멀어져 갔다.

그때의 기억이 지금도 생생하다. 초등학교 고학년 무렵 친구들과 장난치다 얼굴이 시퍼렇게 되도록 맞은 일, 그 애의 아버지가 내게 찾아온 일, 다음 날 친구가 내게 사과를 한 일, 그리고 그 친구가 엉덩이에 생긴 멍 때문에 엉거주춤 자리에 제대로 앉지도 못하던 모습을 말이다. 그 일은 한동안 내 기억 속에 확실히 자리 잡고 있었다. 그 일을 잊어버리기에는 그날 아저씨와 아빠가 보여 준 모습이 놀라웠다. 사람들은 종종 이성적인 판단을 하지 못한다. 그 판단에 자신의 자식이 포함되어 있다면 더더욱 그렇다. 하지만 그날 아저씨와 아빠는 놀랍도록 이성적이었다. 아빠는 야구 방망이 대신 전화를 들었고, 아저씨는 남의 탓 대신 자신의 탓을 했다. 물론 그 일로 재현이가 완전히 달라지지는 않았다. 하지만 수년이 지나서 우연히 마주친 그는 분명 변해 있었다.

"우리 선형이…."

선형이 아빠가 시끄럽게 떠들어 대는 말 중에 '우리'라는 말이 끊임없이 귓가에 맴돌았다.

19
한 순간의 이방인

　고등학생의 삶은 시험이라는 분침과 수능이라는 시침으로 만들어
진 단 하나의 시계에 맞춰서 움직인다. 공부도 휴식도 심지어 전학
마저도 예외가 아니다. 아이들은 대부분 시험이 끝나거나 학기가 끝
날 때 전학을 한다. 조금이라도 학교에 적응하기 위해서, 그리고 보
다 나은 성적을 받기 위해서 말이다.

　시험이 끝나고 몇 명의 아이들이 전학을 갔고 전학을 왔다. 그중
한 명이 '나'의 반으로 배정됐다. 담임이 부르자 교실 문을 조심스럽
게 열고 남자아이가 들어왔다. 그의 첫인상은 소심함 그 자체였다.
그는 고개도 들지 못한 채 담임 옆에 서 있었고, 담임의 강요에 마지
못해 제대로 들리지도 않는 목소리로 자기소개를 했다. 그의 소심한
자기소개가 끝나고 담임은 새로운 아이를 앉힐 자리를 찾아 두리번
거렸고, 곧 현식이의 옆자리를 가리켰다. 나는 12년 전에 그 아이가
어디에 앉았는지, 그 뒤에 어떤 일이 일어났는지 기억을 떠올리려고
노력했다.

"저기 현식이 옆에 가서 앉아."

아이는 여전히 고개를 숙인 채 담임이 지목한 자리를 향해 걸어갔다. 12년 전과 똑같았다. 사실 그 자리는 원래 빈자리가 아니었다. 현식이 옆에 앉아 있던 아이가 현식이가 싫다며 자기 마음대로 자리를 옮겨서 빈자리가 되었을 뿐이다. 그러고 보면 그래서 담임이 그 자리를 전학생으로 채웠는지도 모른다. 전학생이 현식이 옆에 앉자 담임은 조회를 시작했다. 아이들은 조회에는 관심이 없었고 전학생을 바라보며 자기들끼리 떠들었다. 아이들은 그들의 세상에 새롭게 들어온 이방인에게 꽤나 관심을 갖는 눈치였다. 나는 현식이 옆자리에 앉은 전학생을 보며 그가 아이들의 새로운 사냥감이 될지도 모른다는 생각을 했다.

"안녕."

전학 온 아이가 현식이에게 조심스럽게 인사를 했다.

"어… 응 안녕."

현식이는 당황하며 간단한 인사를 하고 아이를 외면했다. 잠시 둘 사이의 침묵이 흘렀고 현식이는 어렵게 다시 고개를 돌려 말을 붙였다.

"어디서 왔어?"

대부분의 아이들에게 이런 질문 한마디 던지는 것은 어려운 일이 아니다. 하지만 현식이에게는 그렇지 않았다.

"서울. 아빠가 직장을 옮겨서… 이름이 뭐야?"

아이가 아직까지도 긴장이 가시지 않은 얼굴로 물었다.

"응… 윤현식."

현식이는 조심스럽게 대답했다.

"잘 지내자. 나는 성민이야, 최성민."

아이가 말했다.

"응….."

현식이는 오랜만에 그에게 다가오는 손길이 반가웠지만 동시에 경계를 늦추지 않았다. 조회가 끝나고 선생이 교실을 나가자 아이들은 새로운 이방인을 향해 하나둘씩 다가갔다. 가장 먼저 그에게 다가간 사람은 정태였다.

"1교시가 뭐야?"

성민이가 현식이에게 시간표를 물어보고 있을 때, 정태가 다가왔다.

"야, 전학생. 안녕."

정태가 거칠게 말했다.

"응, 안녕."

이방인은 정태의 갑작스러운 인사에 당황하는 눈치였지만, 정태의 인사에 대답을 했다.

"너는 뭐 그런 애랑 놀고 있냐? 그런 찌질한 따 새끼랑."

정태가 현식이를 바라보며 말했다. 아이들은 뒤에서 낄낄거리기 시작했다.

"저런 새끼는 무시하고 우리 족구하러 갈 건데 같이 가자."

정태가 이방인의 손을 잡고 운동장으로 끌고 나갔다. 아이들은 썰

물처럼 교실에서 빠져나갔다. 그리고 현식이는 빠져나가는 썰물을 멍하니 바라보고 있었다.

저런 새끼…. 도대체 아이들에게 저런 새끼란 어떤 존재일까? 성인이 되어서 지금 이 모습을 바라보고 있으니 나는 그 대답을 알 수 있을 것 같다. 아이들은 다름을 이해하지 못했다. 아니 다름을 싫어했다. 아이들은 자신과 성격이 다른 누군가를 싫어했고, 외모가 다른 누군가를 싫어했고, 피부색이 다른 누군가를 싫어했다. 그리고 그들의 감정은 대부분 장난을 기초로 했다. 즉 모든 일은 장난으로 시작되었다. 지금 새로운 이방인의 손을 붙들고 나간 아이들 모두 마찬가지다. 아이들은 그들과 다르게 공부를 좋아하고 노는 것을 싫어하는 현식이를 이해하지 못했고, 그를 싫어했다. 현식이는 책상 위에 펼쳐져 있던 문제집을 풀기 시작했다. 그는 연습장에 무언가를 열심히 썼지만 5분이 지나도록 한 문제도 풀지 못했다. 그의 연습장을 빼곡히 채운 글씨들은 모두 번져 있었다. 현식이의 볼을 타고 흐르는 눈물을 보며 나는 12년 전 기억 한 조각을 떠올렸다. 고등학교에 들어간 지 얼마 되지 않았을 때였다. 아이들과 제대로 된 인사 한 번 하지 못하고 창가에 앉아 있었다. 내 눈은 초점이 없었지만 귀는 열려 있었고, 창문 너머에서 들려오는 소리를 들을 수 있었다.

"야 근데 내 뒤에 앉아 있는 얘 누군지 알아? 너랑 같은 중학교에 다닌 것 같던데."

여자아이의 목소리였다.

"아. 이준석. 알아. 왜?"

김선형의 목소리였다.

"아니 걔 내 뒷자리인데. 왕따였어? 하루 종일 지 혼자 있어. 얘기도 안 하고."

"걔 중학교 때부터 왕따였어. 2학년 때 같은 반이었는데 존나 찌질해."

"왜?"

아이는 흥미를 점차 느끼기 시작하는 듯했다.

"전에 애들이 장난 좀 치니까 집에 가서 다 얘기하고, 담임한테 찾아가고…. 아무튼 찌질해서 애들이 싫어했어."

"그래? 그래도 좀 불쌍해 보이더라. 뒤에서 한마디도 못 하고…"

"뭐가 불쌍하냐? 자업자득이지. 걔는 원래 좀 싸가지가 없었어. 툭하면 잘난 척하고, 고자질이나 하고."

"그건 그래."

아이들의 목소리는 점점 멀어졌다.

나는 결국 앞자리에 앉아 있던 그 여자아이와 1년이 넘도록 말 한마디 하지 못했다. 선형이는 내가 창문 너머에 앉아 있다는 사실을 잘 알고 있었다. 그런데도 그러한 상황을 즐기고 있었고 보이지 않는 곳에서 그렇게 나를 괴롭혔다. 그날 내 책상에 있던 공책도 현식이의 그것과 똑같았다.

20
붉은 벽돌

어제의 해가 다시 떠올랐다. 그리고 또 다시 하루가 시작되었다. 우리는 학교 앞 사거리 건널목에 섰다. 똑같은 교복, 똑같은 머리 모양, 똑같은 표정을 한 아이들이 모두 똑같은 붉은 벽돌로 지어 올린 학교로 들어갔다. 신호등이 바뀌었다. 똑같은 모습을 한 수많은 아이들이 파도처럼 무섭게 건널목을 휩쓸며 지나갔다. '나' 역시 그 파도에 몸을 맡기고 있었다. 하지만 파도의 강인함도 아름다움도 없었다. 당당히 해안가로 밀려오는 웅장함도, 수없이 다양한 물결의 경이로움도 없었다. 아이들의 무리는 자연의 아름다운 파도가 아니라 워터파크의 인공 파도 같았다. 그것은 단지 위협적일 뿐이었다. 나는 '나'를 쫓아가지 않고 잠시 교문 앞에 서 있었다. 이 물결은 누구를 위한 몸부림일까? 과연 저 파도는 어디를 향해 물결치는 것일까? 누가 이 파도를 만들어 낸 것일까? 엉뚱한 질문들이 머릿속을 떠나지 않고 계속 맴돌았다.

교실에 도착했을 때 담임은 이미 조회를 하고 있었다. 나는 복도에 주저앉았다. '나'를 따라다닌 지도 벌써 2달이 넘었다. 길바닥에 앉아서 '나'를 기다리는 것도 이제는 별로 새삼스럽지 않다. 그 2달의 시간 동안 나는 수많은 변화에 적응했다. 하지만 여전히 친구들 사이에서 욕이 섞인 게임 이야기를 하고, 조회 시간에 옆에 있는 녀석이랑 키득키득거리는 '나'의 모습이 어색하게만 느껴졌다. 교실 문이 열리는 소리가 들렸다. 담임이 내 옆을 지나갔다. 나는 본능적으로 현식이부터 찾았다. 현식이는 다른 날과 다름없이 문제집을 풀고 있었다. 나는 담임이 학교 폭력 설문지를 벌써 확인했을 리 없다는 사실을 알았다. 하지만 내심 이미 읽었을지도 모른다는 기대를 하고 있었다.

종을 친 지 20분이 지났지만 1교시 수업을 진행할 선생은 나타나지 않았다. 교실은 이제 더 이상 '교(教)'라는 말을 붙일 수 있는 교육의 공간이 아니다. 난장이나 난전이면 몰라도. 아이들은 도저히 통제가 되지 않았다. 반장은 유명무실했다. 아무리 기다려도 오지 않는 선생님을 찾으러 가기 위해 교실을 나서던 반장은 아이들의 원성에 자기 자리로 돌아갔다. 수업이 시작된 지 25분이 지나도록 아이들은 여전히 놀고 있었다. 그때 갑작스럽게 교실 문이 열렸다. 옆 교실에서 수업을 하고 있던 선생님이었다.

"너희들 뭐야? 선생님은?"

교실은 일순간에 잠잠해졌다. 불같이 화를 내는 선생 앞에서 아이들은 입도 뻥끗하지 못했다.

"아직 안 오셨어요."

앞에 앉아 있던 반장이 기어 들어가는 목소리로 말했다.

"무슨 과목인데? 모시러 올라는 가 봤어?"

선생이 물었고 아이들은 아무 말도 하지 않았다.

"빨리 올라가서 모셔 와."

반장이 서둘러 뛰어나갔다.

"너희는 조용히 하고 있어. 또 떠들면 그때는 운동장에서 보자."

옆 반 선생은 경고의 말을 남기고 떠났다. 나는 불현듯 교무실로 뛰어간 반장이 떠올랐다. 꽤나 엉뚱한 아이지만 미움받기 쉬운 반장이란 직책을 나름 성실하게 수행하려고 노력했다. 반장이 나간 지 30초나 지났을까 교실 구석에서 수런거리는 소리가 들렸다.

"쟤 따야?"

전학생의 목소리였다. 하루가 지났지만 아이들은 여전히 새로운 인물에 대한 호기심이 가득했고, 전학생의 주변에서 소곤거리고 있었다. 그 주변에는 정태와 선형이도 포함되어 있었다.

"바라보고, 생각하고, 느껴 봐. 어떨 것 같아?"

선형이의 말에 아이들은 모두 웃음을 참지 못했다. 공부만 하던 녀석이 이런 일에는 적극적이었다. 나는 더 이상 그들의 대화를 듣지 않았다. 잠시 후 형식이가 자리에서 일어나 조심스럽게 현식이 뒤로 갔다. 그리고 현식이의 등을 후려쳤다.

"퍽."

사람의 살과 살이 거칠게 부딪히는 소리가 교실에 울려 퍼졌다. 소란스러움은 가라앉았다. 그리고 다시 소란스러워졌다. 현식이는 등짝을 어루만졌다.

"뭐야!"

현식이가 소리를 질렀다. 하지만 그 울림이 사라지기 전에 더욱 큰 울림이 울려 퍼졌다.

"퍽."

이번에는 전학생이 현식이의 등판을 가격했다. 등을 만지며 땅으로 쓰러진 그의 고개는 멀어져 가는 전학생을 응시했다. 그렇게 현식이에게 손을 내민 한 명의 아이는 하루 만에 그에게서 멀어졌다.

"야. 너도 쳐."

'나'를 향해 외치는 정태의 목소리가 들렸다. '나'는 현식이에게서 몇 발자국 떨어진 곳에서 망설이고 있었다. 이 당황스러운 릴레이에서 전학생 옆자리에 앉아 있던 '나'의 차례가 돌아온 거였다.

"네 차례잖아. 빨리 해 새끼야."

정태의 목소리는 작았지만 권위적이었다. 그는 직접 나서지 않고도 이런 식으로 누군가에게 상처를 주는 일을 잘했다. 내게도, 현식에게도 말이다. '나'는 잠시 머뭇기리다 천천히 현식이 뒤에 섰다. 뒤를 돌아보자 정태와 눈이 마주쳤다. 정태는 몸짓으로 '나'를 몰아세웠다. '나'는 이렇게 해서라도 아이들과 어울리고 싶었고, 그 마음이 간절한 만큼 더 이상 망설일 수 없었다.

"퍽."

불쾌한 소리가 잠시 교실을 맴돌다 사라졌다. 하지만 내 안을 맴돌던 소리는 아직 그곳에 남아 있었다. 잠시 후 '나'의 뒤를 이어 다음 순서의 아이가 현식이의 등 뒤에서 손을 들어 올리던 순간 교실 문이 열리고 한참이나 '때'를 놓친 선생과 반장이 허겁지겁 들어왔다.

"미안."

"퍽."

현식이의 등 뒤에 멈춰 있던 손바닥이 움직였고, 연약한 선생의 작은 목소리는 현식이의 등이 만들어 내는 소리에 묻혔다.

"미안. 시간표가 바뀌었는데 말을 못 들었어. 자 빨리 자리에 앉아. 이제 조용히 해."

선생이 상황을 수습하기 시작했다. 하지만 아이들은 좀처럼 통제가 되지 않았다. 자기 자리를 벗어난 아이들은 느린 걸음으로 움직였고, 입은 닫힐 기미가 보이지 않았다. 그들 앞에 있는 선생은 아이들에게 조용히 하라고 목청껏 외쳤지만 소 귀에 경을 읽는 상황이었다. 아이들이 만만하게 생각하는 음악 선생이었기 때문이다. 아이들이 싫어하는 선생이기도 했으니 말을 들을 리 만무했다. 아이들은 예체능 과목이 내신에 들어가지 않는다는 이유로 수업에 집중하지 않았다. 결국 몇몇 조건을 모두 충족시키면 선생이라 해도 현식이만큼 비참해질 수 있었다. 원래부터 아이들이 무시하던 선생이 수업에 지각까지 했으니 교실은 완전히 엉망이었다.

"조용히 하고 빨리 교과서 펴."

목소리가 좀 더 커졌다. 몇몇 아이들이 마지못해 교과서를 꺼냈다. 하지만 대부분의 아이들은 선생의 지시를 따르지 않고 있었다.

"15분 남았어요."

아이들 중 한 명이 외쳤다.

"자유 시간! 자유 시간!"

아이들은 순식간에 하나가 되어 외쳤지만 현식이의 입은 움직이지 않았다.

"안돼. 빨리 교과서 펴."

선생은 단호했지만 아이들 역시 마찬가지였다.

"다음에 해요."

"안돼. 수업해야 돼."

"자유 시간! 자유 시간!"

아이들의 목소리는 멈추지 않았다.

"조용히 안 해!"

선생이 화를 내자 여자아이들 몇 명이 입을 닫았다. 하지만 교실은 여전히 시끄러웠다. 선생은 결국 해서는 안 되는 악수를 두었다.

"아까 옆 반에 보니까 미술 선생님 계시던데 자꾸 이러면 모셔 온다."

음악 선생에게는 일종의 상수였지만 사실상 악수였나. 아이들은 다른 선생에게 도움을 청하는 선생을 가장 싫어했고 만만하게 생각했다. 그들에게 그런 선생은 능력이 없어서 고자질이나 하는 치졸한 인간으로 보였던 것이다. 아이들은 누군가에게 도움을 청하는 것을 상당히 한심하게 생각했다. 자신들의 동급생이건 선생이건 예외 없이 말이다. 협박에도 상황은 수습되지 않았고 선생은 결국 교실을 나갔다. 아이들은 숙덕거렸다. 대부분 문을 열고 나간 선생을 욕하는 말들이었다. 잠시 후 교실 문 앞에 두 개의 그림자가 나타났다. 문이 열리고 대포알이 날아들었다.

"너희 뭐야!"

아까 그 옆 반 선생이었다. 교실은 조용해졌다.

"이것들이 미쳤나. 빨리 교과서 펴!"

교실은 조용해졌고, 대부분의 아이들이 교과서를 꺼냈다.

"너희 조용히 하고 수업 잘 들어. 나를 여기 한 번 더 오게 하는 순간 너희는 죽는다."

불청객은 돌아갔다. 교실은 조용해졌고, 10여 분의 수업은 무사히 끝났다. 하지만 아이들에게 음악 선생은 재미없고 만만한 그리고 치졸한 선생으로 낙인이 찍혔다. 더 이상 아이들에게 '선생님'은 그 이름만으로 존경해야 하는 존재가 아니었다. 언젠가부터 아이들은 선생을 평가했고, 그들의 주관적 기준에서 탈락한 선생은 아이들에게 버려졌다. 쉬는 시간에 아이들은 삼삼오오 모여서 음악 선생에 대한 이야기를 나누었다.

"약간 병신 같지 않아?"

"아니, 많이 병신 같아."

"조용히 해. 조용히 해. 자꾸 떠들면 담임 선생님 모셔 온다. 어떠냐, 내 목소리 똑같지 않냐?"

"좀 더 병신같이 말해야지."

"존나 찌질해 보여. 맨날 벌점이나 존나 준다고 그러고. 수업도 존나 못하면서."

"벌점 5점이에요. 똑같지. 똑같지."

"병신 따라 하지 마. 나도 모르게 한 대 칠 것 같아."

"근데 존나 왜 툭하면 벌점 타령이냐? 그거 몇 점 받는다고 대학 못 가는 것도 아닌데."

"그보다 씨발 어떻게 시험 끝난 다음 날 수업을 하냐. 음악 주제에."

"그니까 병신이지. 중학교 때 음악 선생은 시험 끝나고 존나 재밌게 놀게 해 줬는데. 장기 자랑하고 영화 보여 주고. 저 선생은 수업도 재미없으면서 씨발 매일 교과서만 읽고 있어. 중간고사 때는 시험 과목도 아니면서 수업을 하냐. 완전 병신이야."

"현식이 친구하면 될 듯."

"둘이 박빙이야."

"사실 현식이가 좀 더 아까워. 야 너 인터넷에 고1 음악 쳐 봤냐? 이상한 사이트 나오는데 쟤가 나눠 준 프린트 거기 있는 거랑 똑같다."

"씨발 어차피 프린트나 읽고 있을 거면서 프린트마저 베껴 오냐."

아이들의 뒷담화에는 주어가 필요 없었다. 너나없이 모두가 음악 선생에 대한 이야기를 하고 있었으니까. 꽤 오랜 시간 동안 아이들은 음악 선생을 씹어 댔다. 아이들의 열정이 식어 갈 때쯤 복도가 소란스러워졌다.

"야! 쟤네 싸운다."

복도 쪽에 앉아 있던 아이 하나가 소리쳤다. 아이들은 순식간에 복도로 뛰쳐나갔다. 나는 무섭게 달려 나가는 아이들을 피하다 넘어 졌다. 내가 무릎을 만지며 몸을 일으켰을 때 교실은 이미 텅 비어 있 었다. 여자아이들 몇 명과 현식이만 교실에 남아 있었고 나머지 아 이들은 전부 싸움을 구경하러 나가고 없었다. '나' 역시도 마찬가지 였다. 쉬는 시간이 끝나는 종이 칠 무렵이 되어서야 '나'는 아이들 몇 명과 함께 교실 문을 열고 나타났다.

"찌질한 새끼들. 눈치만 보다 안 싸우냐."

"그 새끼 잘 싸우는 척하면서 막상 싸울 때보면 존나 찌질해."

"그러니까 병신인 거지."

'나'는 약간 흥분해 있었다. '나'의 말이 끝나기 무섭게 다른 아이 들이 줄줄이 들어왔다. 그리고 그 아이들 역시 비슷한 말을 주워 삼 켰다. 어디서 비롯된 생각인지 모르지만 언젠가부터 아이들은 쉽게 주먹을 휘두르지 못하면 약하고 찌질한 존재라는 생각을 갖기 시작 했다. 거기다 아이들은 다른 아이들의 싸움을 바라보며 즐거워했다. 그들에게 싸움은 말려야 하는 것이 아니라, 부추겨야 하는 일종의 게임이었다. 덕분에 아이들은 싸움 중 피를 보지 않고는 쉽게 싸움 을 말리지 않았다. 누군가가 그 싸움을 말리려 해도 대부분의 아이 들은 그것을 저지했다. 잠시 후 교실은 빠르게 안정을 되찾았고 수 업이 시작됐다. 담임이 맡은 영어 시간이었다. 아이들은 며칠 전 시 험의 주관식 답안에 서명을 했다. 교실에는 40명 가까운 아이들이 있었다. 그리고 한 아이가 서명을 하는 동안 39명의 아이들은 대기 를 했다. 당연히 대기자들은 고삐 풀린 망아지가 되었다. 담임은 굳이 뛰어다니는 아이들을 잡으려 하지 않았다. 아이들이 조용히 앉아서 책에 얼굴을 파묻고 있는 모습을 기대하지 않기 때문이다. 아이들은 고삐를 조이면 멈추고 놓으면 달리는 그런 조련된 말들이 아니었으니까. 옛날과 달리 선생들은 더 이상 카우보이가 아니었다.

점심 시간이 끝나고 시작된 5교시, 따스한 햇볕이 내리쬐면 아이들은 무기력하게 책상에 엎드린다. 한 교실의 절반에 가까운 아이들이 책상에 얼굴을 파묻은 채 쭉 뻗어 있었다. 선생 혼자 수업을 하고 있었다. 5교시는 사회 시간이었는데, 나이 든 남자 선생이 조금 특이했다. 그는 수업 도중에 자주 삼천포로 빠졌다. 대부분 수업과 상관없는 말들 같기도 하고 상관이 있는 말들 같기도 했다. 그는 토론 수업을 자주 했는데, 수행평가 방식이 복잡해서 이 선생을 좋아하는 아이들은 많지 않았다. 하지만 나는 이 선생이 마음에 들었다. 삼천포로 빠지는 이야기도 재미있었다. 선생은 보통 교과서에 나온 내용을 더 자세히 설명해 주었는데, 시험 볼 때 도움이 되지는 않았지만 나름 가치가 있었다. 하지만 언제부터인가 사회 선생은 교과서 외의 다른 이야기를 잘 하지 않았고, 토론이나 발표도 안 시켰다. 내 기억이 정확하다면 학부모들이 학교에 항의 전화를 해서 교장한테 심하게 질책을 받은 뒤였던 것 같다. 이런 말은 대부분 '학부모 소식통'을 통해 전해졌기 때문에 꽤나 신빙성이 높았다. 사회 선생은 내가 1학년을 마칠 때 명예퇴직을 했는데 그때 마지막 수업에서 본 선생의 후회와 회한의 눈빛을 지금도 잊을 수가 없다. 내가 추억 속의 은사에 대해 기억하고 있는 동안 5교시가 끝났다.

책상에 퍼져 있던 아이들이 하나둘 고개를 들었다. 시한부의 삶을 사는 것같이 아무 의지 없이 앉아 있던 아이들은 종소리와 함께 생기가 넘쳤다. 그러나 그것도 잠시 수업 시작 종소리와 함께 아이들은 다시 책상에 몸을 맡겼다. 50여 분의 시간이 흐르고 아이들은 다시 기지개를 켰다.

그때 귀에 불안한 웅성거림이 들렸다. 나는 그 소리를 듣지 않으려고 교실을 빠져나갔다. 더 이상 그 상황에 마주할 자신이 없었다. 뚜렷한 목적지도 없이 복도를 한없이 걸었다. 교실에서 멀어질수록 현식이의 목소리는 더 크게, 더 선명하게 들리는 것 같았다.

"비겁한 새끼."

현식이의 목소리가 내 귀를 파고들었다. 그건 내가 만들어 낸 현식이의 목소리였고, 내가 만들어 낸 현식이의 외침이었다. 나는 종소리가 울릴 때까지 끝이 없을 것만 같은 복도를 헤맸다.

7교시 시작을 알리는 종소리와 함께 몸을 돌렸다. 내가 교실을 향해 걸어가고 있을 때 국어 선생이 11반 교실을 향하고 있었다. 선생의 뒤를 따라 교실에 들어섰을 때 몇몇 아이들의 책상에는 국어 교과서가 올라와 있었다. 하지만 대부분의 아이들의 책상에는 여전히 사회 교과서가 그대로 있었다. 교실은 소란스러웠지만 빠르게 정리되었다.

"너희 어차피 진도 나가 봐야 듣지도 않을 것 같아서 오늘은 진도 안 나가고 다른 거 할 거야."

국어 선생의 말에 아이들이 환호했다.

"기회만 된다면 자주 해 보는 것이 좋은데 진도 나가기도 바빠서 이렇게 시험이나 끝나야 한 번씩 해 볼 수 있는 거야."

아이들은 웅성거렸다. 사실 그들이 반가워하고 있는 것은 특별한 수업이 아니라 단지 지루한 국어 수업을 듣지 않아도 된다는 사실이었다.

"어… 그래서 오늘 할 건 토론 수업이야."

아이들의 반응은 시큰둥했다. 제대로 된 토론을 해 본 적이 거의 없었고, 토론 수업처럼 자신들이 참여해야 하는 수업을 귀찮아했다. 그들은 이미 가만히 앉아서 듣고 외우는 공부에 익숙해져 버렸기 때문이다.

"그냥 자유 시간 주시면 안 돼요? 시험도 끝났는데."

맨 앞에 앉아 있던 아이 하나가 말했다. 아이들은 그 말에 동조했다. 하지만 선생은 단호하게 거절했다.

"시험 끝난 것과 자유 시간이 무슨 상관이야. 중간고사 끝났다고 너희 인생이 끝났어? 아님 뭐 대학이라도 들어갔냐? 수업 시간에 수업해야지 뭔 자유 시간이야. 그리고 그러면 다른 수업 시간에는 뭐 했어?"

그녀는 단호했다. 사실 맞는 말이었다. 다만 대부분의 선생님들이 그런 배려를 해 줬고, 덕분에 그게 자연스러워진 것뿐이었다.

"주관식 답 확인했는데… 근데 국어는 주관식 확인 안 해요?"

아이들에게 주관식 답안지를 확인하는 것은 자유 시간과 같은 의미나 다름없었다. 그리고 실제로도 그랬다.

"아직 채점이 다 안 됐어. 수요일이나 내일쯤 가지고 올 거야. 아무튼 오늘은 토론할 거야."

아이들은 실망하는 모습이었다.

"그럼 지금 앉아 있는 대로 6명씩 책상 돌려서 자리를 만들어 봐."

아이들은 투덜거리며 책상을 돌렸다. 선생은 그동안 칠판에 주제를 썼다. '인터넷 실명제.' 나는 저 주제를 왜 선택했는지 이해가 되지 않았다. 어차피 아이들에게 주제에 대해 생각해 볼 기회조차 주지 않으면서 말이다.

"주제는 인터넷 실명제야. 원래는 너희가 자료 조사하고 발표할 내용을 만들어 와야 하는데, 그러려면 한 2~3시간은 걸리잖아. 너희한테 준비해 오라고 해도 안 해 올 거고 말이야. 뭐 나도 진도 나가기 바쁘고, 거기다 혹시 진도 안 나가고 딴짓한다고 항의 전화 올지도 모르잖아. 그래서 그냥 내가 대충 준비해 왔어."

선생은 항의 전화라는 말을 하면서 현식이를 슬쩍 봤다. 선생이 학생을 바라보는 것은 당연한 일이지만 선생의 표정은 평범치 않았다. 나는 잠시 그 표정이 신경 쓰였지만 이내 잊어 버렸다. 선생은 아이들에게 3장의 종이를 나누어 줬다. 토론 대본이었다.

"이건 너희 2학기 교과서에 나오는 거 복사한 거니까. 예습한다고 생각해라."

아이들은 저마다 배우가 되어 대본을 읽을 준비를 시작했다.

"야, 찬성 쪽 얘가 제일 말이 적어."

"그래? 그래도 난 반대."

"나는 찬성."

아이들은 토론 수업에서 배역을 정하느라 정신이 없었다.

"나는…?"

현식이가 조용히 물었다.

"씨발. 너는 그냥 닥치고 있어."

현식이의 맞은편에 앉아 있던 형식이가 매몰차게 외치자 아이들 모두 키득거렸다.

"야, 너는 그냥 거기 조용히 찌그러져 있어."

아이들이 저마다 현식이에게 한마디씩 던졌다. 현식이는 아무 대꾸도 하지 않고 조용히 문제집을 풀기 시작했다. 아이들은 현식이 따위는 무시한 채 뭐라고 말하는지 알아들을 수도 없을 만큼 빠르게 대본을 한 번 읽더니 자기들끼리 떠들기 시작했다. 이 신기한 수업은 7교시 끝나는 종이 울릴 때까지 이어졌다. 쉬는 시간에 아이들은 여기저기 모여서 그들만의 토론을 시작했다. 토론의 주제는 다양했고, 그들에게 너무나 가깝게 느껴지는 것들이었다. 담임이 교실로 들어왔다. 담임의 종례는 그렇게 오랜 시간이 걸리지 않았다. 담임은 여느 때처럼 똑같은 말을 하더니 교무실로 갔다.

나는 담임의 뒤를 쫓아갔다. 담임 옆에 쌓여 있던 그 설문지들이 어디에 있는지 확인해야만 할 것 같았다. 어쩌면 담임이 그 설문지를 확인하지 않았을지도 모른다는, 혹은 현식이의 이름을 보고도 외면하는 건지도 모른다는 불안감이 들었다. 안타깝게도 나에게 교사는, 학교라는 조직은 불신의 대상이 되어 있었다. 다행히 내가 담임을, 학교를 원망해야 할 일은 벌어지지 않았다. 설문지들은 여전히 담임 옆에 쌓여 있었다. 나는 조심스럽게 교무실을 빠져 나가기 위해 발을 옮겼다.

"김영석 선생님이 명퇴하신다네요."

김영석이라는 이름이 내 발을 붙잡았다. 김영석 선생은 불과 몇 시간 전에 사회 수업을 했던 선생의 이름이었다.

"그거 때문에요?"

교무실의 누군가가 물었다.

"네. 더는 못해 먹겠다고 하시더라고요."

과학 선생이 말했다.

"정말 죄송하네요."

담임이 말했다. 나는 담임이 왜 죄송하다고 말하는지 알 수 없었다.

"선생님이 왜?"

국어 선생이 물었다.

"아, 현식이가 선생님 반이었지?"

과학 선생이 조심스럽게 말했다.

"네…. 참 불러다 뭐라고 할 수도 없고…."

담임의 표정에서 당황함이 엿보였다. 나는 이 대화를 이해하기 어려웠다.

"에휴. 그게 어디 선생님 잘못이고 현식이 잘못인가? 아까 애들 토론시키는 데 나도 무섭더라고. 또 전화 오는 거 아닌가. 토론도 애들 수능 성적에 도움은 안 되잖아."

국어 선생이 황당하다는 듯이 어깨를 들썩이며 말했다.

"요즘은 정말 이 짓도 못 해 먹겠어. 도대체 뭘 하라는 건지. 시험이 어려우면 어렵다, 쉬우면 쉽다고 난리고. 수행평가가 복잡하면 복잡하다고, 간단하면 간단하다고 난리니 원 어쩌라는 건지. 시키는 일은 엄청나게 많아 가지고 말이야."

과학 선생이 탄식을 했다. 맞춰지지 않는 퍼즐 같던 대화가 조금씩 그 모양을 찾아가기 시작했다.

"그냥 대충 눈치 껏 해야죠."

교무실 어딘가에서 들려오는 목소리였다. 나는 교무실 구석에서 이 퍼즐을 짜 맞춰 보았다. 전화, 현식이, 삼천포로 빠지는 사회 선생, 그리고 교육열 높은 현식이 어머니. 내가 모은 퍼즐 조각들이었다. 맞춰진 퍼즐에는 비록 몇몇 조각이 빠져 있었지만 퍼즐 내용을 알 수 있을 것 같았다. 나는 꼭두각시가 되어 버린 그들의 말에 공감하며 무거운 발걸음을 끌고 교무실을 나갔다. 허무한 토론 수업도 누군가의 인형극에 인형이 되어 가고 있는 선생과 아이들도, 모두 붉은 벽돌 속의 현실이었다. 그리고 그 속의 모든 것들은 더 이상 숨을 쉬지 않고 있었다. 조심스럽게 문을 빠져나가는 내 눈에 설문지를 들여다보고 있는 담임의 모습이 보였다.

21
가시에 찔린 소중한 것들

"쨍그랑."

무언가 날카로운 소리가 교실을 메웠다. 교실에 있던 모든 아이들의 눈은 순식간에 교실 뒤에서 축구공을 차고 있던 아이들에게로 향했다. 아이들의 시선을 한 몸에 받은 아이들은 서로를 바라보며 당황스러움과 흥미로움이 섞인 묘한 웃음을 짓고 있었다.

"너희들 사고 칠 거 같았어."

교실 앞쪽에서 선형이의 목소리가 들렸다.

"씨발 안에서 찼는데 왜 저건 안으로 떨어지고 지랄이야."

교실 창가에 방치되어 있던 선인장 화분을 아슬아슬하게 스치는 슛을 보여 주던 스트라이커가 당황스러운 표정을 지으며 말했다. 교실 뒤에서 공놀이를 하던 정태와 아이들 몇 명이 깨진 화분 주변으로 모여들었다.

"너희가 깼으니까 너희가 가서 말하든가 잘 숨기던가 알아서 해."

선형이의 목소리가 다시 들렸다. 정태와 아이들은 잠시 교실 앞을 힐끔거릴 뿐 앞에서 들려오는 소리에 별 관심을 보이지 않았다. 화분 주위에 모여든 아이들은 잠시 숙덕거리더니 이내 낄낄거리며 청소 도구를 꺼내 들었다. 아이들은 땅에 떨어진 것들을 서둘러 쓸어 담기 시작했다. 잠시 후 교실 바닥은 깨끗해졌다. 나는 한 아이가 들고 있는 쓰레받기를 들여다봤다. 거기에는 어른 주먹만 한 크기의 선인장 하나와 깨진 화분 조각, 그리고 흙더미가 뒤섞여 있었다. 차갑고 날카로운 파편들 사이에서 힘겹게 목을 내밀고 있는 선인장 꽃이 안타깝게 보였다. 선인장은 아직 살아 있었다. 하지만 곧 죽을 거였다. 아이들은 쓰레받기를 들고 창가로 향했다. 그리고 창문 아래에 있는 화단에 그것들을 들이부었다. 아이들은 선인장에 별 관심이 없었다. 그들은 그것을 살려야만 하는 이유를 알지 못했고, 그들에게 선인장은 하나의 생명으로 느껴지지 않았다.

나는 교실을 둘러보았다. 아이들은 교실 곳곳에서 때로는 시끄럽게 때로는 조용하게 그들끼리 웃고 떠들며 놀고 있었다. 아이들 중 그 누구도 아직 숨을 쉬며 땅속 어딘가에 잔인하게 생매장된 생명에 관심을 갖지 않았다. 그들의 심장은 그 어떤 따뜻함도 느껴지지 않을 만큼 차갑게 변해 있었다. 우리는 감정을 느낄 수 있는 로봇을 두려워해서인지 어느샌가 감정을 느낄 수 없는 로봇들을 만들어 내고 있었다.

잠시 후 로봇들 속에서 비명 소리가 터져 나왔다. 현식이었다. 정태가 선인장 가시를 들고 현식이에게 장난을 치고 있었다.

"씨발. 뭐야!"

현식이가 소리쳤다. 정태는 현식이의 말에 아랑곳하지 않고, 계속해서 선인장 가시를 들고 현식이를 찔러 댔다. 그리고 그 장난을 시작한 지 20초도 지나지 않아서 걱정하던 일이 벌어졌다. 정태가 장난치던 선인장의 가시가 현식이의 목에 박힌 거였다.

"어. 씨발 부러졌다."

정태가 옆에서 웃고 있던 녀석들에게 아쉽다는 듯이 말했다.

"박힌 거야?"

한 놈이 물었다.

"몰라. 박혔냐?"

정태가 물었다.

"씨발 아까부터 박히고 있었거든! 몇 개쩬 줄 알아! 작작 좀 하고 꺼져."

현식이는 손톱으로 가시를 긁어내고 있었다. 그때 종이 울렸다. 아이들은 종소리를 듣고 몇 마디 주고받더니 그들의 자리로 돌아가 버렸다. 나는 현식이를 바라봤다. 그는 목을 긁적거리고 있었다. 그의 목에 박힌 가시는 쉽게 뽑혔지만 아이들에게 박힌 보이지 않는 가시는 선생이 들어오고 수업이 시작돼도 그 자리에 박혀 있었다. 그리고 그 가시는 앞으로도 쉽게 뽑힐 것 같지 않다. 50분의 시간이 흘렀다. 내게 그리고 교실에 있는 대부분의 아이들에게 이 50분은 몹시도 길게만 느껴졌다. 그리고 그 후로 10분이라는 시간은 너무나 짧게만 느껴질 터였다. 아이들은 교실 구석구석으로 흩어져 그들만의 시간을 보내기 시작했다. 어딘가에서 아이들은 시끄럽게 그리고 즐겁게 떠들고 있었고, 또 다른 어딘가에서 아이들은 그들만의 액션 영화를 찍고 있었다. 내 옆에서 떠들고 있는 아이들의 말은 듣기 거북할 정도로 거칠었다.

"어 배터리 나갔다."

한 녀석이 핸드폰을 바라보며 말했다.

"야. 누구 충전기 없냐?"

녀석이 다급하게 소리쳤다.

"뒤에 있잖아."

그러고 보니 교실 뒤편 콘센트에는 늘 핸드폰 충전기가 몇 개씩 꽂혀 있었다. 녀석은 핸드폰을 들고 교실 뒤로 향했다. 그때 아이들 중 한 명이 아주 짜증스러운 말투로 하소연을 했다.

"씨발, 어제 엄마가 내 핸드폰 충전기랑 컴퓨터 선 들고 나가 버렸어."

아이들은 웃었다.

"새끼들아. 난 하나도 안 웃기거든"

녀석이 상난스럽게 말했다.

"시험 끝나고 게임 좀 하니까. 들어와서 존나 뭐라고 하더니 다 빼갔어. 씨발."

녀석이 짜증스럽게 말했다.

"근데 꼭 놀고 있을 때만 들어와. 그치 않냐? 공부할 때는 절대 안 들어와."

옆에 있던 녀석 중 한 명이 말했다. 아이들은 웃으며 녀석의 말에 강한 동의를 표했다.

"씨발 그래도 너는 나보다 낫다. 너는 집에 컴퓨터가 있기나 했지. 나는 집에 컴퓨터도 없고 TV도 없어."

아이들은 더 큰 소리로 웃었다.

"야. 너 전에 컴퓨터로 숙제 해 왔잖아."

한 녀석이 물었다.

"아빠가 노트북 존나 열심히 들고 다니는데, 자기도 집에 오면 심심하니까 죽어도 들고 와."

녀석은 비아냥거리는 듯한 말투로 말했다. 나는 불현듯 얼마 전에 들었던 한 직원의 하소연이 생각났다.

"애가 초등학생인데요 아주 시험 기간만 되면 미칠 지경이에요. 애 엄마 등살에 밀려 이건 뭐 집에서 숨도 제대로 못 쉬고. 야구 보고 있으면 시끄러우니까 TV 꺼라. 마누라가 밥도 제대로 안 차려 줘서 라면이나 하나 끓여 먹으려고 하면 시끄러우니까 나가서 사 먹어라. 나중에는 아예 그냥 나가래요, 집에서."

"나는 고등학생 자식 실어 나르느라 이 나이에 뭔 짓인지 원. 뭔 놈의 학원이 새벽 1시에 끝나요."

그러고 보니 아이들이 하소연하는 부모의 모습은 내 주변에서 흔히 볼 수 있는 부모의 모습이기도 했다. 내 머릿속 어딘가에서 출발한 기차는 어디로 향하고 있는지 알 수 없었지만 귓가에 들리는 목소리에 의해 또 다른 역 어딘가에 멈춰 섰다.

"너네 누나 올해 수능 본다고 하지 않았냐?"

누군가가 옆에 있는 녀석에게 물었다.

"몰라 관심 없어."

매몰차게 대답했다.

"공부 꽤 잘한다고 그러던데."

"아마 그럴걸."

"대학 어디 간데?"

"몰라 인 서울만 하면 좋겠단다."

"그 성적으로?"

녀석이 당황스러워했다.

"그러니까…. 씨발 존나 얄미워."

얼굴에 짜증이 가득한 표정이었다. 녀석은 계속해서 말을 이어 갔다.

"수능 평균이 일 점 몇 등급이라면서 맨날 대학 이상한 데 갈 것 같다고 나한테 지랄하고, 엄마는 존나 옆에서 내가 컴퓨터만 키면 째려본다니까."

녀석은 생각만 해도 화가 난다는 말투였다.

"씨발 나도 그랬는데. 존나 열심히 공부하고 딱 컴퓨터 앞에 앉으면 형 공부해야 되니까 빨리 끄라고 그래."

"너희 형 대학 잘 갔지?"

"씨발 휴학했어."

"왜?"

"이과 나와서 사시를 공부한대."

"뭔 지랄이냐? 그러려면 뭐하러 이과를 가냐?"

"대학 갈려고. 이과가 대학 가기 쉽다고 하니까 존나 귀는 얇아 가지고 이과 가더니만 이제는 휴학하고 집에서 공부하고 있음."

"원래 사시 보려는 거였어?"

"씨발 우리 형 중학교 때부터 꿈이 변호사였어. 근데 고등학교 때 이과가 대학 가기 쉽다고 하고 엄마까지 이과 가라고 존나 협박한 덕분에 서울대 공대생이 휴학하고 법전에 머리 박고 있다."

"그래도 서울대가 어디냐…."

녀석은 말끝을 흐렸다. 그리고 흐릿해진 그의 말끝만큼이나 우리 눈앞의 공기도 흐릿해져 갔다. 내 머릿속을 돌아다니는 기차같이, 아이들의 삶이라는 기차도 어디를 향해 달려야 하는지 모른 채 달리고 있었다. 종점은 생각도 하지 않고 누군가가 알려 준 간이역만을 향해 달리는 기차는 결국 그곳에서 멈춰 설 수밖에 없음에도 불구하고 말이다. 귓가에 종소리가 들려왔다. 아이들은 천천히 자기 자리를 찾아 움직였고, 내 머릿속을 헤집고 돌아다니던 열차는 그 종소리에 맞춰 어딘가에 부딪히며 멈춰서고 있었다.

종례가 끝난 교실은 소란스러웠다. 하지만 평범하지 않은 모습이었다. 시험이 끝나자마자 밀려들기 시작한 수행평가 때문에 아이들은 코를 빠뜨리고 있었다. 나는 우연치 않게 현식이와 그 주변에 있는 아이들의 대화를 들을 수 있었다.

"야. 뭘 걱정하냐. 얘가 다 할 텐데."

"열나게 공부해서 뭐에 쓰냐 이런 데다 쓰는 거지."

아이들은 현식이에게 과제를 떠넘기고 있었다. 몇몇은 노느라 바빠서, 몇몇은 학원에 가느라 바빠서, 이유는 다양했지만 결론은 하나였다. 적지 않은 분량의 숙제를 현식이 혼자 해야 할 판이었다. 아이들에게 수행평가는 대충 해도 점수를 받는, 열심히 할수록 손해인 그런 존재였다. 그리고 아이들은 그런 귀찮은 일을 남에게 떠넘기는데 아무런 거리낌도 없어 보였다. 등 뒤에서 짜증 섞인 목소리가 뒤에서 들려왔다.

"진짜 수행평가 하는 거라니까요."

정민이었다.

"내일 국어 시간에 발표해야 돼서 오늘 친구들이랑 같이 준비해야 돼요."

정민이의 말투는 공손했다. 하지만 그 목소리에 짜증이 가득 담겨 있었다. 아마도 정민이 어머니는 정민이의 말을 믿지 않는 눈치였다. 잠시 후 정민이는 전화를 끊었다.

"안 된대?"

'나'가 물었다.

"씨발. 학원이나 가래."

"야. 다 안 된다고 하면 어쩌라고."

'나'는 아이들 몇 명을 둘러보며 말했다.

"다른 애들끼리 알아서 하래."

"씨발 다른 애들도 안 된단다."

나는 이 장면이 전혀 낯설지 않았다. 아이들은 늘 바빴다. 하루에 한 개의 학원도 가지 않는 아이들은 없었다. 당연히 그 아이들이 무 언가를 함께하기 위해서는 학원을 포기해야만 했다. 하지만 그것을 허락하는 부모들은 별로 없었다. 그들은 그들만의 주판알을 튕겼으 니까. 아이들의 결론은 뻔한 결과로 치닫고 있었다.

"그럼 10시까지 메일로 보내야 된다. 10시야."

한 녀석이 현식이에게 말했다. 아이들은 현식이가 차린 상에 수저 몇 개와 장식 몇 개만을 올리기로 했다. 나는 이렇게 만들어질 아이 들의 결과물이 궁금하지 않았다. 그 결과물에서 이 수행평가를 함께 해야만 하는 이유는 들어 있지 않을 터였고, 선생 역시 그 이유를 찾 으려 하지 않을 테니까. 그때 벽에 걸린 1-11반의 급훈이 눈에 들어 왔다.

'함께 더 높이.' '대학가서 미팅할래, 공장가서 미싱할래.' 두 개의 급훈이 손이 닿지 않는 높은 곳에 당당히 걸려 있었다.

22
슬픔 속의 화해

오늘도 어김없이 시끄러운 자명종 소리에 잠을 깼다. '나'는 힘겹게 눈을 비비며 일어났다. 세수하고, 밥을 먹고, 가방을 들고 어제와 다를 바 없이 학교에 갔다. 얼마 지나지 않아서 담임이 교실에 들어왔다.

"시험이 끝난 지도 꽤 지났으니까 이제 그만 놀고 다시 공부 시작해야 된다. 수능 많이 남은 거 같지? 중간고사 끝나면 금방 기말고사 다가오고, 고2 지나 고3 된다. 금방 시간 지나가니까 명심해라. 그리고 오늘 종례 때 정오표 나눠 줄 거야. 기대하고, 이제 1교시 준비해."

담임의 한마디에 아이들의 야유가 터져 나왔다. 담임은 장난기 짙은 웃음을 지으며 문을 향해 걸어갔다. 하지만 그녀는 문 앞에서 아이들과 떠들고 있는 정태 앞에 멈춰 섰다.

"정태야. 1교시 끝나고 잠깐 올라와."

"네? 왜요?"

"올라오면 알아."

"아…."

잠시 후 담임은 자리를 떠났고, 담임과 정태의 짧은 대화 역시 기억에서 잊혀졌다. 담임이 교실을 나가고 얼마 되지 않아서 1교시 시작을 알리는 종이 울렸다. 아이들은 조금씩 정리되기 시작했고 곧 선생이 들어와 수업이 시작됐다. 이유는 알 수 없지만 50분의 시간이 너무 빠르게 느껴졌다. 수업이 끝나는 종이 울리고 교실은 다시 소란스러워졌다. 교실 한복판에서 축구와 게임 이야기를 하고 있는 한 무리의 남자아이들, 교실 구석에서 알 수 없는 화제로 조잘대고 있는 여러 무리의 여자아이들, 그리고 홀로 앉아 있는 현식이…. 교실 풍경은 여느 때와 다름 없었다. 정태가 아이들의 무리를 벗어나 교무실로 향하고 있다는 사실을 제외하고는 말이다. 정태는 쉬는 시간이 끝날 무렵이 되어서도 교실로 돌아오지 않았다. 2교시 시작 종이 쳤고, 선생이 들어왔다. 교탁 앞에서 교실을 둘러보던 음악 선생이 정태의 자리를 가리켰다.

"저기는 원래 빈자리야?"

"원래 최정태 자리인데. 교무실 갔어요."

정태 옆자리에 앉는 녀석이 대답했다. 수업이 시작되고 10분이 조금 더 지났을 때 귀에 거슬리는 시끄러운 소리와 함께 교실 앞문이 열렸고 정태가 들어왔다. 아이들의 눈이 모두 그에게 쏠렸다. 그는 그 시선에 아랑곳하지 않은 채 시끄럽게 문을 닫고 그의 자리로 향했다.

"야! 너 뭐야!"

책상들 사이를 당당히 걸어가던 정태를 향해 선생이 소리쳤다.

"뭐가요?"

짜증스럽게 외쳤다.

"너 이리 와."

"왜요? 교무실 갔다 오는 거예요."

"나도 알아. 근데 누가 수업 시간에 앞문으로 들어오래. 그리고 지금 그 태도는 뭐야?"

"아. 뭐 어쨌다고요."

정태는 선생을 노려보았다. 아이들은 선형이 때와 달리 웃지 못했다. 대신 정태의 눈치를 살폈다.

"얘가… 너 이리 와."

"아. 진짜 왜요."

정태는 한 발자국도 움직이지 않았다.

"조용히 하고 이리 와!"

선생의 목소리는 점점 커졌지만 그 기세는 오히려 약해졌다.

"네~네~ 죄송합니다."

여전히 두 다리는 움직이지 않은 채 무성의하게 말했다.

"뭐라고?"

"죄송하다고요."

교실에는 잠시 침묵이 흘렀다.

"하."

침묵 위에 선생의 깊은 한숨 소리가 칠해졌다.

"알았으면 조용히 가서 앉아."

"씨발. 안 그래도 기분 더러운데 지랄이야."

녀석이 자리에 앉으면서 뱉은 혼잣말이 내 귀에 똑똑히 들렸다. 하지만 선생은 수업을 멈추지 않았다. 종소리가 울리고 살얼음판 같던 2교시가 끝났다. 교실은 서서히 활기를 되찾기 시작했다. 교실을 뒤덮은 아이들의 목소리가 너무 시끄러워 나는 교실을 빠져나갔다. 벽 하나를 사이에 두고 교실은 북적거렸고, 복도는 한산했다. 천천히 복도를 걷고 있는데 현식이가 나타났다. 그는 곧장 화장실로 향했다. 나는 그가 걸어간 쪽을 바라보고 서 있었다. 잠시 후 이번에는 정태가 화장실로 향했다. 정태와 현식이 그리고 화장실, 훌륭한 조합이 아닌 것은 확실했다. 나는 조심스럽게 화장실로 향했다.

"쾅."

문이 거칠게 닫히는 소리가 화장실 밖으로 새어 나왔다. 내 발걸음이 빨라졌다.

"픽."

문틈 사이로 누군가 주먹을 휘두르는 소리가 들렸다. 그리고 바로 누군가의 신음 소리가 들렸다.

"씨발 개새끼야. 장난 좀 쳤던 거 가지고 담임한테 꼬발리냐!"

정태의 목소리였다.

"무슨 소리야?"

"병신아. 네가 담임한테 내가 너 괴롭힌다고 꼬발렸잖아!"

"뭐가? 내가 언제 그랬다고."

"새끼야. 시치미 떼지 마."

"나 진짜 아무 말도 안 했어."

현식이의 목소리는 애절했다.

"씨발 그럼 왜 담임이 나를 불러다 놓고 너 괴롭히지 말라고 하는
데."

"내가 어떻게 알…."

"퍽."

현식이의 말이 끝나기도 전에 또 다시 주먹이 날아왔고 신음소리
가 터졌다.

"씨발 나 아니라고."

현식이는 울고 있었다.

"개새끼야 니가 안 꼬발랐으면 왜 담임이 나를 데려다 놓고 너랑
잘 지내라고 하냐고!"

정태는 주먹을 휘두르며 힘주어 말했다.

"퍽, 퍽."

잠시 후 더 이상 현식이의 대답 소리도 신음 소리도 들리지 않았
다. 단지 자그마한 울음 소리만이 힘겹게 문틈으로 흘러나올 뿐이었
다. 나는 함부로 문을 열어서는 안 되는 존재였지만 어느새 문 손잡
이를 잡아당겼다. 하지만 문은 열리지 않았다. 나는 손잡이를 잡고
흔들기 시작했다.

"씨발 다른 데 가 새끼야."

안에서 울리는 소리가 나에게 하는 경고라는 것을 알았지만 여전

히 문 손잡이를 흔들어 댔다.

"아. 씨발. 존나 짜증나네. 암튼 새끼야 너 지금까지는 진짜 장난이었는데 이제부터는 아니다. 존나 다시는 어디 가서 꼬발리는 짓거리 못 하게 확실히 가르쳐 줄게. 씨발."

묵직한 발소리가 나를 향해 다가오는 것을 느꼈다. 쥐고 있던 손잡이를 놓고 뒷걸음질을 쳤다.

"씨발 어떤 새끼야! 꺼지라니까!"

닫혀 있던 문이 열렸다.

"뭐야? 씨발 개새끼 존나 빨리도 튀었네."

녀석이 주위를 두리번거리며 중얼거렸다. 나는 화장실에서 멀어졌다. 그렇게 들어가고 싶었지만 정작 문이 열리자 그 안을 들여다볼 용기가 없었다. 나는 화장실과 반대 방향으로 걸어갔다. 그리고 복도 끝 계단에서 담임과 마주쳤다. 나는 조금 아까 일이 설문지에 쓴 현식이 이름에서 비롯됐다는 사실을 알아차렸다.

'어째서 당신은 일을 그렇게밖에 처리하지 못했나요?'

잠시 담임을 책망했다. 하지만 곧 모든 책임이 나에게 있다는 것을 깨달았다. 사람은 늘 이기적이다. 대부분의 문제를 해결할 때, 자신을 위해 자신의 입장에서 방법을 생각한다. 나도 담임도 마찬가지였다. 나는 문제를 해결하기 위해, 그리고 내 짐을 덜기 위해 설문지에 현식이의 이름을 적었고, 담임은 그녀가 생각하는 방법으로 이 문제를 해결하려 했을 뿐이다. 다만 담임이 정태가 아니었기 때문에 결과가 틀어졌을 뿐이다. 담임은 볼일이 있을 때만 교실에 내려올 만큼 아이들 문제는 아이들끼리 해결하는 것이 좋다고 생각하는 사람이었다. 그래서 정태를 불러 그에게 스스로 문제를 해결할 기회를 준 것이다. 학기 절반이 지난 지금 담임이 정태가 현식이 문제에 관련돼 있을 것이라는 생각을 하는 것은 어렵지 않았다. 거기다 설문지에 덜렁 적힌 현식이의 이름 하나만으로는 누군가를 불러다 혼낼 수도 없었으니 그녀에게는 정태를 불러다 상황을 파악하고 기회를 주는 것만이 유일한 방법이었을 것이다. 하지만 말은 종종 듣는 사람에 따라 다른 의미로 해석되기 마련이고, 정태는 담임의 말을 기회가 아닌 경고와 훈계로 받아들였다. 그는 내 기억 속의 악역답게 스스로 변화하여 문제를 바로잡으려 하기보다 현식이를 위협하여 그의 입을 막으려 했다.

담임은 교실로 향하고 있었다. 이미 종이 울린 모양이다. 나는 그녀를 앞질러 교실에 가려고 했지만 이내 발걸음을 멈추고 말았다. 나는 아이들에게 배신자라 낙인 찍힌 아이가 얼마나 힘들어 하게 될지 잘 알고 있었기에 두려웠다. 정태는 교실로 돌아가 모든 사실을 털어 놓을 것이고, 아이들은 현식이에게 기억하고 싶지 않은 경험을 안겨 줄 것이다. 나는 발을 돌려 교문을 나섰다. 고통스러워하는 현식이의 모습을 바라볼, 그리고 도울 용기가 없었다. 솔직히 말해 그를 마주할 자격이 없었다. 나는 '나'의 수업이 끝날 때까지 학교로 돌아가지 못할 것 같았고, 그래야만 할 것 같았다. 나는 학교 주변을 어슬렁거렸다. 내 귀에서는 현식이의 목소리가 들렸고, 내 발걸음은 무거웠다. 귀에서 맴도는 현식이의 목소리를 떨쳐 버리고 싶었다. 그리고 오랫동안 잊고 있었던 한 곳이 떠올랐다. 집 근처 공원에 있는 동산,

그 정상에 있는 아담한 정자는 내가 가장 좋아하던 곳이다. 사람이 많은 공원이었지만 입구를 찾기 어려워서인지 그 정자에는 사람이 별로 없었다. 나는 방학이면 종종 그곳에서 공부를 하거나, 책을 보면서 시간을 보냈다. 내가 마지막으로 그곳에서 세상을 내려다보던 때가 생각났다. 12년 전 첫눈이 내리는 날이었다. 처음으로 내 삶에 대한 선택을 한 날이자 가장 비참한 모습으로 도망을 친 날이었다.

나는 금방 정자에 도착했다. 내 발밑에 도시와 사람들이 있었다. 현식이의 목소리도 들리지 않았고, 발걸음이 무겁게 느껴지지도 않았다. 태양은 뜨거웠지만 아름다웠고, 바람은 부드러웠다. 나는 정자에 몸을 뉘였고, 잠시 후 잠이 들었다.

무언가 발끝에서 느껴지는 차가움과 축축함이 나를 잠에서 끄집어 냈다. 해는 먹구름 속 어딘가에 파묻혀 있었고 먹구름은 가느다란 빗줄기를 뿌리고 있었다. 나는 서둘러 시계를 바라봤다. 시간은 2시 30분밖에 되지 않았지만 하늘은 어두웠다. '나'의 수업이 끝나려면 시간이 남아 있었지만 빗줄기가 굵어지기 전에 나는 집이 됐든 학교가 됐든 어딘가로 가야 했다.

나는 집을 향해 뛰었다. 하지만 빗줄기는 점점 굵어졌고, 내 옷은 감당할 수 없을 만큼 젖어 갔다. 결국 나는 집도 학교도 도착하지 못한 채 한 아파트 현관에 멈춰 섰다. 옷에 묻은 물기를 털어 내며 잠시 하늘의 눈치를 살폈다. 비는 곧 그칠 것 같지 않았다. 멍하니 서서 하늘만 바라보고 있을 때, 불현듯 시야에 들어온 아파트가 현식이가 살던 곳이라는 사실이 떠올랐다. 나는 맞은편 아파트를 바라봤다. 넓은 평면에 창문들이 줄 맞춰 늘어서 있었다. 굵은 빗줄기 속에서 맞은편 아파트의 창문은 모두 닫혀 있었다. 단 한 곳만 빼고. 나는 홀로 열려 있는 창문을 아무 생각 없이 바라보고 서 있었다. 그때 창문 안에서 흐릿한 형체가 나타났다. 빗줄기를 뚫고 제법 멀리 떨어진 곳의 모습을 선명하게 볼 수는 없었지만 흐릿한 형체가 어른거리는 것은 분명했다. 알 수 없는 형체는 잠시 창문 앞에서 흔들리더니 이내 안으로 사라졌다. 그리고 곧 다시 창문 앞으로 나와 아래를 쳐다보는 모습이 빗속에서 아른거렸다. 그렇게 창문 앞에 나타났다 사라졌다를 반복했다. 시간이 지나도 비는 그치지 않았고, 결국 나는 빗속을 달리기 시작했다. 빗길을 달리는데 왠지 모르게 가슴 한쪽이 먹먹해졌다.

나는 집까지 달려가고 싶었지만 빗줄기는 생각보다 굵었고, 점점 더 굵어지고 있었다. 결국 나는 학교에서 멈춰야 했다. 학교에 들어서자마자 하늘은 더욱 거세게 물을 뿌려 댔고, 벼락마저 치기 시작했다. '나'의 우산을 빌리는 것밖에 방법이 없어 보였다. 시계를 보니 수업이 끝나기까지는 꽤 오랜 시간이 남아 있었다. 하지만 나는 움직이지 않고 현관에 놓여 있는 불편한 의자에 몸을 맡겼다. 꽤 오랜 시간 동안 학교에 있었지만 마지막 수업이 끝나는 종이 칠 때까지 교실 근처에는 가지 않았다. 사실 현식이를 피해 다녔다는 말이 더욱 정확할 터였다.

나는 담임이 교실에 들어가는 모습을 보고 나서야 교실에 가까이 다가갔다. 교실의 모습이 눈에 비친 순간 강한 불안감이 내 몸을 감쌌다. 교실에는 현식이가 없었다. 40여 개의 책상에 빈자리는 현식이 자리뿐이었다. 담임도 아이들도 현식이의 빈자리를 신경 쓰지 않는 눈치였다. 머리는 별일 아니라고 말했지만 불안감은 쉽사리 떨쳐지지 않았다. 담임은 아이들에게 가로로 된 종이 한 장씩을 나눠 줬다. 아이들은 조심스럽게 종이를 바라봤다. 누군가는 그 종이를 손에 쥐고 교실을 뛰어다녔고, 누군가는 의자에 주저앉아 심각한 표정을 지었다. 아이들은 그 종이에 적힌 숫자 몇 개에 즐거워하고 슬퍼했으며, 스스로를 평가하려 했다.

담임의 종례가 끝나고 아이들이 교실에서 쏟아져 나왔다. 아이들은 서둘러서 학교를 떠났지만 '나'는 오늘 청소 당번이라 교실에 남았다. 청소가 끝나고 '나'와 나는 학교 현관에 나란히 섰다. '나'의 친구들은 이미 학교를 떠났다. '나'는 가방에서 우산을 꺼내 들었다. 나는 '나'의 우산 밑에 가만히 몸을 밀어 넣었다. '나'의 어깨에 팔이라도 걸치고 옆에서 걸어갈 수도 있었지만 왠지 오늘은 그렇게 하고 싶지 않았다. 나는 나도 모르게 '나'를 조심하고 있었고, '나'는 내가 뒤에 있다는 사실을 눈치채고 있는 것 같았다. 우리는 그렇게 서로를 의식하며, 티를 내지 않고 같은 길을 걸어갔다. 우리가 집에 도착했을 때 우리는 우산 밑에 있었다는 사실을 믿을 수 없을 만큼 젖어 있었다. 우리는 물기를 뚝뚝 떨어뜨리며 집으로 들어갔다. '나'는 서둘러 화장실로 들어가 버렸고, 나는 '나'의 방 베란다에서 물기를 털어 냈다. 나는 '나'의 방 구석, 내 자리에 가서 앉았다. '나'는 오래도록 화장실에서 나오지 않았다.

'나'의 책상에서 핸드폰 진동 소리가 들렸다. 내 머릿속은 다음 행동을 고민하고 있었지만 몸은 이미 책상 앞에 섰다. 문명이 발달한 덕인지 나는 손가락 하나 까딱하지 않고 문자를 확인할 수 있었다. 문자는 불과 20글자도 안 됐지만 이해할 수 없는 온갖 은어와 자음과 모음 하나씩 부족한 문장으로 되어 있었다. 문자 내용은 입에 담을 수 없을 정도로 충격적이었다. 일전에 현식이를 때리려던 '나'의 손을 잡았듯이, 다시 '나'의 손을 잡아 줄 때가 되었다고 생각했다.

사람은 때로 옳은 길이 어디인지 모를 수도 있고, 올바른 자리에 꿋꿋하게 서 있는 것이 힘들 수도 있다. 하지만 지금의 '나'는 존재 자체가 변해 가고 있었다. 나는 여전히 '나' 스스로 자신의 삶을 만들어 나가야 한다고 믿었고, 그래서 내가 나서는 것이 '나'에게 방해가 될 수도 있다고 생각했다. 나는 그렇게 늘 배임과 '나'의 삶에 대한 존중 사이에서 줄타기를 해 왔다. 하지만 이제는 그 줄에서 잠시 내려와야 할 때가 된 것 같다. 뿌리를 드러낸 나무를 다시 심어 주는 것은 선택이 아닌 의무였다. 나는 그 나무를 다시 심고, 물을 주고, 그 후에 다시 한 번 기다리고 믿어야 하는 거였다.

화장실에서 물소리가 멈췄다. 나는 오랜만에 주머니에서 수첩을 꺼내 들었다. 새삼 이 말도 안 되는 대화를 처음 시작했던 때가 생각났다. 그때의 나도 지금같이 일종의 결심으로 가득 차 있었다. '나'를 행복하게 만들어 주겠다는 결심으로. 하지만 겨우 3개월이 지나고 내 결심은 사그라졌다.

밤하늘에 별들이 보이지 않았다. 하늘은 12년 전의 그것과 같았지만 별을 찾아볼 수는 없었다. 나도 모르는 사이에 나는 그 언덕 위 정자에 다시 누웠다. 불과 몇 시간 사이에 이 정자를 다시 찾은 것이다. 나는 마치 뭔가 잘못을 저질러 놓고 부모에게 들킬 것을 걱정하는 꼬마처럼 굴었다. 불과 1시간 전의 기억일 뿐이지만 모든 것이 혼란스러웠다.

나는 샤워를 마치고 컴퓨터 앞에 앉은 '나'에게 몇 마디 말이 적힌 수첩을 들이밀었다. '나'는 컴퓨터가 켜지는 동안 그것을 읽었다. 그리고 아무 말도 하지 않은 채 게임을 시작했다. 나는 '나'에게 현식이를 힘들게 하고 있는 것이 옳은지, 지금의 '나'가 과거의 '나'와 너무 많이 변한 것은 아닌지, 그리고 지금의 '나'의 모습이 옳다고 생각되는지 한 번 생각해 보았으면 좋겠다는 말을 했다. '나'는 그런 내 말을 귀찮은 잔소리쯤으로 치부한 채 무시했다. 나는 화가 났다.

나는 '나'를 밀어붙이고 싶은 본능을 억누르며 몇 마디 말을 더 썼다. 몇 개월 전의 '나'를 생각하며 '나'를 한 번 돌아보라는 말을. 하지만 '나'는 그 글을 제대로 읽어 보지도 않고 집어 던진 채 컴퓨터에 빠져들었다. 나는 그의 컴퓨터를 꺼 버렸다. 그의 표정이 일그러졌다. 나는 그가 집어 던진 종이를 다시 주워서 그에게 던졌다. 나는 더 이상 '나'와 대화하고 있지 않았고, 서로를 공감하지도 못하고 있었다. 우리는 사춘기 아들과 엄마 같았다. '나'는 종이를 쓰레기통에 던지며 자신이 무슨 잘못을 했냐며 짜증을 냈다. 그리고 내 주먹은 내 머리가 다음 행동을 생각하기도 전에 '나'의 얼굴을 향하고 있었다. '나'는 주춤거렸다. 나는 책상으로 달려가 앞뒤가 맞지 않는 말을 미친 듯이 써 내려갔다.

'애들이 너를 괴롭힐 때 너는 그 애들을 죽이고 싶을 만큼 미워했어. 그런데 네가 그 죽어야 할 아이들 중 하나가 돼 있어. 너 원래 누군가를 괴롭히면서 즐거워하는 그런 미친놈이 아니었잖아.'

'나'는 나를 찾아 미친 듯이 방을 뛰어다니고 있었다. 나는 수첩을 '나'에게 집어 던졌다. '나'는 욕을 내뱉으며 수첩을 방바닥에 패대기쳤다.

"씨발 내가 뭘 어쨌다고! 장난 좀 친 거 가지고 왜 지랄인데? 씨발 나도 당했었는데 왜 나만 가지고 지랄이야."

그의 말에 복수라는 단어는 없었다. 하지만 그의 말을 들으며 나는 그 단어를 느낄 수 있었다. 그가 겪어 온 수많은 괴롭힘에 대한 보상과 복수, 그것을 하고 있었다는 것을 알았다. 나는 계속 '나'에게 현식이의 처지를 공감하고, 그의 입장이 되어 보라고 했다. 하지만 '나'는 내 말을 들으려 하지 않았다. 아니 내 말을 이해할 수 있는 상태가 아니었다.

나는 대화를 시작하기 전까지만 해도 '나'와 공감하며 '나'라는 나무의 뿌리를 다시 심어 주겠다고 다짐했다. 하지만 곧 그런 다짐을 다 잊은 채 계속해서 '나'에게 독불장군같이 달려들었다. 그것들은 '나'와 공감하는 것도, 그를 위한 것도 아니라는 것을 알면서도 말이다. 그렇게 나도 '나'도 모두 그 감정적인 싸움에 지쳐 갈 때쯤 '나'가 외친 아무 의미 없어 보이는 한마디 말이 나를 '나'에게서 떨어져 이곳까지 오게 만들었다. "네가 그렇게 잘났냐?"는 한마디였다. 그건 사람들이 짜증나면 종종 던지는 별 의미 없는 말이었지만 '나'가 외친 이 말은 나를 돌아보게 만들었다. 그리고 내가 돌아본 내 모습 어딘가에서 지금의 '나'를 찾았다. 내 고통을 누군가에게 보답받고 복수하고 있던 내 모습을 말이다. 나는 사회에서 누군가에게 짓밟히기도 했지만 잘난 내 능력과, 그럭저럭 괜찮은 기업을 굴리는 아빠 덕에 나를 밟고 서 있는 사람들보다 내가 밟고 올라설 수 있는 사람들이 더 많았다. 그리고 나는 그들을 짓밟으며 내 고통을 보답받았고, 죄 없는 사람들에게 앙갚음을 하고 있었다. 그리고 나는 그런 나를 알아채지 못하고 있었다. 나는 그것들이 단지 내가 해야 하는 일일 뿐이라고 생각했다. 마치 '나'가 장난일 뿐이라 말하듯이 말이다. 나는 나도 모르게 내 안에 숨어 있던 분노와 복수심이 두려웠다. 나는 내가 '나'에게 그런 말을 할 자격이 있는 사람인지, 그에게 한 말이 옳은 것인지 확인할 수 없었고 내가 현식이를 괴롭히고 다른 아이들 사이에서 즐거워하는 '나'를 바라보며 만족감을 느끼고 있었던 것은 아닌지 의심스러워졌다. 지금의 '나'는 잘못된 물이 든 내가 아니라 내 안에 내가 숨겨 둔 나의 모습인 것 같았다.

나는 몸을 일으켜 공원을 내려다보았다. 원래의 세계로 돌아가고 싶어졌다. 더 이상 이곳에서 내가 할 수 있는 일, 해야만 하는 일이 없는 것같이 느껴졌다. 내가 집을 그리워하고 있을 때 숲에서 발소리가 들려왔다. 잠시 후 숲에서 나타난 사람은 다름 아닌 '나'였다. '나'는 잠시 정자 앞을 걸어 다니다 내 옆에 앉았다. 우리는 잠시 동안 그렇게 앉아 있었다. '나'에게 내 존재를 알릴지 고민하고 있을 때, 갑자기 '나'가 몸을 뉘였다. 순식간에 그는 내 무릎 위에 누워 버린 셈이 됐다. '나'는 놀라서 몸을 일으켜 세웠다. 마치 '나'와 내가 처음 만난 날, 그가 내 무릎 위에 앉았던 그때 같았다.

"너야?"

'나'는 정자에서 몇 발자국 떨어진 곳에 서서 물었다. 그의 표정에는 두려움이 묻어 있었다. 정자 주변은 어느 정도 어두웠으니 무서워하는 것이 당연한 일이었다. 나는 주머니를 뒤적거렸다. 수첩이 없었다. 주변의 나뭇가지를 주워서 바닥에 답을 적었다.

'너가 누군데? 네 얼굴 때린 사람?'

나는 나름의 유머를 넣으며 '나'에게 일종의 미안함을 전했다. 나도 내가 그를 때린 이유를 알 수 없었다. 나를 화나게 만든 것은 '나'가 아닌 나였고 맞아야 할 사람도 나였지 '나'가 아니었다. 어둠 속에서 '나'의 표정을 확신할 수 없었지만 그의 얼굴에서 미소가 보이는 것 같았다.

"너 맞네. 쫓아왔냐?"

어느새 '나'는 장난기 가득한 목소리로 돌아왔다. '나'는 내 미안함을 이해하고 사과를 받아 주었다. 나는 내가 쓴 글씨들을 발로 지웠다.

'아빠는?'

나는 다시 흙 위에 글씨를 썼다.

"오늘 못 들어온데. 근데 너 나 쫓아왔냐니까. 이 스토커 같은 새끼야."

'나'의 말에는 욕이 섞여 있었지만 여전히 웃고 있었다.

'내가 먼저 왔어. 니가 얼굴을 내 무릎에 파묻었잖아. 안 그래?'

"지랄. 니가 여기를 어떻게 알아."

'말했잖아. 나는 네 안의 너라고.'

나는 헛웃음이 나왔다. 우리의 대화는 계속됐다. 마치 내가 이곳에 처음 왔을 때처럼 말이다. 그때 '나'와 나는 즐거운 대화를 나누었다. 나는 아직도 '나'와 처음 이야기를 시작한 그 순간을 기억할 수 있다. 종종 그 클래식 앨범이 생각날 만큼 말이다. 조금 전의 내 말들과 대화가 생각났다. 그때의 나는 '나'가 자신을 돌아보고 뭔가를 깨닫기를 바랐다. 그리고 그것을 목적으로 그에게 말을 건넸다. 그러다 보니 내 말은 강압적으로 변해 있었고, '나'는 내 말에 감정적으로 반응했다. 나는 '나'에게 말을 건네면서 내 생각, 내 감정을 강요하려 했을 뿐 이미 '나'의 말을 받아들일 생각이 없었다. '나' 역시도 그런 것을 느끼고 내 말을 귀찮아했다. 사실 나는 내가 '나'의 말을 들어주고 그의 말에 공감할 준비가 되어 있다고 생각했다. 하지만 어느새 귀찮은 잔소리꾼으로 변해 있었다.

"현식이는…."

'나'는 갑자기 화제를 바꿨다. 내게 마음을 연 것 같았다.

"처음에는 좀 그랬어. 애들이 괴롭히는 게 불쌍하기도 하고. 그래서 가까이 가려고 했는데, 사실 나도 걔가 그렇게 마음에 드는 것도 아니었고, 다른 애들이 신경 쓰여서…. 그러다 애들이 장난치니까 나도 같이하게 되고. 뭐 그렇게 됐어."

'나'의 진심이었다. 내가 '나'에게 하고 싶었던 말은 현식이에 대한 이야기만이 아니었다. 나는 '나'가 더 많은 것을 돌아보기 바랐다. 그러나 천천히, 지금과 같이 '나'가 먼저 내게 다가올 때까지 기다려야만 할 것 같았다.

'사람이 다 그런 거지. 싫은 건 싫은 거고, 무서운 건 무서운 거잖아. 어떻게 하겠어. 그렇지만 나는 네가 무엇이 옳은 것인지 알았으면 좋을 것 같아서 그랬던 거야.'

흙바닥에 글씨를 쓰는 것이 쉽지 않았지만 나는 조심스럽게 글씨를 써 내려갔다.

"나도 뭐가 옳은 건지 알아. 씨발 근데 말처럼 그게 쉽냐."

사실 그랬다. 옳고 그름을 구분하는 것보다 어려운 것은 옳은 것을 하는 거였다.

'천천히 생각해 봐. 어떻게 해야 할지. 너무 게임만 하지 말고 여러 가지를 생각해 보고 너 자신을 돌아봐.'

조금 전까지 나는 '나'에게 이런 말을 할 자격이 있는지 걱정하고 있었지만 어느샌가 이런 말들이 튀어나오고 있었다. 우리는 그렇게 누군가의 슬픔 위에서 화해를 하고 집으로 걸어갔다. '나'는 조금씩 내 말을 이해해 주기 시작한 것 같았다. 등에 있던 짐이 조금은 가벼워진 것 같았다. 내가 내 등의 짐이 조금이나마 가벼워진 것을 기뻐하며 길을 걸어갈 때 붉은색의 불빛이 옆을 빠르게 스쳐 지나갔다. 나는 저 붉은빛들이 내 등에 매달려 있는 또 다른 짐과 관련되어 있다는 것을 예감했다.

23
선택, 행복··· 그리고 이별

인간의 삶이란 선택의 연속이다.

내가 지금 어떤 선택을 하고 있다는 사실조차 모른다 해도 매 순간 선택을 하고 있고, 선택은 또 다른 결과를 낳는다. 이곳에서의 내 삶에서도 예외가 아니었다. 내가 한 선택, 혹은 내가 한 행위는 마치 냇가에 던진 돌멩이가 수많은 파동을 만들어 내듯 전혀 예상치 못한 결과를 만들고 있었다. 내가 정태에게 날린 주먹은 '나'를 지옥에서 건져 올렸고, 그에게 친구들을 선사했다. 하지만 동시에 그 주먹은 현식이를 더 깊은 지옥으로 밀어 넣었고, 지금 눈앞에 펼쳐져 있는 이 잔인한 장면을 만들어 냈다.

낮에 빗속에서 홀로 열려 있던 창문은 여전히 열린 채로 흰 커튼이 바람에 펄럭이고 있었고, 비를 피하던 현관 맞은편 아파트 앞에는 3~4명의 사람들이 모여 있었다. 그 옆에는 경찰차가 세워져 있었고 현식이가 누워 있었다. 그들은 모두 붉은빛을 내뿜고 있었다. 경쾌하게 반짝거리는 붉은빛과 멀어져 가는 생명을 애도하듯 조금씩 꺼멓

게 변해 가는 붉은빛을 말이다.

사람들은 슬픈 표정을 지으며 수군거리고 있었다. 옆에 서 있던 '나'의 표정이 어두워졌다. 그리고 그의 뒤로 구급차가 다가왔다. 잠시 후 현식이가 들것에 실려 구급차로 향했다. 구급차가 멀어져 갔다. 현식이는 우리에게서 멀어져 가는 구급차보다 빠르게 우리에게서 멀어져 갔다. 나는 구급대원들의 표정을 보며 현식이가 다시는 나에게 돌아오지 못할 것이라는 사실을 직감했다. 그리고 그건 '나' 역시 마찬가지였다. '나'는 두려움과 슬픔에 잠긴 표정으로 한 발자국도 움직이지 않은 채 제자리에 서 있었다. 잠시 후 조금 전 구급차가 서 있던 자리에 차 한 대가 멈췄다. 차에서 한 여자가 내렸다. 그녀에게서는 고상한 기품이 느껴졌다. 하지만 지금 그녀는 울고 있다. 너무 서글프게 말이다. 경찰차 옆에 모여 있던 사람 중 한 명이 그녀에게 다가갔다.

"아…아까 전화에 무, 무슨 말이에요? 현식이가 뭘?"

여자의 목소리는 슬픔과 두려움에 떨렸다. 그녀는 더 이상 말을 이어가지 못했다. 사실 그다음에 그녀가 해야 할 질문을 인정할 수 없는 것 같았다.

"분당 병원으로 간다고 했어요. 그쪽으로 가 보는 게."

여자에게 다가간 사람이 말했다.

"무…무슨. 마…많이 안 다쳤죠?"

여자는 울먹이며 말했다. 그녀는 이미 자신이 들을 대답을 알고 있었다. 다만 놓고 싶지 않았을 뿐이다. 마지막 남은 희망의 끈을 말이다. 그녀의 질문에 대답은 들리지 않았다.

"마… 많이 안 다쳤죠?"

여자의 질문은 애원으로 변해 있었다. 그녀의 애원에 대답을 해 줄 수 있는 사람은 아무도 없었다. 우리는 그 답을 확신할 수 없었고, 우리가 생각하고 있는 답을 그녀에게 들려줄 수도 없었다. 그녀는 여전히 눈물을 흘리며 차로 돌아갔다. 그녀는 조금 전 떠나간 구급차의 혼령같이 그들과 같은 방향으로 멀어져 갔다.

차가 떠난 자리에는 작은 메모지 한 장이 떨어져 있었다. 그 메모지에는 몇 곳의 학원 이름과 전화번호가 적혀 있었다. 나는 '나'를 찾았다. 사실 찾을 필요도 없었다. '나'는 아까 그 자리에서 한 발자국도 움직이지 않은 채, 얼굴 표정 하나 변하지 않고 서 있었으니까 말이다. 나는 '나'에게 다가갔다. 하지만 나는 다시 '나'에게서 멀어졌다. 내가 해 줄 수 있는 것도 해 줘야 하는 것도 없었다. 시간이 흐를수록 '나'의 주변은 더욱 소란스러워졌다. 수군거리는 사람들은 조금씩 늘어 갔다. 그들은 슬픈 표정의 가면을 쓰고 끊임없이 떠들어 댔다. '나'의 주변으로 점점 많은 차들이 다가왔다. 그리고 '나'를 에워싼 많은 차들 위에서 경쾌한 붉은빛은 더욱 밝아져 갔고, 현식이가 누워 있던 자리에 희미하던 붉은빛마저 사라진 채 칙칙한 어둠만이 남아 있었다.

나는 이 일을 실감할 수 없었다.

이곳이 내게 현실이 아니라는 사실 때문이기도 했지만 내가 아는 현식이가 이런 선택을 했다는 사실을 받아들일 수 없었다. 내가 봐

오던 현식이는 늘 나보다 강했다. 내가 흔들리고 있을 때도 늘 그는 꿋꿋했고, 어떤 상황에서도 그는 늘 나보다 앞에서 나를 이끌어 주었다. 그런 현식이가 이런 한심한 선택을 했다는 사실이 이 세계를 더욱 비현실적으로 느끼게 만들었다. 나는 제자리에 서서 한 발자국도 움직이지 않는 '나'를 남겨 두고 현식이의 마지막 순간으로 다가 갔다.

엘리베이터 문이 열리고 나는 현식이 집 앞에 섰다. 문은 열려 있었다. 마치 내게 들어오라고 손짓하듯 말이다. 나는 서둘러 현식이 방으로 달려갔다. 곧 경찰이 몰려올 터였다. 그 전에 현식이의 마지막을 배웅하고 싶었다. 현식이의 방 창문은 활짝 열려 있었고, 그곳으로 여름날 밤의 바람이 날카롭게 파고들었다.

창문 앞에 현식이가 서 있었다. 얼굴에 눈물을 머금은 채 안절부절못하는 현식이의 모습은 왠지 흐릿했다. 그는 방 안을 휘젓고 다녔고, 창밖으로 몸을 내밀기도 했다. 그리고 곧 책상 앞에 있는 의자를 가지고 창가로 갔다. 의자 위에 서서 한동안 창밖을 바라보더니 창밖으로 몸을 던졌다. 나는 창가로 달려가서 밖으로 손을 뻗었다. 내 손이 허공을 휘젓고 있을 때, 나보다 높은 곳을 향해 가는 등이 보였다.

나는 낮에 본 알 수 없는 형체를 기억했다. 그 형체의 주인은 바로 현식이었다. 바람에 흔들리며 창문 앞에서 머뭇거리던 그 알 수 없는 형체가 세상에 이별을 고하던 현식이의 마지막 모습이었던 것이다. 아무도 없는 방 안을 안절부절못하며 돌아다녔을, 그리고 아무도 없는 외로움 속에서 이별을 고민하던 그의 모습이 눈에 훤했다.

외로움과 두려움, 서글픔, 절망감, 비참함까지 수많은 감정이 창가에 서 있던 내게 다가왔다.

나는 몇 걸음 뒤로 물러났다. 현식이가 서 있던 의자 옆에는 A4용지 몇 장이 떨어져 있었다. 조심스럽게 그 종이를 집어 들었다. 그곳에는 현식이가 마지막으로 하고 싶었던 이야기가 적혀 있었다. 그는 그의 성격대로 마지막 순간까지 그가 느꼈던 감정과 그의 선택에 대한 이유를 논리 정연하게 적어 놓았다. 종이에는 오늘 낮에 그가 정태에게 아무 이유 없이 맞았던 일을 시작으로 고통스럽게 느껴졌던 학교생활, 그를 짓눌러 없애 버릴 것만 같았던 성적에 대한 부담감, 그리고 그에게 따뜻하게 느껴지지 않던 가정에 대한 이야기가 적혀 있었다.

그리고 종이의 첫 장 위에는 몇 명의 이름이 적혀 있었다. 그의 부모님, 학원 선생, 정태와 선형이, '나'와 형식이, 정민이, 그리고 몇몇 아이들의 이름이. 그 이름은 현식이를 그곳으로 떠민 사람들의 이름이었다. 나는 그곳에 들어 있는 '나'의 이름을 보고 본능적으로 현식이 책상 위에서 수정 테이프를 가져왔다. 나는 '나'의 이름이 이곳에 있어야 할 만큼 잘못을 한 적이 없다고 나를 속이며 이름을 지우려고 했다. 지칠 대로 지쳐 있던 현식이에게 '나'가 한 행동들이 얼마나 잔인했는지 잘 알면서도 나는 끊임없이 나를 속였다. 하지만 결국 나는 '나'의 이름을 지우지 못한 채 수정 테이프를 제자리에 내려놓았다. 나 스스로에게 했던 거짓말이 들통 나서가 아니라 그것이 '나'를 지키는 방법이 아니라는 생각 때문에 말이다.

다시 정신을 차리고 종이에 적힌 이름을 읽어 보았다. '나'와 그 친구들의 이름이 이곳에 있는 것을 이해할 수 있었지만 그 이름들 속에 그의 부모님이 있다는 사실은 쉽게 이해할 수 없었다. 하지만 그의 마지막 말을 읽으며 그 이유를 이해할 수 있었다. 현식이가 남긴 말 중에는 '나'와 친구들이 그를 따돌리던 것과 그때 그가 느꼈던 감정들이 구체적으로 적혀 있었고 가장 마지막 장에는 불과 몇 시간 전에 있었던 그의 부모와의 일이 적혀 있었다.

'엄마, 아빠. 다른 애들 보면 이런 때 꼭 죄송하다고 쓰던데 저는 그런 말이 안 써집니다. 그렇지는 않으실 거라고 생각하지만 왠지 제가 사라지면 두 분이 더 좋아하실 것 같다는 생각마저 듭니다. 제가 사라지면 두 분이 제 공부 때문에 싸우시는 것도 그만 하실 거고, 어머니께서는 제 학원 때문에 시간 맞추느라 애쓰지 않아도 되고 공부하는 거 감시하느라 밤잠을 설치지 않아도 될 겁니다. 어머니, 낮에 제 성적 가지고 혼내실 때 제가 친구들이 괴롭혀서 공부를 할 수 없다고 했던 거, 정말 핑계 아니었어요. 오늘 학교에서 일찍 온 것도 단축 수업을 한 게 아니라 그냥 도저히 그곳에 있을 수 없어서 조퇴했던 거고요. 저는 오늘 처음으로 어머니에게 제가 학교에서 얼마나 힘든지 말씀 드리려고 했어요. 더 이상 저 혼자 버틸 수 없을 것 같았거든요. 그런데 어머니께서 핑계 대지 말라고 하시는 순간 아무 말도 할 수 없었어요. 어머니에게는 저보다 제 성적이 더 중요하다는 생각이 들었거든요. 어머니는 지금 힘들어도 그건 미래를 위한 희생이라고 늘 그러셨지요. 저도 그런 어머니의 심정을 이해합니다. 하지만 저는 지금이 너무 힘들어요. 지옥 같은 학교와 숨이 막힐 듯한 학원, 그리고 차갑기만 한 집, 이 모든 것들이 저를 죽이려는 것 같았어요. 그리고 그건 앞으로도 변하지 않을 거예요. 어머니 저도 공부 잘하고 싶었어요. 그래서 정말 열심히 했지만 근래에 성적이 잘 안 나와서 힘들었어요. 사실 낮에 어머니에게 제 성적을 보여 드리면서 어머니가 저를 위로해 주시기를 바랐어요. 하지만 현실은 아주 차갑더군요. 엄마에게 그런 위로를 바라던 제가 너무 나약했던 걸까요…. 어머니 저는 공부를 잘하고 싶기도 했지만 행복해지고 싶었어요. 하지만 이곳에서는 그렇게 될 수 없을 거 같아요. 그러니 이제 이렇게라도 행복해질게요. 두 분도 꼭 행복하세요.'

행복…. 이 한 단어가 끊임없이 내 머릿속을 떠다녔다. 그리고 슬픈 사실 하나를 확신할 수 있었다. 부모를 오해하고, 용서하지 못한 채 멀리 어딘가에서 자신의 머리맡에 서서 오열하고 있을 부모를 바라볼 현식이도, 자식의 미래를 위해 차갑게, 그리고 힘겹게 진심을 숨기고 있다가 다시 볼 수 없게 된 자식의 머리맡에서 우는 것밖에 할 수 없게 된 부모도 모두 행복해질 수 없다는 사실을 말이다.

복도에서 사람 목소리가 들렸다. 나는 종이를 바닥에 내려놓고 집을 빠져나갔다. 계단을 내려가는 머릿속이 복잡했다. 그의 선택에 '나'도 나도 갚을 수 없는 책임이 있다는 사실을 알았다. 하지만 나는 그가 친구들에게 괴롭힘을 당할 때보다 차분했다. 나는 지금 이 상황이 마치 게임처럼 느껴진다. 게임 속 주인공이 죽었고, 내가 마우스를 몇 번 움직이면 그가 다시 살아날 수 있을 것만 같다. 나는 실감나지 않는 현실을 걸어 '나'가 서 있던 자리로 향했다. 나는 조용히 '나'를 껴안았다. 내 말을 들을 수 없는 '나'의 귓가에 사랑한다 속삭였다. 내가 해 줄 수 있는 것도, 그리고 해야 하는 것도 그 말밖에 없었다.

24
이별의 책임

　달리는 차 안은 조용했다. '나'도 아빠도 아무 말도 하지 않았다. 지난 며칠 동안 '나'는 많은 일을 겪었다. 평생 피해자 신세를 면치 못할 것 같았는데 가해자로서 교무실에 갔고, 수십 명의 기자들이 진을 치고 있는 모습도 봤고, 누군가로부터 차가운 눈초리를 받기도 했다. 현식이가 떠나간 며칠 후, 수많은 기자들이 현식이의 집과 학교로 찾아왔다. 그들은 학교에게, 교사에게, 학생들에게 질문을 퍼부었다. 그리고 그들 스스로 사건의 전모를 추정한 몇몇 기자들은 너무나 잔인한 질문을 던졌다. 정태와 형식이는 그런 질문에 고통스러워하지도 괴로워하지도 않았지만, '나'는 그렇지 않았다. 그는 스스로 자신을 용서하지 못한 채 괴로워했다. 그런 그에게 몇몇 기자들의 질문은 너무도 잔인하게 보였다.

　현식이가 떠나고 이틀 후에 그의 마지막 말이 공개되었고, 세상은 시끄러웠다. 사람들은 어린 나이에 세상을 떠난 현식이를 애도했고, 그를 그곳으로 밀어 버린 수많은 사람들을 비난했다. 현식이를 따돌렸다는 아이들, 적절한 조치를 취하지 못한 교사들, 아이의 성적에 너무 집착하는 부모와 학원 선생들 모두가 비난의 대상이 되었다. 학교에는 경찰들이 찾아왔고, 언론은 연일 전국의 학교를 돌아다니며 학교 폭력을 보도했다. 기사의 방향은 다양했지만 결론은 하나였다. 정부와 교사가 수수방관했고, 아이들은 죄의식이 없었다는 식이다. 나는 이 사건에 있어서 일을 제대로 파악하지 못한 선생도, 현식이를 따돌리던 아이들도 모두 씻을 수 없는 잘못을 저지른 것은 사실이지만 이 세상에 살고 있는 그 누구도 그들에게 돌을 던질 자격이 없다고 생각한다. 현식이의 문제는 '나'와 아이들의 문제이기도 했지만 수많은 가닥이 꼬여서 만들어진 비정상적인 것이었으니까 말이다. 하지만 세상은 그 모든 책임을 외면한 채 수십 가닥이 꼬여 버린 실타래를 앞에 놓고 단지 그것을 칼로 끊어 버리라고 말하고 있었다. 그들이 끊어 버리려는 실이 무엇인지조차 모른 채 말이다.

아빠의 차는 파란색 참수리 깃발이 펄럭이는 건물 앞에 멈춰 섰다. 사람들 몇 명이 입구에서 어슬렁거리고 있었다. '나'가 차에서 내리려 하자 아빠가 갑자기 입을 열었다.

"나한테 이런 말을 할 자격이 있는지는 모르겠지만…."

아빠는 잠시 말을 멈췄다.

"너에게 죄가 있을 수도 있고, 또 이 일에 법적인 것 이상의 책임이 있을 수도 있어. 그래서 사람들은 너를 비난하고 죄인 취급을 할지도 몰라."

아빠는 잠시 말을 멈췄다.

"하지만 그렇다고 네가 정말 죄인인 건 아니야. 나는 네 책임을 피하라고 말하지 않을 거야. 죄를 지었으면 벌을 받을 거고, 잘못을 했으면 사과를 해야 되는 거야. 하지만 이 세상의 모든 잣대가 너를 죄인이라고 해도, 나만은 너를 이해할 수 있다는 것을 기억해라. 나는 너를 믿는다. 내 자식이니까."

아빠가 조심스럽게 말했다.

"응."

'나'는 기운 없이 대답했지만 아빠의 말이 그렇게 싫지 않은 눈치였다. '나'와 아빠는 건물로 들어갔다. 그리고 그들은 몇 시간이 지나서야 그 건물을 빠져나올 수 있었다. 우리는 아무런 대화 없이 차에 올라탔다. 현식이의 마지막 말에서 구체적인 가혹 행위가 적혀 있는 것은 그가 떠나기 몇 시간 전 화장실에서 정태에게 맞았던 일뿐이었고, 나머지는 대부분 추상적이거나 외로움, 혹은 따돌림을 토로한 것이어서 죄상이 심각하지 않았다. 그리고 현식이의 부모 역시 '나'와 아이들에게 별다른 항의 없이 합의서를 써 줘야 할 입장이었으니 더욱이 '나'는 기소 여부조차 불확실했다. 하지만 그건 어디까지나 법적인 문제였다.

현식이의 일에 '나'는 분명한 책임이 있었고, '나' 스스로도, 그리고 '나'를 바라보는 사람들도 그 사실을 알고 있었다. '나'를 바라보는 사람들의 시선은 차가웠다. 그리고 자신을 바라보는 스스로의 시선조차도 차가웠다. 하지만 모든 아이들이 그런 것은 아니었다. 형식이나 정태는 별다른 죄책감을 느끼지 않았다. 그들은 그들이 어느

정도 잘못하기는 했지만 고작 그 정도 장난도 받아들이지 못한 현식이가 한심하다는 듯한 반응이었다. 그들은 "죄송합니다."라고 말했지만 무엇을 잘못했는지는 몰랐다. 사실 아무도 그들에게 그들이 무엇을 잘못했는지 말해 주지 않았다. 단지 그들에게 '너희들이 잘못했어.'라고 말하기만 할 뿐이었다.

그건 '나'에게도 마찬가지였다. 하지만 '나'는 스스로 자신을 용서하지 않은 채 고통스러워했다. '나'는 조금 전 왜 현식이를 따돌렸냐는 조사관의 질문에 한동안 답을 하지 못했다. 사실 '나'는 그 대답을 몰랐다. '나'도 왜 자신이 현식이를 따돌리며 괴롭혔는지 이유를 몰랐다. 그 질문을 받고 짧지 않은 시간이 지나서 '나'가 한 대답은 "저도 잘 모르겠습니다. 처음에는 다른 애들이 하니까 장난으로 같이했는데, 나중에는 저도 제가 무슨 짓을 하고 있는 건지 잘…."

그는 두려움과 당황스러움에 더듬거렸고 대답을 제대로 마무리하지 못했다. 누군가에게 그 대답이 얼마나 황당하고 한심하게 들렸을지 알 수 없었지만, 나는 그 대답을 이해할 수 있었고, 그 대답이 '나'에게는 가장 솔직한 말이라는 사실을 알았다. '나'는 정말 장난으로 시작했고, 마지막 순간까지 자신이 무슨 짓을 하고 있는지 알지 못했다. 나는 '나'를 바라봤다.

"미안해."

'나'는 창밖을 바라보며 작은 목소리로 그 한마디를 끊임없이 중얼거렸다.

"저녁 먹고 들어갈래?"

차에 타고 5분 만에 아빠가 처음으로 입을 열었다.

"응."

'나'는 조용히 대답했다.

"뭐 먹을래?"

"아빠가 알아서 해."

'나'는 여전히 기운 없이 창밖을 바라보고 있었다. 차가 한 식당 앞에 멈췄다. 우리는 식당으로 들어갔다. 주말 저녁 시간의 식당은 소란스러웠다. 하지만 그것은 듣기 싫은 소음이 아니었다. 소중한 사람과 맛있는 음식을 먹으며 가슴 깊은 곳에 묻어 두었던 말들을 내뱉으며 웃고 우는 공간에서 만들어 내는 화음이었다. 그래서 그 소란스러움이 나는 그렇게 싫지 않았다. 아빠와 '나'는 자리에 앉았다. 식당은 시끄러웠지만 그들의 주변은 조용했다. 두 사람은 서로 눈을 마주치지 않았다. 그들은 서로에 대한 미안함 때문에 고개를 숙였고, 서로를 위로할 한마디를 찾지 못해서 침묵했다. 음식들이 식탁에 차려지고 아빠가 '나'에게 젓가락을 건넸다. '나'는 젓가락을 받아 들었다.

"많이 먹어라."

아빠가 나지막하게 말했다. 두 사람은 조용히 밥을 먹었다. 둘 다 점심을 제대로 못 먹었으니 서둘러 먹을 만도 했지만 입맛이 없는 눈치였다. 밥을 다 먹어 가고 있을 무렵 지나가던 사람 한 명이 식탁 모서리에 걸렸다. 그는 잠시 균형을 잃었지만 금방 균형을 되찾고 몸을 돌려 '나'에게 고개를 숙였다.

"아. 미안합니다."

그는 짧은 사과를 하고 가던 길을 갔다. 이러한 일은 식당에서 흔히 일어날 수 있었다. 하지만 '나'의 얼굴에는 두려움이 묻어 있었고 곧 젓가락을 내려놓고 자리에서 일어났다. 그는 마치 사람을 두려워하는 것 같았다.

"먼저 나가 있을게."

'나'는 아빠에게 말했다.

"아. 나도 다 먹었어. 금방 계산하고 나갈게."

아빠가 서둘러 젓가락을 내려놓으면서 말했다. '나'는 아무 말도 없이 문을 향해 천천히 걸어갔다. 하지만 운명의 신은 아직도 그를 충분히 괴롭히지 못했는지 다시 한 번 장난을 걸어왔다.

"분당 고교생 자살 사건과 관련하여 경찰이 어제에 이어 오늘도 피해 학생의 유서에 나와 있던 관련 학생 중 일부를 불러 조사를 진행하였습니다."

단 한 문장이었지만 식당 한구석에 자리 잡고 있던 TV에서 들려오는 뉴스 앵커의 목소리가 또렷이 들렸다. 식당은 소란스러웠지만 그 한마디의 말은 예리하게 고막을 울렸다. '나'는 그 말이 끝날 때쯤 식당 밖을 향해 뛰어나갔다. 자리에서 일어나던 아빠도 TV를 바라보며 굳은 표정으로 멈춰 섰다. 그리고 그의 뒤에서 한 가족의 대화 소리가 작지만 날카롭게 가슴을 파고들었다.

"에휴. 요즘 애들은 정말이지… 어떻게 애들이 저럴 수 있어?"

여자가 남자에게 말했다. 나는 지금까지 '머피의 법칙'이라는 것을 생각해 본 적이 없다. 하지만 이 상황에서만큼은 '머피의 법칙'을 신봉해야 할 것만 같다. 대체 왜 멀쩡히 지나가던 사람이 '나'의 식탁에 걸리는 것인지, '나'가 문 앞에 섰을 때 저 뉴스가 들려오는 것인지, 밥 먹는 내내 TV에는 눈길도 안 주던 사람들이 지금 저 뉴스를 보고 있는 것인지 이해할 수 없다.

"애를 잘못 키우니까 그렇지. 저런 애들은 답이 없어. 그냥 싹 다 감옥에다 처넣던가 해야지. 재들이 나중에 불량배밖에 더 되겠어. 너는 저렇게 되지 마라. 멍청하게 당하지도 말고, 한심하게 누구 괴롭히지도 말고."

남자가 초등학교 고학년쯤 돼 보이는 남자아이를 바라보며 말했다.

"너희 반에도 저런 애…."

여자는 그 옆에 앉아 있던 남자아이를 보며 말했지만 그녀의 질문은 아빠 덕분에 물음표를 찍을 수 없었다.

"젊은 사람이 남의 속사정도 모르면서 함부로 그렇게 말하면 안되지."

아빠가 뒤를 돌아보며 말했다.

"네? 나한테 한 말이에요?"

남자가 황당하다는 표정을 지으며 말했다.

"그래. 자네한테 한 말이네. 사람이 제대로 알지도 못하면서 남의 자식을 감옥에 집어넣어야 한다는 말을 하면 안되지."

아빠는 화가 나 있었다. 아빠답지 않은 행동, 아빠답지 않은 표정을 지을 만큼 말이다. 사실 스스로도 잘 알고 있었다. '나'가 얼마나 큰 죄를 지었는지, 현식이에게 얼마나 미안해해야 하는지를 말이다. 하지만 그는 여전히 '나'의 아버지였다.

"갑자기 왜 그러는지는 모르겠지만, 뭔데 나한테 그런 소리를 하시는 겁니까? 그쪽한테는 저 아이도 남이고 나도 남인데. 그리고 내가 딱히 틀린 말을 한 것도 아니지 않습니까?"

남자는 불쾌하다는 표정을 지으며 말했다.

"지금 내 말이 무슨 뜻인지 모릅니까?"

아빠의 목소리가 조금씩 커졌다.

"네. 모르겠습니다. 그리고 왜 남의 일에 그렇게 신경을 써요. 그 아이가 무슨 당신 자식이라도 되는 것처럼. 왜 내가 몇 마디 했다고 이렇게 화를 내는 거냐고요."

남자의 목소리도 조금씩 커지기 시작했다.

"여보. 애도 있는데."

여자가 옆에 있던 아이를 쳐다보며 조그맣게 말했다. 남자는 여자의 말을 듣고 잠시 남자아이를 쳐다보더니 아빠에게 작은 목소리로 말했다.

"그냥 가던 길 가십시오. 괜히 나한테 시비 걸지 마시고."

남자는 아빠를 쳐다보지도 않은 채 손을 휘저었다.

"내 생각에는 자네 자식이나 잘 키워야 될 것 같아."

아빠는 남자에게 한마디를 던지고 주머니에서 만 원짜리 지폐 몇 장을 꺼내 식탁에 던져 두고 서둘러 문을 향해 걸어갔다. 그리고 아빠가 문을 향해 몸을 돌릴 때 내 눈에는 문 앞에서 아빠를 바라보다 급하게 도망가는 낯익은 그림자가 보였다.

"아니. 저 사람은 뭐야? 내가 뭘 어쨌다고 지랄이야."

남자가 아빠의 뒷모습을 바라보며 말했다.

"여보 애 앞에서 말 함부로 하지 말라고 했잖아."

여자가 짜증스럽게 말했다.

"미안."

남자는 금방 사과를 하더니 남자아이를 바라보며 미소를 지었다. 우리는 절대로 잊을 수 없을 것만 같은 저녁 식사를 뒤로하고 다시 차에 올라탔다. 아빠는 다툼이 있었다는 사실을 내색하지 않았고, '나'는 아빠가 다투는 것을 보았다는 사실을 내색하지 않았다. 둘 다 그 말을 하고 난 다음 무슨 말을 해야 할지, 상대가 무슨 말을 할지 알지 못하는 까닭에 아무 말도 할 수 없었다.

25
스틱스 강 너머에서 온 선물

학교는 여전히 어수선했다. 아니 오히려 시간이 지날수록 더 어수선해지는 것 같았다. 사건이 있고 며칠이 지났지만 여전히 학교는 수많은 논란과 여론의 관심에서 벗어나지 못하고 있었다. '나'와 아이들은 물론이고 담임과 학교 모두 말이다. 여전히 수많은 기자들이 학교 주변에 진을 치고 있었고, 현식이의 일은 여전히 뉴스를 오르내렸다. 사람들은 그 일에 더 많은, 더 다양한 사람들이 책임을 져야 한다고 말하기 시작했고, 그 화살은 담임마저 겨누고 있었다. 수업이 시작되기 전 쉬는 시간이었지만 아이들은 몇 마디 말만 주고받을 뿐 조심스러웠다. '나'는 더욱 조심스럽게 움직였다. 형식이와 정태가 '나'에게 다가왔다.

"야. 너도 갔다 왔냐?"

형식이가 물었다.

"어? 응…."

'나'는 다른 생각에 빠져 있었던 것 같았다.

"은근히 재미있지 않냐?"

정태가 웃으며 말했다. 나는 내가 들은 것을, 보고 있는 것을 믿을 수 없었다.

"어?"

'나'는 당황하며 말을 얼버무렸다. 아이들은 정말 극과 극이었다. 누군가는 괴로워했고, 누군가는 평소와 다름이 없었고, 누군가는 그 상황을 즐기고 있었다.

"솔직히 우리가 딱히 뭐 심하게 때린 것도 아니고, 씨발 그냥 장난 좀 친 거였는데."

형식이가 말했다.

"야! 너 왜 그러냐? 정신 줄 놨냐?"

형식이가 '나'의 어깨를 흔들며 말했다.

"안 놨으니까 좀 내버려 두면 안 되겠니?"

'나'의 대답에 짜증이 섞여 있었다.

"얘 왜 이러냐?"

"나도 몰라."

형식이와 정태는 '나'를 이해할 수 없다는 듯한 표정을 지으며 '나'에게서 멀어져 갔다. 두 녀석은 교실 한 구석에서 핸드폰을 들고 낄낄거리기 시작했다. 두 녀석은 조사를 같이 받았다더니 전보다 더 친해진 것 같았다. 나는 조사를 받으러 갔던 다른 두 명의 아이들에게 다가갔다. 한 명은 성적이 전교 상위권에 드는 선형이였고, 다른 한 명은 공부도 제대로 안 하고 종종 선생한테 대들어서 날라리로 낙인 찍힌 아이였다. 둘 다 정태와 꽤 친하게 지내던 아이들이었다. 나는 내가 서 있던 곳에서 그렇게 멀지 않은 곳에 서 있던 날라리 녀석에게 먼저 다가갔다. 녀석은 다른 녀석과 자신이 조사받았던 일에 대해 이야기하고 있었다.

"무섭냐?"

한 녀석이 물었다.

"솔직히 그렇게 무섭지는 않더라. 한 1시간 정도 지나니까 그냥 교무실 같더라."

녀석은 나름대로 담대한 척했다. 하지만 그건 일종의 체면을 지키기 위한 포장이라는 것을 느낄 수 있었다. 녀석의 눈에는 두려움과 미안함이 녹아 있었다.

"넌 괜찮은 거야? 뉴스에서는 막 뭐라고 하던데."

"뭐 나는 대부분 따돌림 수준이고 폭행은 가담 행위 정도라서 괜찮을 거래. 구체적인 증거도 없고 현식이 몸에 멍도 별로 없고 하니까. 근데 정태는 어떻게 될지 모를 것 같던데. 거기에 정태 얘기가 구체적으로 써 있어서… 재판받을지도 모른대."

녀석은 안타깝다는 듯이 말했지만 정태가 처벌을 받는 것을 싫어하지 않는 눈치였다.

나는 녀석을 뒤로하고 교실 뒤에서 공부를 하고 있는 선형이에게 발을 돌렸다. 언론과 학부모들 모두 이 녀석의 이름을 그런 곳에서 보게 된 것을 의아해했다. 공부를 잘하는 아이는 착할 거라는, 여자아이는 누군가에게 상처를 주지 않을 거라는 막연한 생각에서 말이다. 하지만 내게는 이 녀석의 이름을 그곳에서 찾을 수 있는 것이 별로 놀랍지 않았다. 김선형은 누군가에게 주먹을 휘두르지 않았고 그럴 만한 힘도 없었지만 분위기를 주도하는 힘이 있었고 남의 감정을 신경 쓰지 않는 이기심이 있었다. 녀석은 놀라운 힘으로 아이들이 나나 현식이에게 다가가서는 안 될 것만 같은, 저 아이들은 따돌림을 당해야만 한다는 듯한 분위기를 만들어 내곤 했고 그것에 대해 아무런 죄책감도 느끼지 않았다. 고의적이었든 고의적이지 않았든 이 녀석은 말도 안 되게 그런 분위기를 잘 만들어 냈고 별다른 어색함 없이 나와 현식이를 아이들이 정말 싫어해야만 하는 아이들같이 느껴지게 만들었다. 나와 현식이는 이 녀석 때문에 아이들이 멀어져 가는 것을 느낄 수 있었다. 자신의 눈앞에 다가왔던 사람들이 멀어져 가는 것을 보고 있는 것은 고통스럽고 치욕스러운 일이었다. 나는 현식이가 이 아이에게 느꼈을 분노와 원망을 짐작할 수 있었다. 내가 그 아이의 옆에서 녀석을 바라보고 있을 때, 한 여자아이가 다가왔다. 둘은 꽤나 친하게 지내던 사이였다.

"야. 너 조문 갔어?"

앞자리 의자를 뒤로 돌리며 말했다.

"아니 학원 때문에 시간 없다고 엄마가 가지 말래. 나도 가 봐야 별로 안 반겨 줄 거 같아서 가기 싫고."

녀석이 고개도 들지 않으며 말했다.

"그건 그래. 근데 걔네 엄마 아빠 우리보고 별로 뭐라고 안 하던데. 나 갔을 때 담임도 있었는데, 별말 안 하더라."

그럴 만도 했다. 그들이 원망해야 할 사람들에는 그들 자신도 포함돼 있었으니까 말이다. 자식을 위해서라는 말로 보기 좋게 그들을 포장한 채 자식에게 귀 한 번 열어 주지 못하고, 사랑한다는 말 한 번 해 주지 못한 불쌍한 그들 자신이 말이다.

"상관없어. 어차피 학원 때문에 못 가."

말이 끝나자마자 녀석이 기쁜 얼굴로 고개를 들었다. 숙제를 끝마쳤다는 기쁨과 뿌듯함이 뒤섞인 그런 표정이었다. 녀석에게는 이 대화보다도, 조문보다도, 반성과 성찰보다도 숙제와 학원이 더 중요해 보였다.

종이 울리고 아이들은 다시 자기 자리로 움직였다. 나도 교실 구석으로 향했다. 내가 늘 앉아 있는 그 자리 앞에 여자아이들 몇 명이 모여서 이야기를 하고 있었다. 그들은 함께 조문을 갈 계획을 세우고 있었고, 진심으로 애통해하고 미안해하였다. 그들은 자신들이 한 사소한 말 한마디 행동 하나를 기억하며 현식이에게 사죄하고 있었다. 이 아이들은 원래 현식이를 괴롭히는 것을 그렇게 좋아하지 않았다. 단지 무언가에 휩쓸려 갔던 것뿐이었다. 나는 가만히 교실을 바라봤다. 몇 평 되지 않는 좁은 교실 속에는 수많은 종류의 숨소리가 섞여 있었다. 슬픔에 젖은 숨소리, 죄책감에 고통스러워하는 숨소리, 그리고 여느 날과 똑같은 동물의 숨소리까지 좁은 교실을 메우는 숨소리들은 다양했다. 공간에는 수많은 종류의 숨소리가 떠돌아다니고 있었다.

6교시 시작하는 종이 쳤다. 아이들에게 시간은 믿을 수 없을 만큼

느리게 흘러갔고, 선생들도 아이들도 정상적인 수업을 진행할 수 없을 만큼 피곤해했다. 그만큼 교실도 학교도 분위기가 소란스러웠다. 종이 친 지 꽤 오랜 시간이 지나서야 교실 문이 열리고 선생이 들어왔다. 기술 가정 시간이었다.

"너희가 저질러 놓은 일 때문에 선생님들이 다 죽게 생겼다. 지금 늦은 것도 다 니들 때문이니까 나보고 뭐라고 하지 마라."

선생의 얼굴에는 피곤한 기색이 역력했다.

"니들 어차피 수업 해 봤자 듣지도 않을 거고, 전부 여러모로 피곤하니까 오늘은 그냥 쉽게 가자. 여기 종이 나눠 줄 테니까 거기다 장래 희망 써서 발표해. 원래는 학기 초에 했어야 되는 거지만 시간이 없어서 못 했으니까 이럴 때 한 번 해 보지 뭐."

선생은 조그맣게 잘라 온 종이를 아이들에게 나누어 줬다. 선생도 아이들도 종이를 나누어 갖는데 능숙했다. 현식이 일이 있고 나서 선생과 아이들은 수없이 많은 통신문과 무의미한 설문지들을 나누어 줬어야 했으니 능숙해질 만도 했다. 하지만 내게는 그 동작들 모두 아무 의미도 없는 기계적인 움직임 같았다. 그들이 나누어 주고 있는, 그리고 그들이 나누어 주었던 종이들만큼이나 말이다. 아이들은 종이를 나누어 갖고 뭔가를 열심히 쓰기 시작했다. 다른 때 같았으면 교실이 들썩들썩하도록 시끄러웠겠지만 오늘은 아이들 모두 조용했다. 아이들이 진심으로 그렇게 느끼든 그렇지 않든 이 교실에 감도는 공기는 그들이 암울한 척을 해야만 한다고 느끼게 만들었다. 교실에는 다양한 장면들이 펼쳐졌다. 누군가는 고민하고 있었고, 누군가는 열심히 뭔가를 적고 있었고, 누군가는 책상에 엎어져 있었다. 그리고 선생은 컴퓨터 자판을 두드리고 있었다.

"다 쓴 거 같으니까 저 끝에서부터 나와서 발표해 봐."

선생은 컴퓨터를 들고 교탁 옆으로 가서 앉았다. 선생에게 지목당한 아이는 쭈뼛쭈뼛 망설였지만 곧 자리에서 일어났다.

"그냥 서서 하면 안 돼요?"

아이가 소심하게 말했다.

"나와. 이것도 연습이야."

선생은 냉정하게 대답했고, 아이는 느릿느릿 걸어 교탁 앞에 섰다. 녀석은 교탁 앞에 서서 선생 눈치를 보며 웃고만 있었다.

"바쁘니까 알아서 말하고 들어가라니까 왜 내 얼굴만 보고 있어?"

선생은 황당하다는 듯한 표정을 짓고 어깨를 들썩이며 말했다.

"그래서 되고 싶은 게 뭐야?"

선생이 노트북 뚜껑을 닫으며 물었다.

"선생님요."

아이는 선생을 바라보며 대답했다.

"나 말고 애들 보고 말해 인마. 근데 왜? 나 보니까 편해 보여서?"

아이들이 가볍게 웃었고 교실 분위기 역시 조금은 가벼워졌다.

"아니… 뭐 그냥. 사람들이 다 공무원이 최고라고 하잖아요."

아이는 조금 토라진 듯이 대답했다.

"참나. 애들 앞에서 말조심해야지. 다음 빨리 나와. 시간 없어."

선생이 헛웃음을 지으며 말했다. 앞에 나와 있던 아이는 뛰어 들어갔고 그 뒤에 앉아 있던 아이는 느리게 걸어 나왔다.

"너는 장래 희망이 뭐야?"

아이가 교탁 앞에 서자마자 선생이 물었다.

"공사 직원요."

교탁 앞에서 조금 작은 목소리의 대답이 들려왔다. 그리고 그 뒤로 아이들의 웃음소리가 들려왔다.

"뭐?"

선생이 다시 물었다.

"공사 직원요."

대답 소리가 조금 커졌다.

"공사 직원?"

선생이 황당하다는 듯한 표정을 지으며 외쳤다.

"너는 무슨 장래 희망이 그렇게 암울하냐? 좀 꿈을 꿔."

선생이 당황하며 말했다.

"암울한 게 아니라 현실적인 거죠. 그리고 이게 얼마나 어려운 꿈인데요. 요즘 SKY 나와도 공사 취직이 하늘에 별 따기예요."

아이는 자랑스럽게 말했다. 아이들의 웃음소리가 조금 더 커졌다.

"그래 꼭 취직하기 바란다. 다음."

선생은 포기했다는 듯한 표정을 지으며 손을 휘저었고 곧 다른 아이가 교탁 앞에 섰다.

"넌 뭐냐? 이제 뭘 말해도 상관없다. 웬만해서는 안 놀랄 것 같으니까."

선생이 웃으면서 말했다.

"도선사요."

아이는 정색하며 대답했다.

"도선사? 배 대 주는 거?"

선생은 반가운 표정을 하며 되물었다.

"네."

아이가 대답했다.

"왜?"

선생이 물었다. 이번에는 비아냥거림이 아닌 진정한 의문이었다.

"어렸을 때부터 배를 좋아하기도 했고, 목적지 앞까지 와서 멈춰 선 배를 목적지까지 옮겨 주잖아요."

아이는 진지하게 대답했지만 웃는 아이도 있었다.

"어떻게 해야 되는 건지 알아?"

선생이 진지한 표정으로 물었다.

"해양대 들어가서 배 타다가 도선 시험 봐서 몇 년 수습하고 그러면 된대요. 꽤 어렵다고 그러더라고요."

아이들의 웃음소리가 신경 쓰였는지 대답 소리가 조금 작아졌다.

"야 이게 진짜 장래 희망이고 꿈이지. 뭔 꿈이 하고 싶은 거, 되고 싶은 거가 아니라 안전한 거, 돈 잘 버는 거냐?"

선생이 아이들을 돌아보며 말했다.

"다음 나와."

선생의 말에 다른 아이가 앞으로 나왔다. 이렇게 아이들의 장래 희망 발표는 계속됐다. 누군가는 흐릿하지만 아름다운 꿈을 말했고, 누군가는 선명하지만 아쉬운 현실을 말했다. 그리고 순서는 돌고 돌아 '나'의 순서가 되었다. '나'가 교탁 앞에 서자 교실 분위기는 순식간에 어색해졌다. '나'는 앞에 섰지만 선생은 아무 말도 하지 않았다.

"저는 바이오 공학자가 되고 싶습니다."

'나'는 나를 놀라게 만들었다. 나는 당연히 경영인이 되고 싶다고 말할 거라고 생각했다. 나는 늘 그렇게 돼야 한다는 소리를 들으며 자랐고, 어느 순간부터 아무 이유 없이 그것이 내 꿈이 되어 있었으니까 말이다. 하지만 '나'가 말한 그 꿈이 내게는 놀라울 뿐 싫지는 않았다. 사실 나를 놀라게 한 것은 '나'의 꿈 자체가 아니라 진심을 말했다는 사실이다. 나는 늘 바이오 공학에 관심이 많았다. 그럼에도 단 한 번도 내 진심을 입 밖으로 끄집어 낸 적이 없었다. 나는 늘 아빠의 엄격한 명령이자, 간절한 부탁을 거절하는 것이 두려웠고 미안했다. 그것이 내 입을 다물게 했고, 지금 내 나이가 되어서는 내 진심이 무엇인지도 모르는 상태가 되어 버렸다.

"네가? 싸우다 조폭이나 되지 마라."

선생이 조용한 목소리로 말했다. 농담처럼 말을 했지만 선생의 표정이나 말투는 농담이 아니었다. 아이들은 당황했고, 교실에는 무거운 정적이 흘렀다. '나'는 아무 대꾸도 없이 고개를 숙이고 제자리로 돌아갔다. 그때 수업이 끝나는 종소리가 울렸다. 선생이 방금 말한 그 한마디가 자신에게는 어떤 의미였는지 알 수 없지만 그 말이 '나'에게 얼마나 잔인한 말일지 나는 느낄 수 있었다. 그가 의도했든 의

도하지 않았든 미래를 향해 달려가는 아이에게 내일에 대한 희망을 짓밟는 말이었다.

"전부 다 발표시키려고 했는데 종이 쳐 버렸네. 다음 시간에는 수업할 거야. 진도 아직 많이 남았잖아. 그러니까 교과서 잘 챙겨 오고. 자 나가도 돼."

선생은 이 말을 하고 교실을 나갔다. '나'는 눈에 초점을 잃은 채 칠판을 바라보고 있었다. 현식이의 충격에서 아직 벗어나지 못하고 있던 '나'는 선생의 말 한마디에 더 강하게 흔들리고 있었다. '나'를 걱정스럽게 바라보고 있던 내 눈앞에 도선사가 되고 싶다던 녀석이 지나갔다. 내게는 이름조차 생각나지 않는 아이였지만 공부를 곧잘 한 덕분에 선생들에게는 꽤나 인정을 받던 존재라는 사실만은 기억할 수 있었다. 잠깐이었지만 내 시야에 도선사를 꿈꾸며 응원받던 녀석과 바이오 공학자를 꿈꾸다 조롱거리가 된 '나'가 함께 들어왔다. 격려와 비웃음 사이에 선 두 아이에게 다른 것이 있다면 그것은 낙인이었다. 하지만 정말 그들은 그렇게 다른 아이들이었을까? 누군가는 범죄자이고 누군가는 그렇지 않을 만큼…. 7교시가 시작되고 '나'는 마치 뭔가에 홀린 사람 같았다. 그는 무언가를 후회하는 것 같았고, 무언가를 두려워하는 것 같았다. 7교시가 끝나고도 '나'는 여전히 그런 얼굴을 한 채 책상에 앉아 있었다. 뒤에서 형식이와 정민이가 다가오는 것이 보였다.

"야. PC방 갈래? 너 오늘 과외 늦게 시작하잖아."

형식이가 '나'의 앞에서 말했다. '나'는 곤란하다는 표정을 지었다.

"됐어."

'나'의 목소리에는 힘이 없었다.

"왜? 나 며칠 동안 현식이 덕분에 학원 안 가서 게임만 했더니 레벨 존나 올랐어."

형식이가 말했다. 나는 당황스러웠다. '현식이 덕분'이라니, 아무리 고등학생이 아무렇게나 내뱉는 말이라지만 그의 말은 점점 넘어서는 안 되는 선을 넘고 있었다.

"너희들끼리 가."

'나'는 여전히 힘없는 목소리로 말했다.

"너 미친놈 같아 보여."

정민이가 이상하다는 듯이 말했다.

"그래?"

'나'는 애써 괜찮다는 듯이 말했다.

"너 현식이 때문에 그러냐?"

형식이가 어이없다는 듯이 말했다.

"아냐."

'나'의 대답은 부정하고 있었지만, 그의 목소리도, 표정도, 행동도 그의 말에 동의하고 있었다.

"씨발 개 죽은 게 우리랑 뭔 상관이라고 그러냐? 솔직히 그 새끼가 병신 같았으니까 애들이 싫어한 거고, 지 부모한테 혼나다가 욱해서 뛰어내렸다는데 네가 왜 그러고 있냐?"

정태가 갑작스럽게 내 뒤에서 말했다. 나는 나도 모르게 두 손에 힘이 들어갔다.

"그래. 그니까 같이 가자."

"싫다니까."

'나'는 짜증스럽다는 듯이 말했다.

"씨발 한심한 새끼. 그런 병신 같은 새끼 때문에….'"

내 주먹은 앞뒤를 잴 겨를도 없이 정태의 얼굴을 강타했다. '나'는 당황스러운 표정을 짓고 있었고, 다른 아이들은 모두 넘어진 최정태를 보며 넋을 잃고 있었다.

"야. 너 왜 그래?"

"아… 씨발 뭐야?"

정태가 일어나며 외쳤다. 그리고 그 녀석의 표정을 본 순간 나도 모르게 그를 걷어찼다. 녀석은 배를 움켜쥐며 바닥을 굴렀다. 현식이의 편지에 적혀 있던 사람들 중에 잘못하지 않은 사람은 한 명도 없었고, 이 교실에 있는 인간 중 현식이에게 미안해하지 않을 수 있는 사람 역시 한 명도 없었다. 하지만 내 눈앞에서 뒹굴고 있는 이 녀석은 그가 짊어져야 할 잘못과 책임이 무엇인지조차 몰랐다. 내게는 언젠가 그 때문에 또 다른 꽃이 제대로 피지도 못한 채 질지도 모른다는 생각이 들었다. 어쩌면 녀석에게는 낙인 그 이상이 필요한지도 모른다. 나는 녀석을 바라보며 방법은 알 수 없었지만 우리가 무엇을 해야 하는지는 알 수 있을 것 같았다. 우리는 용서받기 위해 노력할 때가 아니라 바로잡기 위해 노력할 때 용서받을 수 있을 것이다.

"야. 왜 그래? 배 아파?"

형식이가 물었다.

"씨발 몰라. 갑자기…. 아 씨발 존나 개 같네. 별 지랄 같은 일이… 씨발."

최정태는 욕을 내뱉으며 교실을 나갔다. 아이들이 숙덕거리기 시작했다. 하지만 곧 담임이 들어왔고, 담임이 종례를 시작할 무렵 조용히 들어와 자신이 미친 것 같다고 말해 준 정태 덕분에 내가 저질러 놓은 터무니없는 일은 수습되었다.

나는 다시 교실 뒤쪽 한 편에 서서 주위를 둘러보았다. 교실에는 여전히 수없이 다양한 숨소리를 내뱉는 아이들이 있었다. 나는 헛웃음이 났다. 말을 키우는 목장에서도 모든 말을 똑같은 주어로 부르고 똑같은 채찍질을 하며 당근을 주지 않는데, 우리는 사람에게 그렇게 하고 있었다. 아이들은 모두 다른 숨소리를 냈지만 그것을 듣는 사람은 아무도 없었다. 우리에게 그것들은 단지 '숨소리' 그 이상도 그 이하도 아니었다.

마지막 수업이 끝나고도 오랜 시간이 지나서야 담임이 들어왔다. 선생들은 정말 여전히 바쁜 듯이 보였다. 담임의 종례는 빠르게 진행됐다. 담임은 중요하지 않은 말에 단 1초도 허비하지 않은 채 순식간에 그녀가 할 일을 끝마쳤다. 담임이 수첩을 덮었다. 마지막 말이 나올 때가 됐다는 신호였다. 아이들은 불과 몇 초도 빨리 교실을 나가기 위해 가방을 책상 위에 올렸다.

"전달 사항은 더 없고, 내일 선도 위원회 있으니까. 관련 있는 사람들은 부모님께 꼭 오시라고 말하고, 전화는 하겠지만 너희들이 먼저 말해 놔라. 그럼 이제 종례 끝. 집에 갈 사람은 집에 가도 되고 오늘부터 보충 다시 시작하니까 남을 사람은 남아."

담임의 말이 끝나자 아이들이 바쁘게 움직였다. '나'도 서둘러 교실을 나갔다. 나는 서둘러서 '나'를 쫓아갔지만 교실을 떠나는 아이들을 피해 '나'를 쫓는 것은 불가능했다. 멀리서 바라본 '나'의 표정은 담임의 말을 못 들은 것이 아닐까 의심스러울 만큼 침착해 보였다. 하지만 내게는 '나'가 이번에도 그렇게 보이기 위해서 노력하고 있는 것같이 보였다. 나는 교실 구석에서 잠시 아이들이 나가기를 기다렸다가 '나'를 쫓아 나갔다. 서둘러서 교실을 나가 교문 앞까지 뛰어 봤지만 '나'는 보이지 않았다. 하지만 교문을 지나 나는 더 이상 뛸 수 없었다. 주위에서 느껴지는 날카로운 눈빛들이 신경 쓰였다. 카메라를 들고 촬영을 하고 있는 사람도, 수첩을 들고 취재를 하고 있는 사람도 눈에 띄지 않았다. 하지만 누군가가 이곳을 바라보고 있는 것을 느낄 수 있었다. 이곳을 바라보고 있는 사람은 한 사람이 아니었다. 조금 더 많은 사람들의 조금 더 많은 감정이 섞인 눈빛들이었다. 집으로 향하는 내 발걸음은 무거워져 있었고, 온몸은 알수 없는 긴장감에 굳어 있었다.

다른 날이었으면 집에 도착하고도 남았을 만큼의 시간이 지나서야 아파트 단지 입구에 들어섰다. 나를 압박하던 시선들이 사라진 것을 느낄 수 있었다. 발걸음은 조금씩 가벼워졌고, 긴장에 굳어 있던 몸도 조금씩 여유를 되찾아갔다. 나는 서둘러 발걸음을 옮겼다. 하지만 아파트 앞에서 발걸음은 다시 한 번 멈춰서 버렸다.

"야! 도망치지 마. 네가 졌잖아."

아파트 앞에는 작은 놀이터가 하나 있었는데 그곳에서 뛰어놀던 아이 하나가 외친 이 말 한마디가 내 발을 붙잡았다.

도망. 이 한 단어는 순식간에 머릿속을 12년 전의 나와 현식이로 가득 채웠다. 12년 전의 나도, 현식이도 도망자였다. 도망친 방법도 도망간 곳도 달랐지만 우리 모두 같은 곳으로부터 도망친 도망자들이었다. 12년 전 나는 이 학교에서 2학년을 맞이하지 못했다. 나는 내 눈앞에 있는 고통을 피해 수원으로 이사를 가며 자퇴를 했다. 그것이 나 스스로 결정한 첫 번째 도망이자 가장 비참한 도망이었다. 싸워 보지도 못한 채, 아니 손에 칼 한 번 쥐어 보지 못한 채 나는 아무 이유 없이 도망쳤다. 내가 도망치지 않으면 그 일은 끝나지 않을 것만 같이 느껴졌고 안타깝게도 현실은 그랬다.

현식이도 마찬가지였다. 그도 자기 앞에 놓인 현실을 피해 도망친 도망자였다. 나보다 조금 더 먼 곳으로 도망친 도망자 말이다. 물론 그에게도 그가 도망쳐야 할 이유 따위는 없었다. 하지만 이번에도 죄지은 듯 후회스러운 뒷모습을 보여 준 것은 현식이었다. 나는 다시 발을 '나'의 집을 향해 돌렸다. 내 눈앞에 너무나 멀리 도망가 버린 현식이가 보였다. 그는 안타까웠지만 동시에 나를 화나게 만들었다. 그는 그렇게 멀리 도망가서는 안 되는 거였다. 그가 도망가고 난 자리에 남아 있을 것들을 한 번쯤 생각해 봐야 하는 거였다. 내 눈앞에 울고 있는 현식이를 외면하는 내 모습이 보였다. 나는 급하게 다시 한 발을 내디뎠지만 집까지 가는 동안에 한쪽 발의 감각이 없었다.

조심스럽게 현관문을 열었다. '나'가 신경 쓰이는지 아빠는 요 며칠 출근을 하지 않았다. 나는 현관문을 닫고 눈치를 살폈다. 서재에서 컴퓨터 자판 소리가 들렸다. 나는 '나'의 방으로 향했다. '나'의 방문은 닫혀 있었다. 내가 방문을 열기 위해 조심스럽게 손잡이를 내리려 할 때, '나'의 흐느끼는 소리가 들렸다. 나는 문을 열지 못하고 손잡이를 놓으며 조용히 발을 돌렸다. 저 무대에 내가 등장하기에는 아직 주인공에게 시간이 더 필요하다는 것을 알았다. 주인공에게 가장 적당한 시간을 주는 것, 그것 역시 훌륭한 조연의 능력이었다. '나'의 방에서 멀어져 가던 순간 불현듯 불과 2주 전에 저 방문 앞에 서면 늘 들리던 소리가 생각났다. 게임 속의 알 수 없는 캐릭터들이 다른 캐릭터를 죽이며 들리던 기분 나쁜 소리들 말이다. 2주의 시간이 흐르는 동안 저 방문 너머로 들려오던 소리가 바뀐 만큼 '나'역시도 변해 있었다. 연약하고 불안한 존재였던 '나'는 빠르게 가해자가 되었고, 또다시 쉽게 상처 입고 신음소리를 내고 있었다. '나'는 순식간에 용서할 수 없을 만큼 한심한 녀석이 되기도 했고, 바라보고 있기 힘들 만큼 괴로워하는 녀석이 되기노 했다. '나'는 나 자신이 생각하던 것보다 훨씬 연약한 존재였던 것이다.

거실 베란다의 창문이 열려 있었다. 나는 그곳을 향해 걸어갔다. 내가 학교 강당에서 처음 눈을 떴을 때보다 날씨가 많이 더웠다. 나는 걸치고 있던 상의를 벗었다. 안주머니에 들어 있는 딱딱한 물체가 손에 잡혔다. 나는 주머니에서 음반과 종이 쪼가리를 꺼냈다. 이 종이를 읽는 것도 벌써 세 번째였다. 하지만 나는 여전히 내가 그녀를 이해할 수 있을지 알 수 없었다. 나는 한 글자, 한 글자 꼼꼼히 읽었다. 그리고 마지막 글자를 읽을 때쯤 조금은 그녀를 이해할 수 있을 것 같았다. 한 장의 종이에 쓰여진 한 가지 사실은 확실했고 명확했다. 엄마가 죽었다는 것, 그것도 자식도 모르게 시골 어딘가에서 죽었다는 것, 그것이 자식을 위한 선택이었다는 것, 그리고 아빠마저 이혼하고 1년이 지나 싸늘해진 엄마 앞에서 외삼촌에게서 그 사실을 들어야만 했다는 것이다. 그녀는 그녀가 오랜 시간을 살지 못할 것을 알고 아빠와 '나'를 떠나 조용히 삶을 마감했던 것이다. 내게 짐이 되고 싶지 않아서 말이다. 나는 그런 엄마의 생각을 이해할 수가 없었다. 하지만 이번에는 조금 다른 느낌이었다. '이해'라 말할 수는 없었지만 무언가를 '느낄' 수 있었다.

창문 밖의 하늘을 올려다 보았다.

내게는 죽음의 강 앞에서 배를 타지 못한 채 머뭇거리는 엄마의 모습이 보였다. 그녀의 손에는 내가 아주 어렸을 때 그녀에게 기대고 서서 찍은 우리 가족의 사진 한 장이 들려 있었다. 그녀는 배를 타지 못한 채 그녀가 돌아갈 수 없는 곳에 두고 온 것들을 그리워하며 웃고 있었다. '나'와의 동행, 그건 그녀가 우리 가족에게 주는 마지막 선물이고 사랑이었다. 그리고 그녀의 그 마지막 사랑을 느낄 수 있어서 다행이었다. 눈동자에 비친 창문에는 이미 어둠이 걸터앉아 있었다. 왠지 밤하늘에 비친 내 모습이 그녀를 닮아 있는 것 같았다.

잠시 후 짙은 어둠 속에서 엄마의 마지막 선물을 한껏 음미하고 있는 나를 등뒤의 밝은 불빛이 놀라게 했다. 갑자기 밝아진 불빛에 고개를 돌렸을 때 아빠가 담배에 불을 붙이며 내게 다가오고 있었다.

　나는 당황해서 베란다를 빠져나오다 종이를 흘리고 말았다. 아빠는 그 종이를 집어 들었다. 그리고 입에 문 담배가 짧아질 때까지 그의 손에 있는 종이를 바라보고 있었다. 그는 그 종이를 그곳에 흘린 사람이 '나'라고 생각하고 있을 터였다. 잠시 후 아빠는 이해할 수 없는 미소를 지으며 담뱃불을 껐다. 나는 넋을 놓고 아빠를 바라보고 있었다. 하지만 넋이 나간 것도 잠시였을 뿐, 곧 창문에 비친 내 입가에 옅은 미소가 보이기 시작했다. 내 눈에는 그들이 그들 사이의 벽을 허물 준비가 끝난 것 같아 보였다. 하지만 반가운 소식에도 불구하고 내 이성은 갑자기 원인 모를 불안감에 휩싸여 '나'의 방으로 뛰어갔다. 주인공에게 너무 긴 시간을 준 것같이 느껴졌다. '나'의 울음소리는 더 이상 들리지 않았다. 나는 조용히 방문을 열고 들어가 보았다. '나'는 그의 방 베란다에 나가 있었고 그의 책상 위에는 12년 전의 내가 일기를 썼던 수첩이 펼쳐져 있었다. 나는 그 수첩을 집어 들었다. 수첩에는 뭔가가 빽빽하게 적혀 있었다. 수첩은 중간중간 글씨가 번지고 종이가 울어 있었다. 나는 '나'가 정성 들여 눌러 쓴 것 같아 보이는 글씨들을 읽기 시작했다. 하지만 나는 두 번째 문장을 읽을 수 없었다.

　'현식아 미안해. 아빠 죄송해요.'

　이 첫 번째 문장을 읽는 순간 내 머릿속에는 베란다에 나가 있는 '나'가 떠올랐고, 내가 해야 할 일은 두 번째 문장을 읽는 것이 아니라는 사실을 알았다. 수첩을 읽던 고개를 뒤로 돌렸을 때, 계절에 맞지 않는 차가운 바람이 온몸을 휘감았다. '나'는 이미 한쪽 발을 베란다 난간 위에 올려놓고 있었다.

"야 인마!"

나도 모르게 소리쳤다. 내 말이 들리지 않는다는 것을 알면서도 말이다. 하지만 신기하게도 '나'는 고개를 돌렸다. 나는 서둘러서 '나'에게 뛰어가 베란다 난간에 한쪽 발을 걸치고 있던 '나'를 끌어당겼다. '나'와 나 모두 바닥에 넘어졌고, 보이지 않는 손길에 이끌린 '나'는 짧은 비명을 질렀다. 그때 '나'가 다리를 걸치고 있던 난간이 내가 '나'를 잡아당기는 충격에 의해 부러져 지상을 향해 떨어졌고, 곧 누군가의 비명 소리가 울려 퍼졌다. '나'도 나도 침착하게 행동하지 못했다. 우리는 베란다 바닥에 엎어진 채 서로의 가쁜 숨소리만을 느끼고 있었다. 우리의 숨소리가 조금은 잦아들 때 아빠의 목소리가 들렸다.

"무슨 일이야?"

아빠는 곧 '나'의 방 앞에 나타났다. 그의 손에는 여전히 그 종이가 쥐어져 있었다. 처음 문 앞에 나타난 아빠의 얼굴은 태연했지만 베란다 문이 열린 채 바닥에 엎어져 있는 '나'를 보자 놀란 표정으로 달려왔다.

"무슨 일이야?"

조금 전에 아빠가 물었던 말과 같은 말이었지만 그 감정은 전혀 달랐다. 아빠는 당황했고, 두려워하고 있었다. 아빠가 다가오자 '나'는 울기 시작했다. 마음속에서 감정을 삭이는 흐느낌이 아니라 그의 마음속을 토해 내는 듯한 울음이었다. 아빠는 말없이 그의 손에 있던 종이를 내려놓으며 '나'의 옆에 무릎을 꿇고 앉았다. 그리고 땅에 엎어져 있는 '나'를 일으켜 품에 안았다. '나'는 처음으로 그의 마음속 깊은 곳에 있는 감정을 아빠에게 꺼내 놓았고, 아빠는 처음으로 '나'의 그 모습을 마주했다. '나'는 한동안 아빠에게서 떨어지지 않았고, 아빠는 '나'의 옆에 떨어져 있는 수첩을 주워 들었다. 내가 당황해서 책상에 내려놓지 못한 채 이곳까지 손에 쥐고 달려온 모양이었다. 아빠가 '나'를 품에 안은 채 수첩을 펼쳤다. 내가 읽던 그 페이지가 펼쳐졌다. 아빠의 눈이 글씨를 쫓아 움직일수록 아빠의 눈은 조금씩 붉어졌다. 잠시 후 아빠는 수첩을 내려놓고 '나'를 조금 더 세게 끌어안았다.

"네가 죽는다고 달라지는 건 없어. 현식이한테 속죄한다 생각하고 열심히 그리고 바르게 살면 되는 거야. 그게 네가 할 일이야."

아빠가 '나'의 귀에 속삭였다.

"미안해."

'나'는 슬프게 울면서 힘겹게 말했다.

"인마. 나한테 미안할 게 뭐 있냐. 아빠는 네가 무슨 짓을 해도, 사람들이 무슨 말을 해도 너를 사랑하고 소중하게 생각해. 네가 살아 있기만 하면 그것만으로도 고마우니까."

'나'와 아빠 사이에 있는 벽이 순식간에 무너져 내렸다. 그들은 서로를 알지 못한다며, 서로를 이해할 자신이 없다며 그들 스스로 벽을 쌓아 올렸다. 하지만 지금 그들은 서로를 알기 위해, 이해하기 위해 노력하지 않지만 서로 간의 사랑을 진심으로 느낄 수 있다. 그들은 다른 그 무엇에게도 방해를 받을 정신이 없었다. 그들 사이에 진심 어린 사랑 그 외의 무언가가 끼어들기에는 상황이 너무나 절박해져 있었으니 말이다.

원래 부모와 자식 사이에는 서로에 대한 사랑이 존재해야 하고, 그 바탕 위에서 소통해야 한다. 하지만 우리는 언제부턴가 부모와 자식 간에도 서로에 대해 무언가를 알고 이해해야만 하는 존재들이 되어 버렸다. 부모와 자식 간의 사랑은 서로를 알고, 이해할 때 생겨나는 감정이 아니다. 그들은 서로를 사랑하기에 비로소 서로를 이해할 수 있는 것이다.

'나'와 아빠가 바닥에서 일어났다. 나는 그들을 피해 열려 있는 문 앞에 섰다. 난간도 없이 12층 높이에 펼쳐져 있는 풍경은 내 다리를 떨리게 만들었다.

"사람들이 날 살인자 보듯 쳐다봐, 마치 나보고 죽으라는 듯이. 현식이도…"

'나'는 여전히 울면서 힘겹게 말했다.

"네가 잘못한 게 있다면 네가 죽는다고 그것들이 용서되는 게 아니잖아. 그리고 아무도 너한테 죽으라고 말하는 사람은 없어. 걱정하지 마."

아빠가 '나'의 얼굴을 쓰다듬으며 말했다.

"야 인마. 도망가지 마. 네가 정말 현식이를 위해서 해야 하는 건 죽는 게 아니라 사과하고 잘못된 걸 바로잡는 거야. 그리고 네가 도망가 버리면 네 아빠는 어떡하냐?"

나는 나도 모르게 이런 말을 내뱉었다. 내 말이 '나'에게 들리지 않는다는 것을 알았지만 왠지 이번에는 들을 수 있을 것 같았다. 그리고 그 예감이 맞았는지 놀랍게도 '나'는 나를 바라봤다.

"정말 현식이한테 미안하다면 여기서 뛰어내리지 말고 영웅이 돼 봐. 40명이 있는 교실에서 단 한 명만이라도 현식이에게 다가갔으면 현식이는 뛰어내리지 않았을 거야. 첫 번째가 되는 건 분명 어렵지만 첫 번째가 없으면 두 번째도 없는 거야. 네가 첫 번째가 돼 봐. 그러면 아마 현식이도 널 용서할 거야."

여전히 내 말이 '나'에게 들릴 거라 확신하지 않았지만 나는 또다시 나도 모르는 사이에 '나'를 바라보며 이런 말을 내뱉고 있었다. 하지만 그 순간 정말 신기하게도 '나'는 나를 바라보며 고개를 끄덕거렸다.

"응. 사랑해. 그리고 고마워. 엄마."

나는 내가 뱉은 말들 때문에 몰려오는 쑥스러움에 고개를 숙였다. 그리고 고개 숙인 내 눈에 '나'의 유서를 적은 수첩의 모서리가 접혀져 가는 모습이 보였다. 이제 이 잊고 싶었던 기억과의 동행이 종착역에 가까워진 것이다. 활짝 열린 문으로 또 다시 계절에 어울리지 않는 차가운 바람이 불어와 내 몸을 껴안았다. 나는 그 바람이 이 여행의 마지막을 안내해 주러 왔다는 사실을 직감했다.

"자. 저녁이나 먹으러 가자."

아빠는 '나'의 등을 살며시 토닥이고 나서 난간이 떨어져 나간 베란다 문을 닫기 위해 몸을 돌렸다. 문을 향해 내뻗는 그의 손이 나를 가볍게 스치는 순간, 나는 균형을 잃고 뒤로 쓰러졌다. 내 눈동자에 웃고 있는 '나'의 얼굴이 들어왔다. 나는 허공을 향해 발버둥 치지 않았고 굳이 그럴 필요조차 느끼지 못했다. 그는 방금 내가 주지 못했던 삶에 있어서 가장 소중한 하나를 찾았으니까 말이다. 여행을 끝내고 집으로 돌아가는 내 입가에는 미소가 번져 있었다.

"미안했어. 그리고 사랑해."

흐릿한 여명이 물결에 일렁이고, 어둠 아래 작은 배 한 척이 천천히 물결을 가르고 있었다.

잊고 싶은 기억과의 동행

지은이 이학준
펴낸날 2012년 12월 3일 · 1판 1쇄
펴낸곳 도서출판 사람과책
펴낸이 이보환
기획편집 이장휘, 김형주, 허지혜
마케팅 이원섭, 이봉림, 신현정
등록 1994년 4월 20일 (제16-878호)
주소 서울시 강남구 역삼1동 605-10 세계빌딩 5층
전화 02-556-1612~4
팩스 02-556-6842
전자우편 man4book@gmail.com
홈페이지 http://www.mannbook.com

ISBN 978-89-8117-133-9 03810

잘못된 책은 바꾸어 드립니다. 책값은 뒤표지에 있습니다.